既然大家都问起鲁米诺，那么，我来开始介绍吧，首先给大家看一看这些实习训练的照片。左边地毯上有模糊的鞋印，是用稀释的血制成的。你可能会意识到一些可疑地带，但是你永远不会想到，这块地毯上至少有五个鞋印。在下面的图片中，使用鲁米诺后显示的鞋印很清晰。（图片版权归作者所有，另有说明的除外）

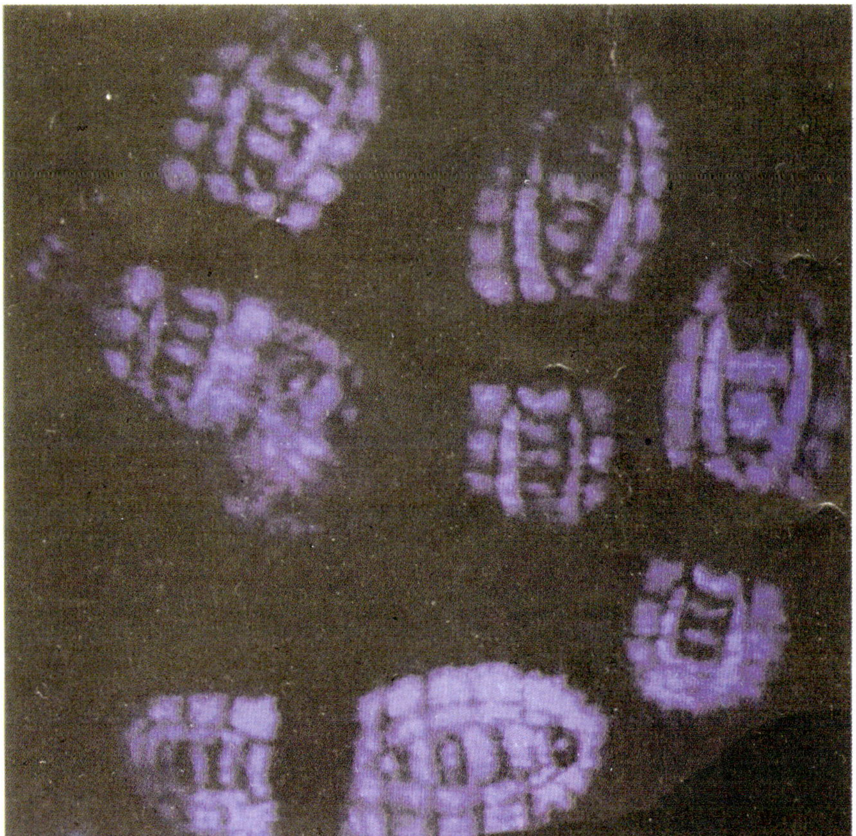

这可不是荷兰芹，试剂里面呈现紫色，表明Du-L试验大麻测定结果为阳性。

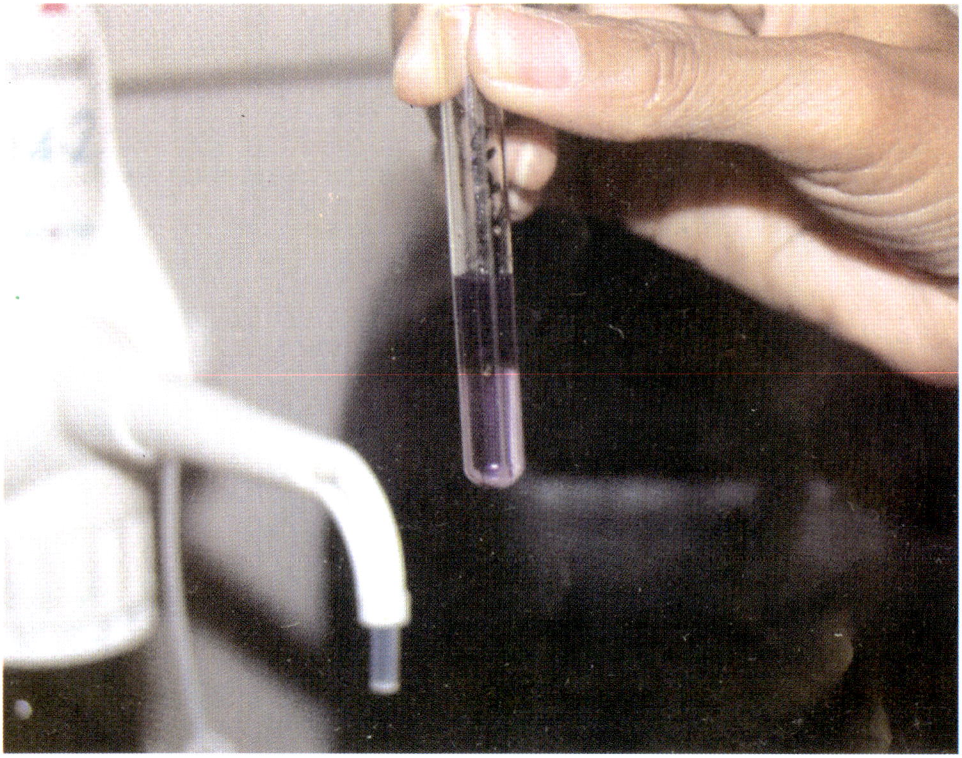

这家的房主，还需要多花点时间来制造犯罪现场，也得多花些时间看看电视剧《犯罪现场调查》。原本这该是抢劫案现场，劫犯进入的位置，然而，所有的破损都是在门框上——大门本身却毫发未损。这个家伙很明显是一边推着门，一边挥砍门框的。外面的防风门不仅关着，还上了锁，这样做于事无补嘛。

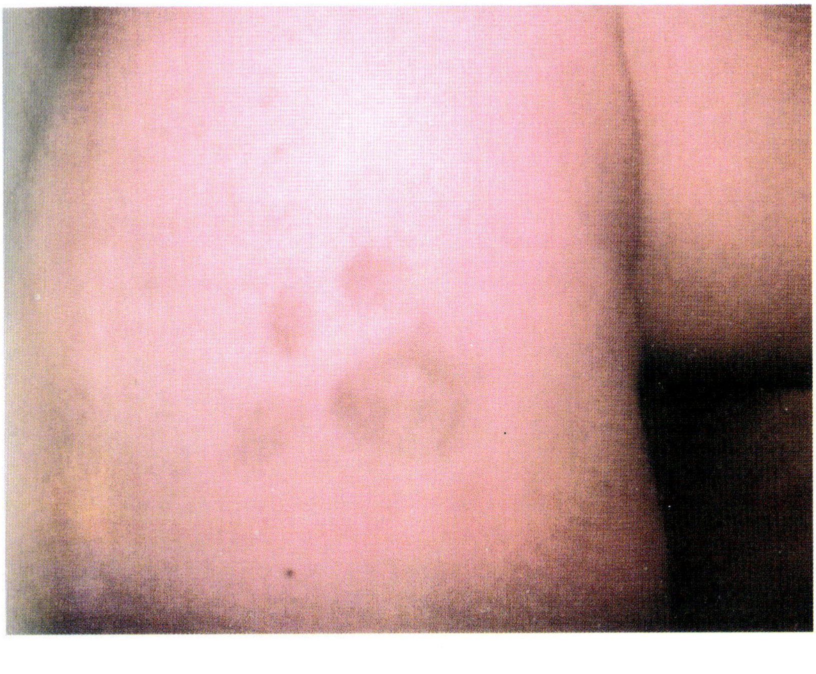

这得算是我所见过的最好的挫伤痕迹了。你能看出来这是什么吗？（提示：往下，天，往下。）

拥有一个从事犯罪现场调查工作的老妈将有无穷乐趣！做犯罪现场调查员工作的妈妈们不会去烤蛋糕，而是用紫外线灯去察看爱犬在哪儿撒了尿。爱犬的罪名成立哦——它从来就没有不尿床的时候。

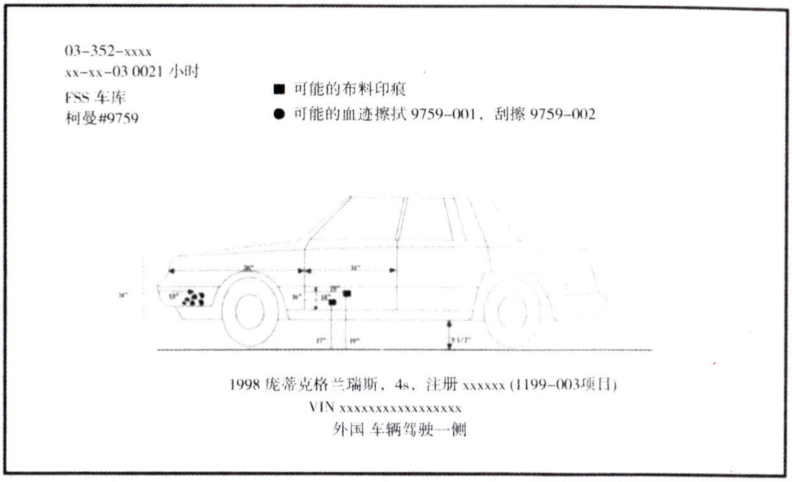

犯罪现场调查员要遵守的规定是："在没有拍照、画出草图之前，不可以动现场。"在复杂的犯罪现场，这条规定对许多工作都很有帮助。这是一幅草图，在一辆庞蒂克格兰瑞斯驾驶员一侧的车外部，污秽残余物中可能是血渍和布料的印痕。调查后认为，那些布料印痕是犯罪嫌疑人在和其中一个受害人地上搏斗时，疑犯的灯芯绒上衣留下的。这起犯罪发生在停车场。经确认，车子驾驶员一侧的外围沾有相同的布料印记和鞋印。

这是众多同类犯罪现场之一，这样的案件现场，需要进行N多个小时的拍照、画图、测量和证据收集工作。东西腐烂分解的味道，加上地面被刚刚翻到的痕迹，让调查员们都觉得某个人或是什么东西死了，被埋在了这个荒凉的地方。经过一番挖掘后发现，只是小鹿斑比。

用氰基丙烯酸盐黏合剂（超强黏合剂）处理过后黑色的垃圾袋上面显示的潜指纹。有传闻说，在证据正“显露出来”的时候，如果你往超强黏合剂槽里看的话，那些烟气就会永久性地粘到你眼球的隐形眼镜上面了。

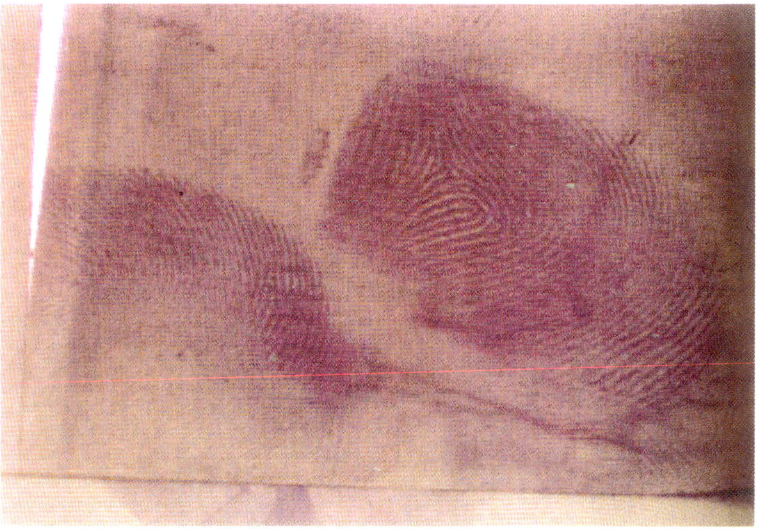

胶带是一种具有潜在价值的证据，因为（1）犯罪分子在捆绑某人的时候，通常都会摘掉手套；（2）他们会用牙来撕开胶带，然后便把他们的DNA留下来了；（3）胶带还极有可能会粘上犯罪分子所留下的蛛丝马迹；（4）胶带上撕开的边缘会与犯罪现场搜集回来的那一部分胶带吻合。右上图中，通过使用一个名为“黏性边侧粉末”处理后，在管胶带带胶的一面上冲印出来的潜指纹。下图中，使用紫药水，在盒胶带带胶那一面上冲印出来的指纹。

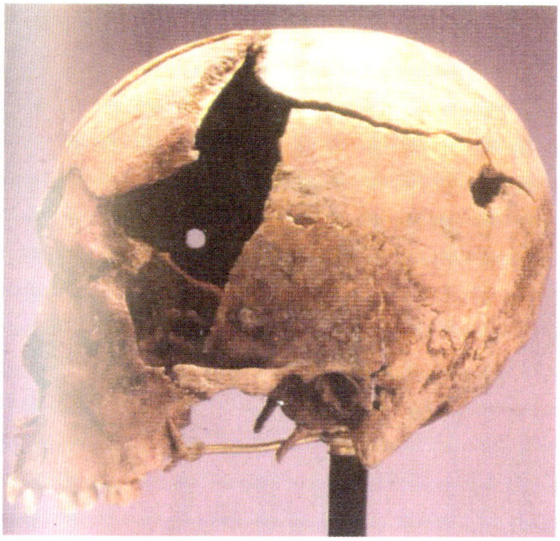

20世纪90年代巴尔干战争受难者的远端桡骨和尺骨。这位受难者的手，已经在死前被做外科手术般切断了。断面远边上的刀痕依然可见。白色的变色处为尸蜡。注意看："手术错误的开始点"，锯条在这个位置被挤压进去，接着又从这个位置拔了出来！

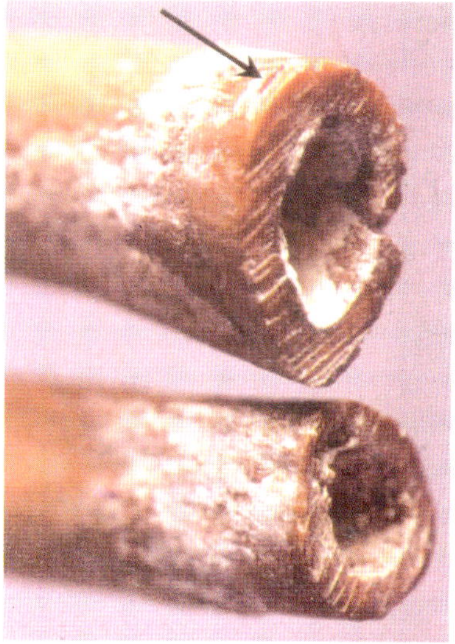

这是年轻成年女性的头盖骨，和另外35个人的骨骼残骸，是从克罗地亚卡尔洛瓦茨的一个石灰岩洞发掘出来的。滴水中较高的碳酸钙含量使得它们被嵌到了岩洞地面上的一个岩石基体里面，在移除这些残骸的时候很费力。一个头盖骨显示了右边太阳穴处有一个枪伤，后侧靠左的颅顶骨上面有一个穿出伤口。请注意看那特色鲜明的外部坡口，这个坡口里面便是穿出伤口。

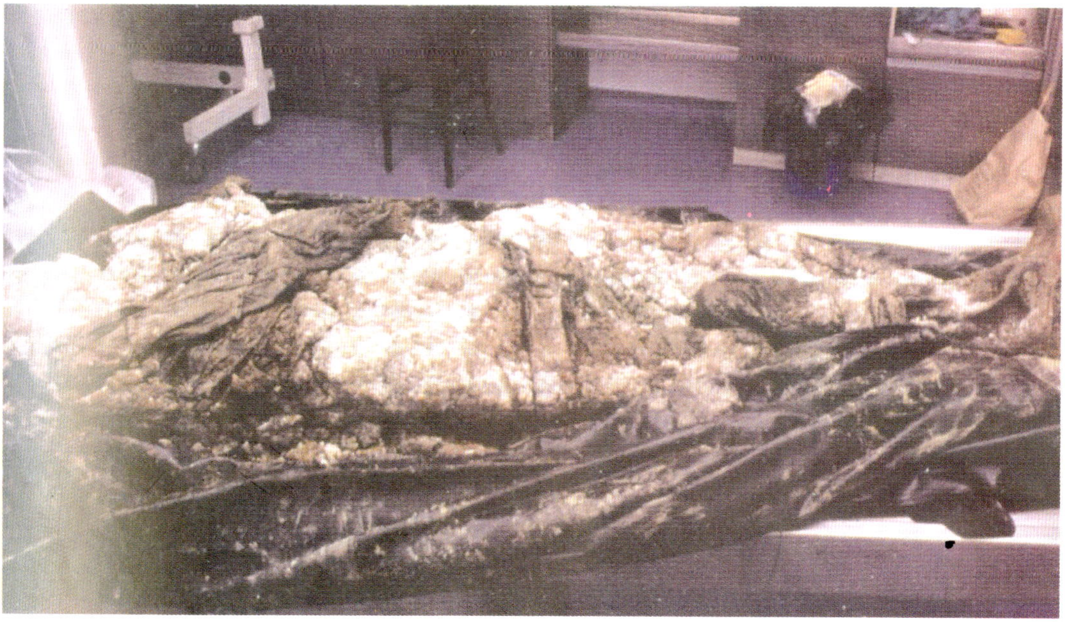

它碎得就像是羊奶酪，它摸上去很光滑，就如象牙香皂，而它闻起来，就像是在冰箱后面放置了很久很久的什么东西的味道。它是什么呢？是尸蜡！这位兄弟在湿潮、厌氧的环境里埋藏了两年多的时间。他的脑袋在身子的左手侧，他的腰带在正中间，可以看得到，他的靴子在右手边。尸蜡用途的好处就在于，它能够很好地保存内部结构，确保短暂的验尸过程顺利完成。

我身上的行头或许不是我母亲所预想我工作时所穿的，我的工作或许也不是她所预想我所从事的。在这个现场，建筑工人会遇到许多无名公墓，后来证实，这些公墓是附近一家救济院古墓的一部分。我们承担了去发掘这个建筑工地以及其他公墓的任务。

一位20世纪90年代巴尔干战争中的受难者，一粒子弹还在肱骨顶端插着。骨头上的白色物质是尸蜡。

你可以看到右边大腿骨上极具破坏性的致命伤，这处伤是这个人在前南斯拉夫踩上一颗地雷时造成的。

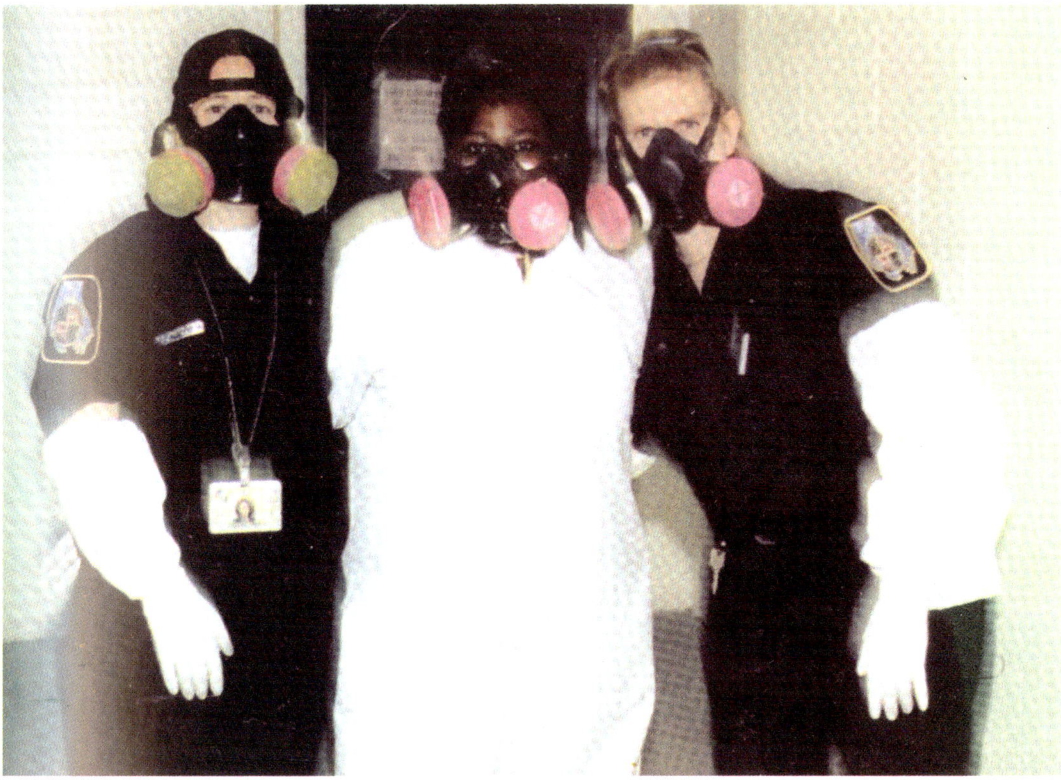

一幅不祥的景象。犯罪现场调查员艾普丽尔·哈道克、丹尼斯·华莱士和凯西·斯科尼正要参与某个什么恶心的行动。（艾普丽尔·哈道克提供）

犯罪现场调查员蒂凡尼·威尔正在辛苦地收集证据，然后去处理下一个案子。

一位犯罪现场调查员正在一起入室行窃犯罪现场，用标准的黑色碳粉处理疑犯进入室内时的入室点。从指纹的位置看，疑犯好像是在爬进室内的时候用手抓到了窗户框的内里。指纹反常的方向表明，这些指纹不是房主的。当然了，除非，他有这个习惯：从二楼卧室的窗子爬进爬出。

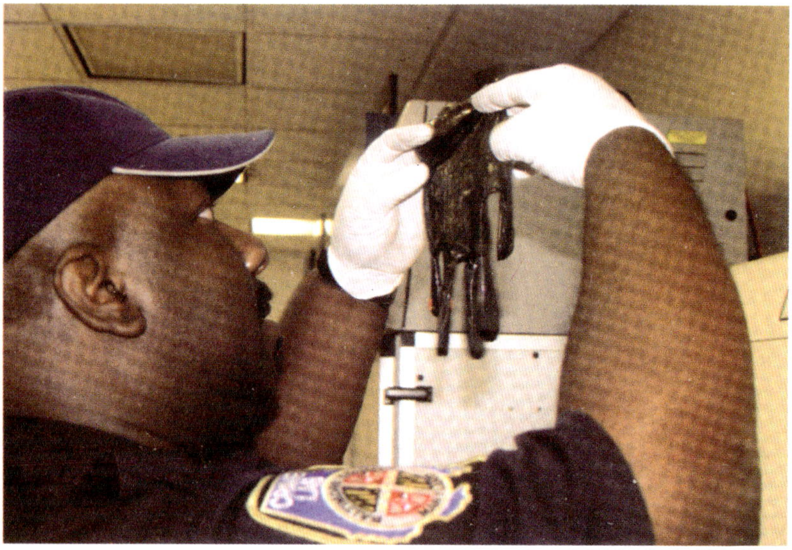

来想一想吧，有的人直到退了休，也从来没有过这般的经历：将没有涂泥灰的墙推倒搜查子弹；收集蛆虫确定死亡时间；或是要求验尸员将某个人的直肠擦拭干净。看，犯罪现场调查员基思·约翰逊正拿着一只黏糊糊的橡胶手套，感觉这只手套很有意思。手套本来不是黑色，因为它已经被做过处理用来采集潜指纹。

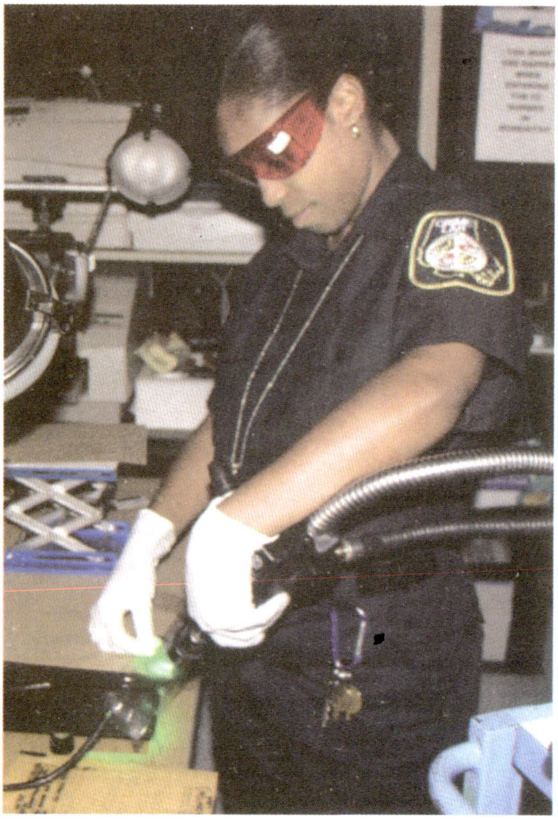

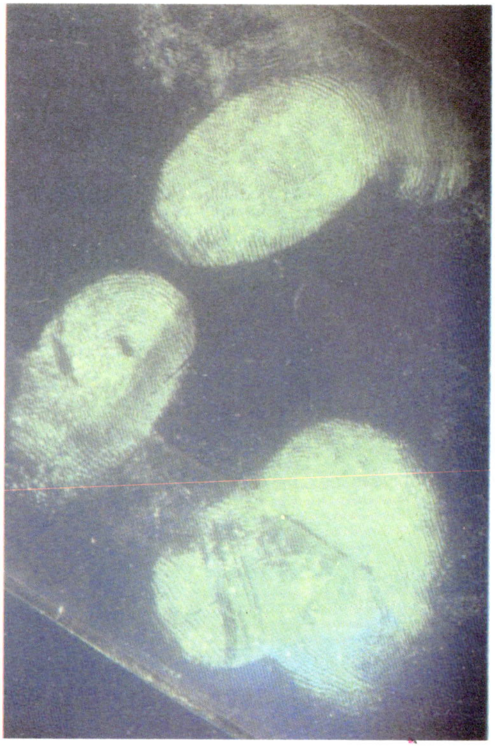

犯罪现场调查员蒂凡尼·威尔正用交替光源检测一个塑料袋子，以提取潜指纹。要先使用氰基丙烯酸盐黏合剂（俗称“超强黏合剂”）处理这个塑料袋，随后，用带有一种叫作MBD（7–甲氧基苄胺基–4硝基苯并–2–氧杂–1,3–二唑）的化学药剂处理。

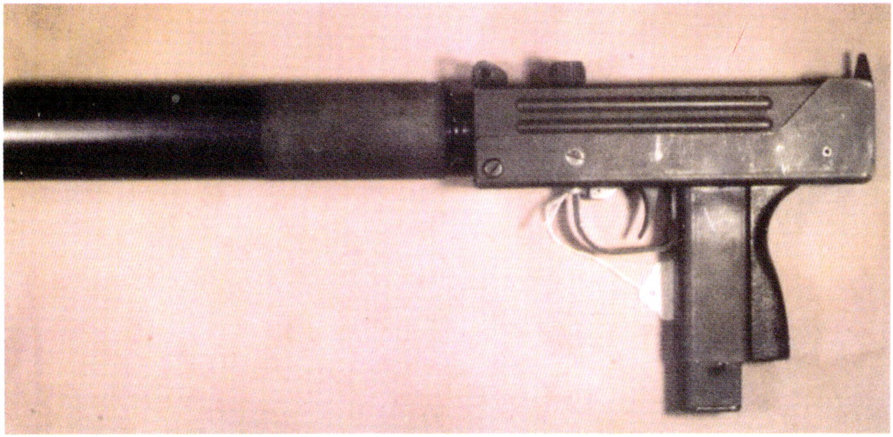

在从事别的工作的时候，你会这样讲，“嗨，用外部消音器给我检查检查这把MAC-10（军事装备公司10型）冲锋手枪如何?”消音器，也叫灭音器，其工作原理是，枪支发射时，将同时产生的烟气散射开来。千万别想着自己也要买一把哦。否则，你会发现自己穿上了一件可爱的橘色小连身裤，与之相配的还有一副银手镯。

安妮——犯罪实验室的人体模型，本该是用于进行演练使用的，现在却身处另外一个倒霉的情景下：在一辆犯罪实验室用车下面，此时，警员杰克·格林纳正担心地看着。

警员们一本正经地板着脸，极严肃地解释说，他们是如何如何地确信这些“可疑的人类尸骨”是和爆炸案有关的。最奇怪的是，他们用手指着的是爱犬的玩具骨头，那些骨头还带着塑料包装，黄色价签还在。这帮喜欢恶作剧的家伙，从附近的宠物商店借来了一些支架，摆出一个小型犯罪现场来，就是为了看一看我会有什么反应。

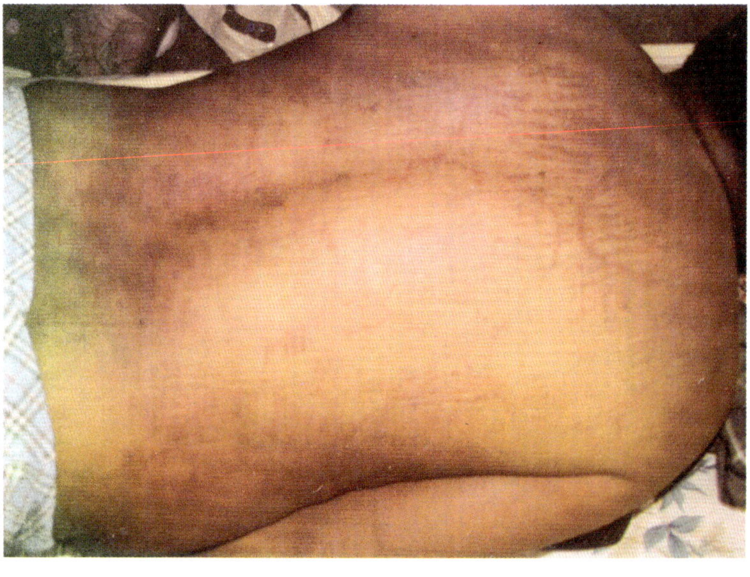

这就是为什么要往床上铺床单的缘由了。经过一个漫长的醉酒之夜，这位老兄决定去除床上用品，现在，你看看吧……他将会在天堂里名声大噪——“你一定认识，背上带着床垫花纹的家伙。”

在树林深处碰到丝兰植物的情况极其罕见。然而，丝兰植物曾是历史上非裔美国人活的纪念碑。

不远千里跑到危地马拉市，在研究一堆玛雅人的遗骸之后，没有想到的是，我们发现身边到处都是爱达荷州的土豆箱子。显然，这些箱子为临时储藏一堆文物的立下了大功。

撞倒路障后，我的爱犬们因为难得的机会——嗅闻我那些掩埋在篱笆之中、小小旗子之下的动物死尸味儿——而开心不已。这些动物都是在马路上被车撞死的。动物尸体一旦变成了骨骸，我就会把它们加到我那有比较性的动物收藏群里。每一个小旗子上面都标有动物的种类、掩埋日期。尸体通常在四到六个月之后就变成骨骸，其时间因季节和动物体型大小而不同。

探测尸体有着全新的含义。调查员在检测土壤密度差别的时候，便将这种金属杆按压进土壤里，这个过程可以辨别出先前被翻动过的区域。

本世纪考古发现！鲍勃认识到，在你发现自己和一个对发掘史前垃圾坑毫无兴趣的小孩子待在一块玉米地中间时，支架投影仪器还可以用作临时秋千。(艾德·汉纳提供)

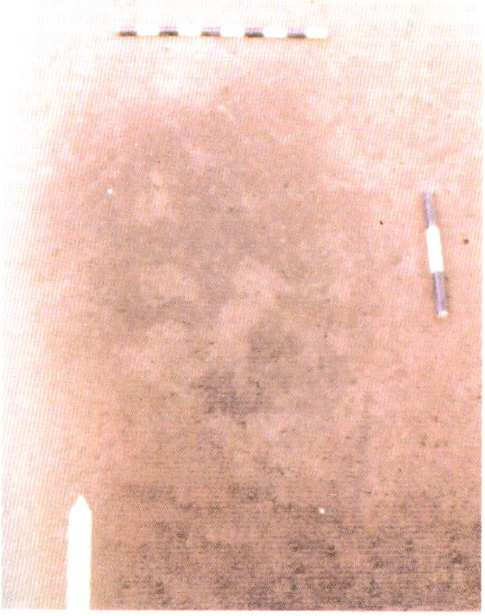

很有特点的泥土代表了史前人们的埋葬方式。本幅照片中，黑色的上层土已经被移开，露出来的是橘色下层土，中间黑色的圆形区域是填这个墓地时形成的。上面比较黑的土则是从下层土中挖上来的。

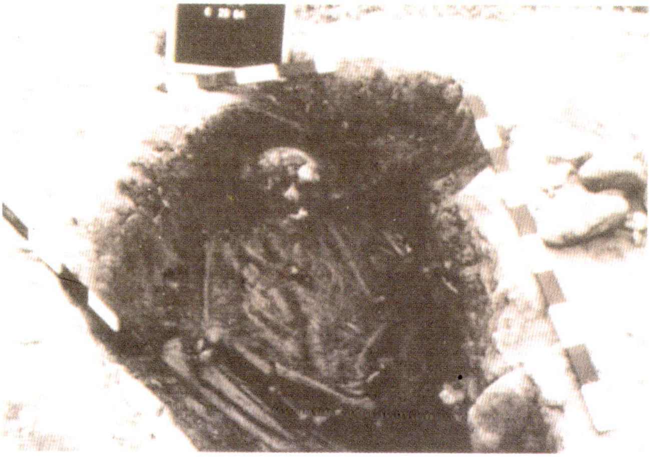

这具近乎完整的骨骸，是一个年轻成年男性（年龄在24到27岁之间）的尸骨，挖自一个考古现场，其时期可以追溯到公元1025到1250年之间。这个人蜷曲的位置，在史前土著印第安人葬礼上很常见。这位男子和若干贝壳、珠子、骨头和牙齿做成的坠链，以及几个与狩猎、藏身相关的器具埋在了一处。

犯罪现场调查员艾普丽尔·哈道克、劳拉·埃尔斯沃斯和凯特琳·明古拉正在一处史前考古遗址获得实际的发掘经验。考古发掘的资料恢复技术与法医发掘的是一模一样的，不过，前者往往不会太难闻。

有些时候，大自然在保存人体尸骨方面要比最好的尸体防腐剂的都要好很多。这是从犹他州的一个考古遗址采集回来的几个竹篮人木乃伊中的一个。

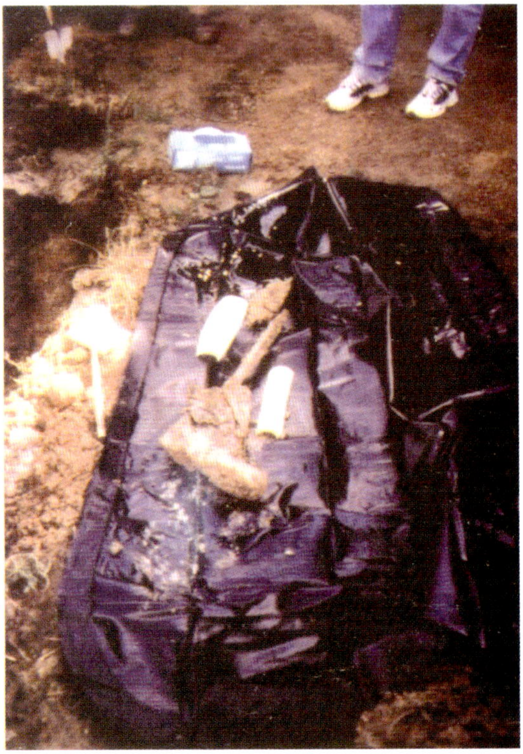

从前南斯拉夫一个乱葬冈挖掘出来的人体残骸（一只靴子里面的胫骨和腓骨）。

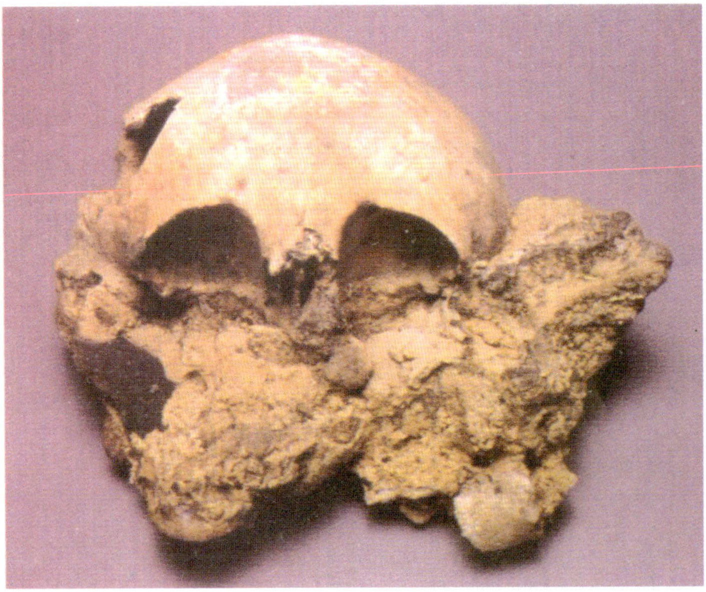

千万别吸死人的手

NEVER SUCK
A DEAD MAN'S HAND

[美]戴娜·柯曼 著　胡木兰 译

金城出版社
GOLD WALL PRESS

图书在版编目（CIP）数据

千万别吸死人的手／（美）柯曼著；胡木兰译．—北京：金城出版社，2011.6

书名原文：Never Suck a Dead Man's Hand

ISBN 978-7-80251-958-9

Ⅰ.①千… Ⅱ.①柯… ②胡… Ⅲ.①长篇小说—美国—现代 Ⅳ.①I712.45

中国版本图书馆CIP数据核字（2011）第104151号

千万别吸死人的手

著　　者	［美］戴娜·柯曼
译　　者	胡木兰
责任编辑	方小丽
开　　本	787毫米×1092毫米　1/16
印　　张	16.5
字　　数	188千字
版　　次	2012年1月第1版　2012年1月第1次印刷
印　　刷	北京正合鼎业印刷技术有限公司
书　　号	ISBN 978-7-80251-958-9
定　　价	39.80元

出版发行	**金城出版社** 北京市朝阳区和平街11区37号楼　邮编　100013
发 行 部	（010）84254364
编 辑 部	（010）84250838
总 编 室	（010）64228516
网　　址	http：//www.jccb.com.cn
电子邮箱	jinchengchuban@163.com
法律顾问	陈鹰律师事务所　（010）64970501

死神就如挡风玻璃接近虫子的方式一样地接近你

——匿名

谨以此书献给我曾经爱过的所有虫子们

如今的你们在做些什么……

日后我又会做什么，你们又会做什么……

目录

序　言

去年，我重新恢复了“活人”的生活。上交了制服，轻轻弹掉靴底上沾着的最后的灰粒子[①]，然后收起法院的传票。严格来说，我还在休产假，不过，早在我离开这里度过为期十二周的假期之前，我就知道我不会回来了。在动身离开前，我就已经把自己的大部分私人物品进行了清理，我很感动一些朋友主动请缨，帮我把余下的物品，放到了我办公桌下面的箱子里。我比较感伤，因为我讨厌离别，我只想偷偷地溜进办公楼拿一些我自己的物品，然后悄悄地离开。

我的计划大功告成。当时是一个周五的凌晨两点，我再清楚不过了，每个人都会因为一个接一个犯罪实验室的案子而忙得不可开交。把制服、辣椒喷雾、实地作业手册、钥匙、生物危害装备包、呼吸器、胶皮靴和身份证一起放在上司的桌子上，我忍不住看了眼她的日历。3月7日下面写着几个大字：戴娜回来当班，第一班岗。我直觉得喉咙发堵，我眨了眨眼睛，把已经开始流出的泪水挤了回去。我真不能相信自己在做什么，我已经在辞职，永远不会再回来了，永远，不再回来了。

---

① 灰粒子：类指身份不明人身上的肉块儿。

我拾起身份证，看了照片最后一眼。过去的十年里，每天都要进行从光滑表面提取指纹的工作，照片在实验室的安检门处刷过了数百次，因此身份证照片已经退色，而且照片上我的脸部留下了深深的道道沟槽。不过，即便身份证没有变色，没有这些沟槽，它也是我的一张不怎么好看的照片。每当回想起拍照那天清晨，我还是笑了。前一夜瓢泼大雨中，因为一场戳刺事件，我留下来加班。一个妇女用煎锅痛打她的老公，然后又用锅戳他，事情的起因只是因为他对她烹饪鱼肉的方式发了牢骚。惩罚完他之后，她便把煎锅扔下了阳台。记得当时被雨淋得浑身湿透了，因为我要对那只煎锅、一把抹刀以及挂在杜鹃花丛中可怜的湖红点鲑（北美湖中所产——译者加注）鱼片拍照。照片中的我真是糟透了，不过，浑身湿透、满头油脂、闻起来都是鱼腥味儿的我不愁找不到借口。我把身份证胡乱地推到了我那堆制服下面。

走进实验室的主区，我取下了办公桌上方写有我名字的工作牌，接着把我的名字从邮箱上刮掉。我瞟了一眼堆积了三个多月的信件，如果是重要信件的话，他们知道能在哪儿找到我。我抓起剩下的物件，关灯，然后离开。

到电梯那边是一段直线的距离，但是我还是决定多走点儿路，穿过证据处理实验室。实验室里面一片漆黑，只有一线昏暗的光束从十一层楼下面的大街上照进来。一丝微弱的光投射在超强力黏合剂的间隔上面。我把东西放在证据表上面，走向窗子，窗外的一切看起来都如此的静谧与安宁。真是讽刺，最壮美的风景竟然来自这个房间，而最十恶不赦也最暴力的犯罪行为的证据也是通过这个房间进行处理的。

坐在暖气片上，环顾着这个黑暗的实验室，我在想，我的人生有多少个小时都是在这四面墙中度过的呢。我就坐在那里，在黑暗中久坐——只是坐在那里思考。难以相信，从我第一次穿过犯罪实验室的这些大门，那时毫无经验却极度渴望学习，到现在已经10年过去了。如果某人对我说，我最终会成为这个实验室最资深的调查员，我的经验只有一个探员能够超越，我根本不会相信。我丝毫不后悔自己在犯罪试验室里度过的每一分钟，但是，唯一感到遗憾的是，自己让这份工作成为了生活的主宰，让自己与工作纠缠到一起，没有了自我。我真希望自己在几年前应该听取枪支检查员的话，他说我将会爱上这个地方，而其程度远远大于这个地方对我的依赖程度。他说得一点儿都没错。尽管我觉得自己是这个单位必不可少的一部分，但是，我只不过是一个数字而已，实验室依然会继续运行——不管我在还是不在。这真的是令人感到伤痛。

我离开犯罪实验室是很久以前就作出的决定，我和这个想法挣扎了有整整一年，但是直到丈夫鲍勃把我们襁褓中的儿子从危地马拉带回来的时候，我才认识到，有必要重新衡量一下我的生活重点了。我不想再在午夜时分工作，不想再过轮休的生活，或是再面对无休无止的加班。我希望过正常的圣诞节，而不是在圣诞节那天看着被装饰过的圣诞老人毫无生气地来回摆动。我再也不想在感恩节的餐桌上，看到红梅酱汁的时候，就想起了那些凝血块儿。我也不再希望7月4日的国庆节那天，燃起的烟花爆竹带给我的记忆是爆竹的误燃，然后在群众之中炸响。我不想要一份这样的工作，在说这样的事情，比如“他的直肠需要清理干净”或是“你能帮我把橡胶从马桶里夹出来吗”时，你就会惹上麻烦。我想要过正常人的生活。

但是，在若干年前，我过上了放荡不羁的生活。那时，我母亲不太在乎我靠什么谋生，只要我着装上班就可以了。我父亲也只是希望我能够找到个愿意付钱给我让我做事的人，至于做什么他也不太在乎。我弟弟还举办了个守夜祈祷，试图确保上天能在另一个国度赐我一份工作。而我呢，我却喜欢与死人打交道的工作。

所以呢，我就安坐在那里，蜷缩在看起来像电椅的东西之上。一个大块头、粗鲁又不很友善的家伙坐在一张邻近的桌子后面，研究一张从破旧不堪的测谎仪里喷涌而出的方格纸。

彼时，我比以往更迫切地想要一份犯罪现场调查员工作，但是，搞定一份这样让人神往的工作所需的步骤似乎是永无尽头。大约在一年前，我就申请了这份工作，虽然我通过了小组面试、体检以及背景调查等，但我还是需要通过那可恶的测谎实验和心理测试。

我对死人产生兴趣的缘由不得不说是与我的父母有关。我的父亲，原来是城市警察，后来转成了消防员。他慢慢变得对罪行充斥的巴尔的摩各个街道非常熟悉，然后他很快便意识到，如果我和弟弟上我们所在区的公立学校的话，就可能会变成街角的流氓混混。1972 年，我们整理收拾了一下蒙特卡罗车，然后便搬到了郊区。除了不能享受城市生活所带来的种种乐趣，比如市立游泳池、社区游乐场和街头便利店之外，我们完全远离了犯罪。我和我的朋友们在看谁在玫瑰丛中捉的甲虫最多的比赛中度过了一个又一个漫长的夏日。我们最喜欢的消遣之一就是在树林里探寻女巫，以及猴人的证据，他们是一百万年前居住在德比戴午（Derby Drive）一带的一种人。我们找到了猴人的尸骨，还发现了一些小型动物的遗骸，这些小动物为我们提出的先祖食肉的特性提供了佐证。我伴着那些掖在床垫和床柜之间的猴人尸骨入睡，这样大概持续了将近一年的时间。有一天，我父亲闻到从我房间不断传出的污秽气味儿时才发现它们，我便不再与这些尸骨为伴安睡了。似乎其中有一个尸骨，上面还带着点点的肉呢。

到了我上高中的时候，我的朋友们找到了其他的娱乐消遣，而我却没有。一个周五的下午，我母亲下班回到家发现炉灶上熬煮着东西，她还以为是晚饭。母亲打开了火炉上不锈钢捕蟹篓的盖子后，发现里面竟是六个切开并煮干了的猫的尸骨。我努力地解释说，我炖熬猫骨是想去除那些软组织，这样下周一的解剖和生理课上，我就可以用这些骷髅了。但是，暴怒的母亲对我的话充耳不闻，她恐吓我说要叫那些身穿紧身衣的人来，他们会把十几岁的女孩儿夹裹在冰冷、潮湿的床单里，然后把她们带走，带到四面是有衬垫墙的新卧室里去。

母亲命令我把装着猫的尸骨的锅拿到了行李仓，让父亲回家的时候能够看到我的所作所为。父亲只是站着俯视着猫的尸骨，一边摇着头，一边说螃蟹怎么可能有甲醛的味道呢。周末的时候，锅里的水结成了固体，猫的尸骨连动都不动了。母亲似乎要无限期地禁足我。但当被学校告知我们将从课本的图片中学习骸骨系统知识之后，我又成了同学们嘲笑的对象。

即将高中毕业的时候，我决定自己要真正地从事一份与干尸、骷髅以及我在《国家地理》杂志上读到的沼泽古尸相关的职业。我说自己决定选择考古学作为自己的专业，而母亲却不怎么太激动。她提醒我说，考古学涉及的是污垢，是挖掘，那些“看上去脏兮兮浑身土气的女孩”连穿正装上班的机会都没有。翌年秋天，我发现自己做的工作是，往脾气暴戾的老人身上插弗利氏导尿管。后来，我莫名其妙地被很有声望的联合纪念护理医校所录取。所学的课程简直“棒极了”，从第一天起我就知道我绝对很讨厌这个课程。在最初不多的几个月里，我每周都要参加即兴敏感度培训，在医院的走廊里齐步走成了乏味的陈规。单单护理就学了很长时间，都到了学习给死人刮脸剃毛了，然后我就退学了。

离开护理学校之后，事情似乎都开始顺利起来。毕业一个星期之后，我真的就谋到了一份实地考古技术员（英语中也叫作 Shovel bum）的全职工作，这让我的母亲极为吃惊。之后没几年我重新回到了学校，取得了法医学硕士学位，然后就不顾一切地想寻找一份犯罪现场调查员的工作，即使有一个陌生人用电线把我缠到一把椅子上，问我问题，我也不会改变自己的决定。

我茫然地盯视着墙壁，等着测谎主考官问下一个问题。但因为我挪动了一下身体，对方就开始对我吼叫了。于是，我肌肉抽动了一下，轻轻舒了一口气，缓解这一突然袭击带来的压力。很显然，进行深呼吸绝对是不可以的，因为我只是想为血液稍微输送了点氧气就遭到了斥责，我还需为所谓的严重错误道歉。为什么主考官屁股后面戴着枪已经变得再明白不过了，我觉得她所不喜欢的那些申请人都是带着“铅中毒”的面色离开面试现场的。恐吓是测谎过程的一个比较重要的环节，我不得不去玩这场游戏。我的思绪被另外一个问题所打断，“除了我们所谈到的，你可曾有过偷窃行为吗?”她的声音一本正经而又单调乏味，我很不喜欢。

在考虑这个问题的时候，我沉默了一会儿。我的心跳在加快，双耳都能够听到怦怦的心跳之声。这无疑等于承认了从以前的雇主那儿“偷”了笔、胶粘记事本及涂改液。在等待我的回答时，主考官的目光在测谎仪打印材料和我之间转换游移着。“没有!”我异常自信地回答道。

主考官盯视了我一会儿，然后，在她涂画一系列神秘圆圈和斜线号的时候，钢笔在方格纸上发出刺耳的声音。这让我的心比之前跳得更快了，而且，我的双手也有些发抖。我担心这会在她的那台愚蠢的小机器上显示为谎言。我用眼睛的余光朝她看了一眼，看到她在轻微摇头的同时得意地笑着。她之所以这样做，是因为她知道我在看她。

在我和弟弟小的时候，父母就告诉我们行为必须端正，否则耶稣就会给灵魂打上黑色的印记。我们从来没有想过如果灵魂上的黑色印记多到不能再多的程度，会发生什么。但是，这恰恰便是那些黑色印记更加可怕之处。每隔几个周日的下午，我们就会被拉着去做忏悔，因为忏悔能够洗刷灵魂，恢复清白。因为对耶稣以及对他黑色印记的恐惧，让我一向都谨小慎微，我绝对不曾做任何有碍我得到这份工作的事，甚至那种把玩反铲挖土机、品味水蜜桃杜松子酒的小事儿都没有沾过边。

我还在另外两个警察部门做了测谎考评，等待着申请的下一个程序。在这场游戏中有三个机构，我祈祷有谁愿意聘用我。由于失去了所有信心，我感觉自己就像蚂蚁一样渺小，等待我的最后一个问题会是什么——一个预示我即将步入犯罪现场调查员奇异之旅的问题。她用最严肃的语气问道："你曾经和鸡发生过性行为吗?"

什——什——什么？我没有听错吧？我用了一段时间努力地思考这个和一只鸡扯上关系的问题。我尤其迷惑不解，鸡的哪一部分有那样的功能。我得在回家的途中再好好想一想这个问题。我甚至对是否通过了这次考试都不予关心了，我决定弃用那种死板的"是——不是"的回答模式，而用其他方式回答她。我用一种和考官一样的单调而严肃的语气回答她道："也许和几个公驴做过，但是，女士，从来没有和鸡做过。"

1995 年 2 月 13 日，我走进了警署培训研究院，那时，我想，我正在开启一扇通往全新职业的大门。不过，我竟然不知道，这些门槛将带我迈入了一个和我一直以来生活的世界迥然不同的世界。

我将在这样一个领域度过十年的韶华时光，常见的情景是这样的：人们拨打 911 爆料电视上出现的外星人，环形公路上出现的袋鼠；女人将她们的香烟携带到想象不到的地方；室内宠物猫、宠物狗被猪和野狗[1]取而代之、人们在他们铺有油毡的地板上面烘烤鸡肉；人死了，手里握着墓碑牌披萨盒（Tombstone Pizza Boxes），尸体被扔到"前方无路"以及"禁止倾倒垃圾"的马路标识旁边。我从来没有想过，我会去吮吸死人的手指，或是身扛死尸。这是你

① 野狗：产于澳洲。

在电视上所看不到的，是小说中所读不到的，也是太过恐怖而编造不出来的。就请允许我来和你们一起分享这些我不能在饭桌上讲述的真实经历吧。关掉电视，让我来为你们呈现事情真正的发展缘由。

第一章　荒腔走板

在你尚未开口问我诸多问题之前，我就已经能给出你答案了。不，不，不，不，不！

你不可能从石块儿上获得指纹；我没有看过《犯罪现场调查》节目；犯罪现场调查员不对嫌疑犯进行审问；我那时对辛普森案件[1]不感兴趣；没错，我那时不是警察，的确，我那时没有下决心去做犯罪实验室的工作，因为我没能进入警察院校；发光氨在喷洒数小时后，不会发出蓝光；犯罪实验室不单单处理谋杀案和受人瞩目的罪犯；我不知道到底是谁杀害了琼贝妮特·拉姆齐[2]！

那么，为什么会有这些不当的提问呢？你猜到了——好莱坞。最近，但凡看电视多的人都知道，电视上法医学节目泛滥。这些极受欢迎的节目秀，如《犯罪现场调查》、《寻人密探组》、《海军罪案调查处》和《遇见乔丹》，体现了黄金时段电视节目的一个趋势，即电视脚本不再是围绕着人物展开，而是以科学为轴。

时下，在警察类的节目中，最先进的实验室取代了审讯室。显微镜取代了手铐，且你看到的高速动作也都是摄影师拍出来的。现在这些节目，通过使用各种工具，加上令人激动的特技，及设定的

---

① 辛普森案件：美国的经典案例。

② 琼贝妮特·拉姆齐：美国小选美皇后。

高达100%的破案率，已经成功地将让人讨厌的刻板的科学转化成了娱乐，火热而又性感。

也有一批基于事实的法医节目，比如《铁证悬案录》、《联邦调查局档案》、《爱上验尸官》、《赤裸惊情》、《侦探》和《G博士：体检医师》等。这些节目通过对真实案件进行概述，验证了观众所见到的方法、技巧和手段，正为虚构的犯罪电视节目所运用。这些节目还强调了这样的事实：考虑到我们所掌握的技术，法医的作用真的是无所不在。

但是，这种法医类电视节目包括那些有事实基础的节目之泛滥，并非没有负面作用。在一起接一起的案件、一个接一个的节目中，法医证据都被作为关键证据来描述，但是律师们发现，很多陪审员对法医学，对法医能够做什么，更重要的是，不能做什么都抱有不合实际的期望。我们得知，实际上，大多数的陪审员都会在审判时期望能呈现法医证据，然后等待血清学、潜指纹、枪支、血滴、文件、电脑、毒理学、鞋等领域专家的验证。倘若法医学在案件中没有起到显著作用，或是如果在犯罪现场没有取到法医方面有价值的证据，那么，有关当事人就越会逐渐形成这样错误的看法：一个案件没有说服力，是因为警察和犯罪现场调查员疏忽职守。其实事实上，许许多多的案子都是通过好的侦破工作，或者仅是依靠好的侦破工作本身得以解决的。法医证据不是在所有案件中都能提供的，它也并不总是可以帮助破案，而且，它也不总是绝对可靠的。

这些在黄金时段播出的犯罪实验室系列剧的另外一个影响，在全国上下的各所大学校园可以看得到。在过去的几年里，本科以及研究生层次的法医学预科课程数目激增，同时，声称要报考法医专业的学生数量也在攀升。在2005年，与1996年所报道的40名相比，布法罗学院有超过150人被法医化学专业录取。在西弗吉尼亚大学，法医专业的人数在1999年为4人，到2006年跃升至400人，而纽约市立大学约翰杰伊斯法学院也在同样地增长，近年来，法医专业的人数从554人增加到了762人。在网上进行“本科阶段法医课程”的搜索，会搜到将近160万个词条，因此，我就不再继续进行统计了。即便是高中生也开始对法医专业产生兴趣。如若你不知道怎么去准备和评估DNA自动射线成像，或者如何通过绿头苍蝇、蛆虫来确定死亡时间的话，那么你就去找个高中二年级的学生问问好了。

然而，令蜂拥选学法医学预科课程的庞大人群遗憾的是，有太多太多的人都有一种好莱坞心态，觉得法医工作就像是《地狱厨房》中所展现出来的那种工作。我甘受被指责说些陈词滥调之嫌，也要说一说，荧屏上所呈现的画面和现实完全是两个世界。

我曾经在一个地方大学给研究生和本科生教授了7年的法医学课程。开设课程旨在向学生们传授法医学各学科的基础知识，向他们介绍犯罪现场调查员方面的理论、方法和技巧。我发现消除这一领域给人的刻板印象，和在这些年轻而又容易受影响的人中普及相关的知识有着同等的重要性。我强烈地感受到这一点是因为：我知道，当许多学生（或许我应该叫他们新星）发现，一份真正的犯罪现场调查员工作意味着无尽的责任和一身行头，而完全不像是电视剧《犯罪现场调查》中所表演出来的那样酷时，他们的梦想就会受到打击。我不记得吉尔·格里森[1]处理过任何的“破门盗窃”案件，而这些犯罪的唯一证据就是马桶里的一个陌生人的粪渍；凯瑟琳·韦乐丝在处理完一具腐尸回到家，然后在她自己的胸罩里发现已经死去的蛆虫的最后一次是什么时候呢？瓦里克·布朗曾经因为一个吸毒的人啃食了客厅里的沙发之后死掉而加过班吗？另外，我肯定是错过了这个电视情节：萨拉·塞德尔在指导下去处理一座树屋[2]，

① 吉尔·格里森：美剧《犯罪现场调查》中的人物。后面的凯瑟琳·韦乐丝、瓦里克·布朗、萨拉·塞德尔同。

② 树屋：搭建在树枝间，通常供儿童游戏用。

为的是获取潜指纹。

我发现，许多学生认为，如果他们刻苦学习，然后以高学分毕业的话，全国的犯罪实验室之门就会神奇地为他们开启，他们就会被招纳进去，分得一个指纹笔刷和一罐粉末，然后，开始工作——进行试验：鼻毛的个性以及用屁股上的残渣，确定卫生纸巾牌子的可能性。大错特错，事实完全不是这样的。

在某种程度上，正因为所有的这些神奇的法医课程，犯罪现场调查员这个领域的职位绝对存在着激烈的竞争。许多辖区需要梦想成为犯罪现场调查员的人，做上几年的巡逻警员，然后才能够有资格谋得犯罪实验室的职位。这并不是说法医学的学生之前必须做巡逻警员，经过每天慢慢吞吞走一英里的生活，然后练习拉动扳机才能谋得犯罪实验室的职位，而是因为其他的部门只允许平民调查员进入犯罪实验室。让大多数求职者和实习生防不胜防的是背景审查环节。法医学和诚实是共生物，就如蛆虫和腐尸，所以，那些一直将滑稽的香烟塞进他们的菲利·布朗特（Philly Blunt）雪茄盒子的人，或是那些犯了重罪、最近酒醉驾车或是犯了轻罪——有过差劲的驾车记录，周期性地存在资金问题，或是消极的就业史，或是不太光彩地从军队退伍的人，不妨就别考虑这份工作了吧。这些人谋求的最接近法医方面的工作，也就是在《人骨拼图2》首映的各个影院兜售爆米花了。

如果学生在一个中等大小的城郊谋得一份犯罪现场调查员的职位，那么，他们将很快认识到，根本没有时间去做那些鼻毛或是屁股的试验，原因在于，他们因为不断的案子要经常地跑来跑去，而且，几乎没有哪个案子能有那些电视上每周晚上9点播放的拉斯维加斯、迈阿密以及纽约那种镜头的水平。在一年之内，他们将会处理的要案包括：150起入室抢劫案、100起家庭虐待、75起一级强暴案、50起武装抢劫案、25起被盗汽车寻回案、10起自杀事件、5起强奸案、接到4次搜索令、3起虐待病人案、2起纵火案、1起致命的火灾，以及每两起就会出现死人的凶杀现场。超常的工作量致使他们不能对案子无限地调查下去。所以当法庭传票奇怪地出现在其案头时，他们会对调查还在继续但已经作出逮捕行动的消息感到莫名其妙。即便那时，他们或许还要把那个卷宗从头翻到尾，来重温记忆，因为他们要把在过去几个月里经手的所有审讯重新整理一下。

新来的女性调查员不久就会发现，在你爬进垃圾车内搜寻证据或是在消防部门的车载登降台升起的时候，电视荧屏上那些调查员穿戴的张扬的高跟鞋、裙子和散开的秀发是那么得碍事儿。用不了多久，你就会发现，是不能穿维多利亚的秘密牌胸罩的，取而代之的是水果织布牌[①]的长款约翰，而相搭配的内裤以及那顶配有防风里衬的无檐帽儿又会使得卷发器成为家中最多余的电器之一。新来的男性调查员将会发现，有一天他们势必会遇到这样的事儿：他们的领结摇摇欲坠地垂在一具黏糊糊的死尸上面，硬领白衬衫和平跟拖鞋在工作中都碍事。他们挂在衣橱里的制服就是证明：时尚已经让位于实际情况。

新来的犯罪现场调查员将会发现，他们在夏季最热和冬季最冷的天气里必须进行户外工作；在一场猛烈的降雨把一切都冲进附近雨水渠之前，他们要争抢着奋力拍照，然后草拟证据。他们将会接触招惹到虱子、牛疥疮、有毒常春藤以及遭遇其他来自受害者、嫌疑犯和犯罪现场的恶心事物，但是要学会不去抱怨，因为，与每天和带有生化危险的材料接触所带来的威胁相比，虫子和胞根本就算不了什么。还有，以后他们还会发现他们的圣诞节购物单中将会列上警备供应目录上的一系列加拉斯牌小器械。

用不了多久，新来的调查员便会认识到，他们的工作和电视荧

① 水果织布牌：美国著名内衣品牌。

屏上所描述的真的很少有重叠之处。过不了几周，他们将抢先目睹一些糟糕的事情：成年人对孩子所做的，孩子对成年人所做的，人对动物所做的，动物对人所做的，以及人们对他们自己做的。他们开始每一班岗时，都会考虑又会有什么意想不到的任务在等待着他们、他们是否能够按时停工。他们还会坐上直升机去空中拍照吗？或许，他们将不得不从一个处理人工堕胎的诊所收集另外的胎儿，来为一起声称是强奸的案子进行父子关系检测？或许，他们将要给一个因为在墙壁上用蜡笔胡乱涂鸦，而被热水烫伤所以不得不进行植皮手术的2岁大的孩子拍照。他们将不得不跟随另外一辆拖着载有一具死尸的小汽车的拖拉机返回到总部吗？希望那个剥掉自己头皮并且切伤自己面部的女人，现在还被锁着，因为每隔十年来一次自我毁损，已经够人受的了。什么时候结束呢……或者难道还会没完没了吗？

尽管现实世界与电视中的演绎有着千差万别，但是，每个星期花四十个小时或更多时间上班使犯罪实验室成为最酷的地方之一。一想到一些可怜的家伙一整天都坐在桌子后面，我就倍感痛苦。没有尸体、没有证据、没有搜查令、没有资料档案探讨的时候，案头工作的人喜欢在饭桌上谈论些什么呢？讨论他们的诺顿杀毒软件的扫描结果吗？

在乔治华盛顿大学读研的时候，我曾经选了一门法律课程，这门课的教员，一位联邦检察官，给证据下的定义就是“我们用来证明事物的材料”。直到开始从事犯罪现场调查的工作，我才认识到，证据的确就是各种类别的材料，可以为探员提供调查线索、可以把受害人与嫌疑犯联系起来、可以将嫌疑犯与犯罪现场联系起来，或是用于证实受害人、嫌疑犯或是证人的陈述。证据不总是枪支、刀具、或是DNA样本，它可以是泡沫聚苯乙烯蛋品包装纸板箱、大号马克集装箱、一件呼特斯牌T恤衫、一袋网球、一幅怀俄明州地图，或是一条皮制的假阴茎一样令人不可思议。所有的这些材料都会对案件的解决或多或少地有些帮助。

罗卡交换定律是法医学的指导方针，是使调查员不断地踏上渴求搜寻“材料”路程的动力。其核心概念就是，不论什么时候一个人与一件东西或是另一个人进行接触，都会有什么东西被带离，而某些东西则会被留下来。换句话说就是，当一个罪犯进入一间房子，企图盗窃的时候，他会留下某些东西来（他可能碰伤了自己，然后留下了血渍，或是走在泥土中，留下了脚印），他会带走些东西（可能是受害人花圃上的泥土嵌在了他的鞋底，或是受害人刚刚刷过油漆的窗台，上面的油漆粘在了他的衣服上）。有时候，确定犯罪嫌疑人可能会留下什么样的材料，确定嫌疑人可能从犯罪现场带走了什么需要我们打破成规，发挥想象。以一种创造性的思维方式对待材料的能力，是一位犯罪现场调查员、一个探员和一位优秀的犯罪现场调查员、一个优秀的探员之间的分界线。

正是加拿大调查员的这种足智多谋的思维方式，加上科学家们想要以一种反传统的方式应用其技能的意愿，才判定了道格拉斯·比米什谋杀了与他不和、普通法所认可的妻子雪莉·杜瓦。

1994 年，加拿大皇家骑警在爱德华王子岛搜寻这位杳无音讯、身为 5 个孩子的母亲（32 岁）的时候，发现了一个塑料袋，里面装有一件带血的外套，外套上黏附着几缕白色的毛发。实验室的测定结果表明，那些毛发并不像最初所认定的——来自犯罪嫌疑人，而是来自猫的身上。外套上的血渍，其血型和雪莉的血型一致，而道格拉斯的父母恰好有一只叫雪球、长着白色绒毛的猫咪，这并非是什么巧合。没有其他的证据继续跟进，便把那几缕毛发送到了美国马里兰州弗雷德里克县的国家癌症研究所基因多样性实验室（英文简称 LGD）。国家癌症研究所基因多样性实验室对在雪球和上衣上找回的毛发进行基因配对，随后比米什被判处二级谋杀罪，被判十五年的监禁。这起案件，创造了法律上的先例，因为这是加拿大法庭上首次允许对动物的DNA进行分析。

自雪球首次登台后，美国检察官就一直追随加拿大的做法，在涉及偷猎、虐待动物，以及违反濒危物种法案的案件时提交动物的DNA。在佛罗里达州盖恩斯维尔市，州狩猎监督官都是依赖动物的DNA来追查非法狩猎者的。对于狩猎监督官来说，如果怀疑没收来的鹿肉来自那些在淡季被宰杀的母鹿，那么将其送去做DNA检测已经不是什么新鲜事儿了。加利福尼亚州发生的盗窃案中用到了牛的DNA，发生在佛罗里达州的一起虐待动物的案件中用到了美洲驼的DNA，而在蒙大拿州发生的一起偷猎案件中，用到了大角羊的DNA。美国法庭上牵涉提交犬类DNA作为证据的第一起已知案件，出现在华盛顿州西雅图，案件围绕的是1996年的一起枪杀事件，事件中一只叫作奇夫（Chief）的比特犬，以及他的主人杰·约翰逊和拉克尔·里韦拉被射杀而死。公诉人坚持认为，被告乔治·图伊勒法诺（Tuilefano）和肯尼思·流鲁埃里（Leuluaialii）在售卖大麻遭到拒绝后，强行闯入犯罪现场，然后杀死了奇夫和他的主人。结果，DNA显示出被告人外套上的血渍与那只被枪杀的狗的血型相符，而血渍不属于那只叫作奇夫的狗、属于其他狗的几率小之又小。

但是，为什么突然叫停使用动物的DNA呢？1992年，亚利桑那州的沙漠地区发现了一具女尸。留在犯罪现场的一个传呼机，将线索最后追踪到了马克·博根身上，这个人有一辆白色的敞篷小型载货卡车，和报道中的那辆车相似。报道中说，有人看到那辆车急速驶离当地。博根声称，一位搭便车的女人在一番争论后偷走了他的传呼机，但是，他却否认曾经到过犯罪现场。对博根的车进行搜查后，找到两个亚利桑那州州树假紫荆的种荚。侦探们断定，如果他们能够发现这两个种荚的DNA与犯罪现场树木的DNA相符，他们故而就能够定博根的谋杀罪。这个案件因为这一事实而变得很复杂：对于假紫荆树的遗传变异性之前没有过任何研究，种荚内是否含有足量的DNA可以进行基因分析也是个未知数。监测的效力一旦确定，而且研究人员也确定了，事实上对独特的假紫荆树进行辨别的过程是可取的，那么这一检测过程也就开始了。结果表明，博根到过犯罪现场，他最后被判定为一级谋杀罪。

在法医学中，对于人类之外的DNA的利用，潜力巨大。可能在将来的某一天，我们是不是能把犯罪嫌疑人衣服上带的叶片与受害人门前人工养殖的灌木相配起来？是不是可以将犯罪嫌疑人外套上附带的木质纤维与盗窃现场坏损了的窗框进行联系？能否在皮子上作DNA检测，然后给犯罪嫌疑人的双手戴上一副手套？或是，将犯罪现场遗留下来的破烂鞋茬儿与嫌疑人橱柜里的鞋子相关联起来呢？我不是法医植物学家，或是法医血清学家，我也不知道这些问题的答案，但是，我会打破成规的束缚进行思考，毕竟，这才是比较关键的地方。

随着法医学的发展，我们也会重新看一看一些陈年旧案。就拿“丽奇·伯顿案”为例吧，她真的狠砍了她母亲40下吗？在她得知母亲的所作所为后，她砍了41下，这让她的父亲吃惊不已（顺便说一下，这些数字的偏差很大）。几位法医界的科学家曾对这一案件进行了重新回顾。这一案件甚至也进行了重审，尽管重审的过程是在事件发生100年后斯坦福法学院的课堂上进行的。尽管仍有些人确信丽奇实际上就是人们所说的，挥舞着短柄斧的狂躁症，而用来重新估算其继母死亡时间（例如，食物消化和尸冷的速度，以及血液凝固的程度）的法医病理学证据，还是对最初裁定其“无罪”的判决起到了支持作用。在模拟重审丽奇·伯顿案期间，美国最高法庭大法官威廉·H. 雷奎斯特和桑德拉·戴·奥康纳担任斯坦福法学院主席台上的嘉宾，丽奇再次被判无罪。

法医学在辨识俄国罗曼诺夫家族方面也发挥了一定的作用。

1918年7月16日的晚上，沙皇尼古拉斯·罗曼诺夫、特里娜·亚历山德拉，他们的5个孩子——奥尔加、塔蒂阿娜、玛丽、阿纳斯塔西亚和亚历克斯，还有皇室御医、1名护士及两个仆人被布尔什维克的行刑队处死。1991年，从西伯利亚叶卡捷琳堡的一个地下墓穴里挖出了4个男性和5个女性的尸体。尽管递呈上来修复后的牙齿，其质量都表明后代们都是富有的人，而且，死前的伤口也和罗曼诺夫家族身上所承受的伤口相吻合，证明其身份的却还是线粒体的DNA（mtDNA）。由于线粒体DNA是由母系传递下来的，事实便是：特里娜·亚历山德拉的曾侄——英国的菲利普亲王，和四位女性的骸骨有着相同的基因序列，共同的基因起源便得以建立起来。对于沙皇尼古拉斯而言，他的线粒体DNA序列与他的曾侄，即法夫郡公爵詹姆斯的吻合。其中一个女性尸骨以及三位男性尸骨的基因序列和沙皇或是特里娜母系亲属身上提取的不相吻合。因此，所得出的结论就是，这些尸体十有八九是那个御医、护士以及两个仆人的尸首。两个年龄最小的孩子——阿纳斯塔西亚和亚历克斯的尸首仍然没有找到。

调查工作并没有伴随罗曼诺夫家族葬礼的恢复和鉴定而结束。1921年，一名试图自杀而被安置在德国一家精神病医院的妇女，声称自己就是阿纳斯塔西亚·罗曼诺夫。名为安娜·安德森的她，长相酷似阿纳斯塔西亚，但是有一些人怀疑，她实际上是柏林工厂一名叫弗兰西斯卡·斯干科斯卡（Schankowska）的工人。1984年，安娜死后，她的毛发和组织样本与取自罗曼诺夫家族的毛发和组织样本进行了比对。比对结果很清楚地表明，安娜·安德森与这个皇室家族绝对没有什么关系。接着，又将那些DNA与斯干科斯卡（Schankowska）的母系侄孙进行了比对，结果显示，他们的DNA相符，最终安娜·安德森的真正身份得以确定。

多亏了我在法医毒理学的朋友们，使得拿破仑·波拿巴之死的新信息得以浮出水面。自1820年秋天以来，腹部绞痛、浑身无力以及不停的呕吐使得拿破仑丧失了行为能力。1821年春天，拿破仑被离奇的疾患拖垮而亡。负责为拿破仑尸检的医生诊断说，其死亡原因为胃癌，但是，除了拿破仑看似健康的尸体表象外，医生还注意到了拿破仑肝部的许多变化。这和通常与癌症相伴的体重骤减的状况前后矛盾。近来对拿破仑当年的病症进行重新思考又引来了人们对肥胖性生殖无能综合征和克莱里菲尔特综合征所带有的疥疮和血吸虫病各方面的尸体解剖的调查分析。然而，另外的一些理论表明，拿破仑是中毒而亡的。

一个友人和奴仆被怀疑是因为中毒而亡之后，拿破仑本人很担心他会成为被迫害的目标，于是他就把自己的担心讲给了那些与其关系密切的人。拿破仑的担忧或许已经得到了证实，因为一位名叫斯坦·傅孝武的瑞典牙医将他记述在回忆录里的拿破仑当年出现的症状，与案件中所报道的砒霜中毒出现的症状进行了比较。随后，便对拿破仑毛发的样本进行了检测，而检测结果显示了超出正常水平很高的砒霜含量，看起来，他在相当长的一段时期里，都在服用少剂量的砒霜。拿破仑的死，是否是一场密谋的凶杀所致，或许他接触砒霜是否是个意外，都无从得知。但是，几位研究拿破仑之死案件的人员都异口同声地将矛头指向了席勒绿色素——拿破仑家里的绿色墙纸上面就染有席勒绿色素。房屋中湿潮墙壁上生出来的霉菌，会释放气体形式的砒霜，而拿破仑又长期地接触它，这都是很可能的事情。也存在这样的可能性：拿破仑所摄入的药物中含有砒霜，加上墙纸所释放的，使得砒霜的浓度更加高了。

关于法医学在解决历史上那些最大的谜团方面，我可以写上一整本书。DNA技术让迈克尔·布拉希的名字留在了埋葬阵亡无名战士公墓的一堆白骨前，随后，DNA技术还平息了关于法国路易十七逃亡的谣言，也平息了流传一百年之久的谣传：人们认为亡命之徒威尔德·比尔·朗利及杰西·詹姆斯并没有被执行死刑，他们的葬礼也不是真的。借助于法医学，我们确认了约瑟夫·门格勒的尸骸；确定了阿道夫·希特勒日记为假冒；对都灵圣体裹尸布进行了重新审视；收监了丹尼斯·雷德——他自封为BTK（英文单词Bind“捆绑”，Torture“折磨”和Kill“杀掉”的首字母组合）连环杀手，犯下过众多罪行。

最近对开膛手杰克（英国伦敦系列凶杀案的凶手绰号）一案的重新鉴定中，运用了法医证据，而所用的法医证据表明，一位名叫华特·席格的人有可能是一系列杀戮案件的真凶；法医证据还削弱了阿尔伯特·德萨尔沃对自己就是波士顿杀人狂，对受害人玛丽·沙利文进行性侵犯的言论的可信度。从富兰克林探险小组人员身体里发现的较高铅含量——据说是来自罐装食物的焊锡，或许这就是导致这些海员在进行不幸旅程期间，在欧洲到亚洲的西北通道时殒命。还曾经对那些被杀害的受害人经受的创伤，以及报道中说阿尔弗莱德·帕克勘探远征队（穿越科罗拉多洛基山脉时）吃食同类的问题进行了人类学分析。我们目前正在拭目以待：等待着法医人类学对唐纳探险队营地搜集回来的尸骨的分析结果，看一看科学是否能够支持历史对饥饿和自相残杀所作的描述。

法医技术的发展以及解决当代案件和重新审核以往案件的能力，已经达到了这般的程度，是因为精明机敏的犯罪现场调查员、坚持不懈的侦探、训练有素的分析师和偶尔出现的历史迷——所有这些将时间花在了昼夜进行反常规思考人群的功劳。他们都会考虑猫的毛发、狗的血液、种荚、铅焊料、绿色壁纸以及其他所有的小事物，而留下我们这些人只把这些小事物当材料看待。在法医学领域，一个人的垃圾物品对于犯罪现场调查员，都是他们眼中的瑰宝。

第二章　每一分钟都有一个混蛋诞生

身为一名名副其实的犯罪现场调查员，你会从那些课堂上教授不到、书本上读不到，或是电视荧屏上看不到的切身体验中受益匪浅。就我而言，我从自己所犯下的错误中学到的最多。我是用了几个月的时间，到过6个血腥的犯罪现场后，才弄明白了为什么在我下班返家时，我的爱犬们会如此着急地舔舐我的靴子。我真希望曾经有人提醒过我，如果我把手电筒倒着放在20世纪70年代、呈芥末黄的粗烟丝的地毯上，那么我会引发一场火灾；我也希望，曾经有人警告过我，不要把辣椒喷雾往散热器上放，除非我想在圣诞节那天屋子里人满为患的时候，让它充盈整个房间，起到点什么效果。

我很快就了解到的一个事情就是，和死人打交道并没有我最初所想象的那么令人惊奇。他们当然不是最友善的一帮家伙，许多都不太体谅人，要在出现暴风雨的时候，或是在一年当中最寒冷、风刮得最大的夜里选择去户外的另一端。有些呢，会恰好在我要下班的时候休眠，导致我不得不加班加点工作，差不多所有的死人都会散发出恶臭来，而他们却毫不为自己辩解。有的人，在我去处理他们之前甚至连穿上干净的袜子都不肯，然后在我开车把他们的衣物送往总部的时候，我的厢式货车已被熏得臭气冲天。

尽管我对这些甚至连认识都不认识的人甚是憎恶，但是我接受了犯罪实验室的这个职位便证明了我愿意并且自愿去看他们的样子、去闻他们的味道、去触摸他们，去为他们翻动身体。我知道我将不得不去听那些快乐的小蛆虫饱着肚子爬过腐烂的血肉的声音；我明白，可能偶尔还会被喊去帮着去除乳头环和肚脐环。尽管我不太喜欢这个想法，但是我承认这个事实：在采集录入他们指纹的时候，我需要握着他们的手；在清查私人物件的时候，我必须把手深深地塞进他们的口袋里。我同意定期去太平间，见证验尸的过程，去观看病理学家将那些器官用袋子装起来，将袋子打包放进独木舟似的躯干里，这和法兰克·普度如何把装有鸡鸭内脏杂碎的袋子藏在烤箱里面的动作有些相似。我愿意去做许多我从来都没想过自己会做的事情，但是，我也有我能忍受的底线。就在一个死人的手终结在我嘴里的那一天，我越过了那条线。千万不要吮吸死人的手指，这也只是我费尽千辛万苦得来的若干教训中的一个。

我在夜里 10 点半开始夜班工作，而且，一旦离开犯罪实验室后，我就不会再返回来了，除非是不得已。我要处理的犯罪现场，都发生在大概 300 平方英里的区域内——这个区域横跨了部门分管的九个分区中的五个辖区。我觉得，离开总部，开上 20 分钟的车赶往犯罪现场，然后再用 20 分钟的时间赶回到总部，而所接到的另一个派遣任务却在我刚刚离开的那个地方，这种情况一点意义都没有。我至今也不知道自己当时为什么在意这一点，这不是我的做事风格。有一件事情是比较确定的：我上司当班的夜里，我从来没有在两个案子中间返回到实验室过，我的上司，她是我所认识的人当中最为善良的一个，不过，凌晨 3 点半的时候，她就会有许多话要说。通常，在那个时间点儿，我都努力地让自己保持清醒状态，同时也处于最暴躁的状态。上司在那里讲啊，讲啊，讲的。她会给我聊她的家具啊，她的车啊，她的脚踝啊，她的那些优惠券啊，以及她那只名叫萨尔瓦多的鸟。萨尔瓦多死去的时候，我很难过，我想知道，我的上司是否会再养一只新的长尾鹦鹉。

在这个痛苦的夜晚，我把车放在了一个我最喜欢的地方，这个地方在挨着一个古旧坟墓的空地当中。我已经逐渐喜欢上了这里，因为从路上是看不到我的，这就相应地保证了我一个人留在这里。我尝试过很多其他的藏身之地，但是，巡逻车辆总能发现我。在我看来，倘若一辆警车停在了一个露天空地中间，那么警察就是在说“过来，和我说会儿话。”但是，如果这辆警车躲藏在一座大楼后面，司机就是在说“让我一个人待会儿。”问题看上去好像是，我是唯一一个知道过艾米莉·博斯特[①]这个观点的人。我之所以这样说，是因为在我身处“让我一个人静一静”的场所之时，那些警员们就会毫不犹豫地停车向我靠拢，摇下他们的车窗，开始大谈一番。他们表现得只是很友好、有些爱追问，或者既很友好又很爱追问。通常，他们想知道的是，我身上是否恰好带着一些很恶心的犯罪现场的照片；有时候呢，他们就是想听我讲一讲最近处理过的比较恶心的案子，或者想听一听，我是否了解发生在我们所在地的另一端，并且已经摄制成了晚间新闻的犯罪现场的什么详细情节。接着呢，就会出现那些人——他们的一些朋友很想进入法医系统，他们想知道，我是否能给点儿什么建议，或者更好的是，我是否有什么关系可以通融一下。

如果我身上带了那些照片，我知道，就会不断地有人闯入，占据我平静、独处的空间。并不是我很介意谈论这些，实际上，当那些警员和我使劲地比着谁能盖过谁的经历的时候，我还是很喜欢这种感觉的。但是，就有一些像今天这样的夜晚，我只想一个人待着。在投入地闲聊的时候，摇下车窗，让风儿噬咬我的脸庞，是我最不想做的事儿了。只是天儿太冷了。

① 艾米莉·博斯特：美国礼仪之母。

我熄掉车前灯和车内头顶的灯，希望着自己能够消失在夜色中。空调已经打开了，热得我的脸有些灼痛，但是我的双脚依然很冰冷。我刚一关掉送风箱，寒气就从车后向前侵袭开来。我闭着眼睛摸索着空调，试着找到一个合适的挡。警察广播电台一片沉寂的情况不多，但却是受人欢迎让人很享受的事情。坏人们似乎不太喜欢潮湿或是严寒，所以，恶劣天气通常对于犯罪实验室，就意味着冷清的夜晚。我祈祷我已经处理了这一班岗的最后一起案子。风嚎叫着袭向我的车子，身边橡树来回摆动的枝杈就像是从黑色夜空下伸下来的修长手指，够向墓碑。

暖风吹送的声音，加之热气吹到我脸庞上的感觉都让人昏昏欲睡。为了更加舒适放松，我把车座往后推了推，这时，车座突然被将乘客车厢和设备车厢分隔开的保持架给挡住了。我自找苦吃了，因为我曾经赞成过安装这些保持架，以在事故发生的时候起到保护作用，免得受到飞锤、相机、静电斜顶以及提取指纹用的工具箱的碰撞。调整车座的能力，或是说更重要的让车座倾斜的能力，绝对该算是让夜班生活更舒适的必备能力，但夜班似乎永远都不能让人很好地休息。在一如这般的夜晚，我很希望我的头部能够撞在飞锤上，如若撞上飞锤便意味着我就可以把我的车座调控到一个很舒适的位置上的话，我也愿意。

我解开靴子，松了松鞋带儿，将双脚支撑在仪表板上面。我不太喜欢我的洛基牌的靴子，尽管它们本来算是质量比较好的警靴。这双靴子很挤脚，所以不管什么时候只要有机会，我就会把它们解开。我开大了收音机的音量，再一次合上双眼，将耳朵依在从肩上垂下来的佩戴式耳麦上。在过去几年上夜班的日子里，我只打过一次盹，但是我怀疑我可能还会犯一次。将耳朵放在耳麦上，调高收音机的音量，我知道，如果我碰巧再打盹，收音机上传来的刺耳的声音比超大杯的浓咖啡还要快地将我唤醒。

这正是几分钟后发生的事情。

“派遣员，我是18－96，你能让犯罪实验室将频道切换到策划频道吗？”

我从车座上飞身而起，手忙脚乱地去把无线电的音量调低。该死！我在一瞬间就从一个斜躺的姿势一下子站了起来。我的心正从嗓子眼儿里蹦出来，揉了揉左边的耳朵，我在想，自己的听力没出问题吧。我嘴里蹦着自己知道的所有的脏话。在市区的午夜之后，从无线电里突然听到刺耳的声音鸣响，比让发出哔哔响声的闹铃给叫醒还要糟糕。我很得意我没有往肚子里灌上一大杯甜甜圈咖啡，否则的话车子座位上肯定会到处都是咖啡了。

抓起麦克风，我都没有按下通话键，我假装训斥着那个打扰了我的警员。你到底哪根筋出问题了啊，愚蠢的家伙？

“2215。”分派员正在呼叫着我的代号。“你能不能把无线电切换到策划频道找18－96？”

我挤了挤脸，翻了翻眼睛，模仿她鼻音很重的语调，2215，你能不能把无线电换到策划频道找18－96？我知道，天气太过寒冷、我的音量调得太高、我希望今晚上工作已经结束、我的靴子挤得脚疼、车座不能倾斜放置、我的上司死了一只鸟，或是我希望飞锤子撞到了我的脑袋——都不是派遣员的错儿，但是，因为我看不到她，所以我可以责怪她。“正在切换。”我用鼻子发出声音来回答她。

我们部门由10个分区组成，每个分区又有3个专门的无线电频道：一个主要频道、一个策划频道和一个保密频道。案子都是由主频道分派和接收的，不过，如果有谁有些非正式的话要讲，或是想进行一场交流，而这场交流又会占用主频道的空间，那么双方就切换到策划频道。交流结束时，双方再换回到主频道，然后恢复正式操作。保密频道是“秘密”频道，犯罪实验室的员工没有权限进入。代号为18－96的人是车祸小组的一个成员，他要我切换到策划频道这一事实表明，他有问题或是有什么事儿要我帮忙。

我伸手向下，把无线电切换到策划频道。“我是2215。”我的声音听起来冷漠无情。

“你好，2215，我是18－96。”我辨认得出这个声音，是艾弗斯警员。“我们需要你过这边一趟，你能帮我们在致命的受害人去市里之前，为他采集手印吗?”由于艾弗斯是车祸小组的，我知道他使用“致命”一词，指的是在车祸中死亡的人，或者是被车撞了的人。而“市里”则是用以代指太平间的行话。

“噢。”我哼了一声。我很讨厌这类要求，并不是我不想帮忙，虽然不想帮忙有一点是因为这种恶劣的天气，因为这对于犯罪实验室是一种让人左右为难的情况。在尸体进行尸检之前，我们什么都不能做，不能动尸体，包括在受害人手上放置指纹墨水，除非得到了验尸员的许可。不过，验尸员很少会给出这样的许可。

这全都诠释成了一种情况：深夜时分，在通常情况下，一个身份不明的死者直到第二天才会进行尸检，很可能是在上午稍晚的时候进行。只有为受害人进行了尸检后，才可以为其提取指纹。一旦采集了指纹，指纹卡片就会从太平间传送到警察局总部，然后被输入到指纹数据库。接着，调查员就要等待，通过电脑看看是否会“撞车”。如果发生“撞车”情况，指纹检验员必须将从受害人身上提取的指纹与档案中的指纹进行比较，然后进行确认。所有这一切，都要在通知受害人家属告知受害人已经死亡之前完成。同时，受害人家属可能会大为发火，然后给当地医院打电话，说爸爸昨天夜里打保龄球，没有回家。然而，在撞车现场采集受害人的指纹，调查员是可以立即开始身份认证过程的。

我知道，艾弗斯不会喜欢我的这个回复。“我马上过去，不过，除非ME说了没问题，我才可以为受害人提取指纹的。他们到那边了没有啊?”ME是验尸员（Medical Examiner）的缩略语，不过，我们用它来代指验尸总部（Office of the Chief Medical Examiner，缩写为 OCME）过来的任何一个人。

在我们的辖区内，法医病理学家（具有内科医生资格）赶赴死亡现场的情况不多。在大多数情况下，他或是她会派遣一位法医调查员过去。这些受过高端培训的人要评估现场、检查尸体，还要收集历史、医学以及法医方面的信息，他们要打电话，把这些信息告诉给随时待命的病理学家。依据所收到的信息，病理学家还要断定，尸体是否需要送到验尸总部进行验尸，或是，确定是否能够直接送往殡仪馆。

如果确定了，艾弗斯的事故受害人将会被直接送往殡仪馆，那么，就不会有什么理由不为他或她采集指纹了。但是事故受害人总是会被送往市里，如果死者双手上沾着黑色墨水被送到太平间的话，我就得进行一通解释。犯罪现场是警察的管辖范围，而死尸又是验尸员的管辖对象。故此，除非病理学家，或是法医调查员亲自到场，那么，警察不可以动尸体。此外，他们还不能挪动尸体、不能翻动尸体、不能在尸体上搜查，或是拨弄尸体。每次我对两岁的孩子说“只许看，但是不要摸”和“用你的眼睛看，不过，不要动手”的时候，我就会想到死人。

在尸体抵达太平间的时候，病理学家首先要评估包括复查法医调查员收集回来的信息、还有在现场拍摄的尸体没有被动过的照片。对尸体的外部检查、受害人的照片以及尸体上损伤之处，也是尸检过程一个比较重要的初期步骤。在犯罪现场用在受害人手上的指纹墨水，可能会掩盖一些小的伤口，比如防御性伤口；或者损害他或她手掌里面或是指甲底下的证据。这种墨水还会出现在尸检时拍摄的照片中，谁也不希望这些照片流入辩护律师的手里，辩护律师会在法庭上及时地发问：“那么，请问犯罪实验室的小姐，在尸体送往太平间之前，您对尸体还做了些什么？”含义就是，犯罪实验室的人对尸体造成了一些额外的可见损伤，制造了假证据，等等。

“还没有呢。验尸员正在76（赶往的路上）。我们真的需要给这个家伙采集指纹。”艾弗斯在那边吼着，他的吼叫声盖过了他那边消防车发动机发出的嗡嗡声。这些声音听起来就像是发电机。消防部门大概已经赶到那里在用泛光灯为事故现场照明了。“如果我们现在不采集指纹，就只能等到今早晚些时候了。我们就没有身份证明。你能过这边来帮个忙吗？这次事故没有任何疑点了。”他声音的起伏告诉我，他正在走路。

我看了看表。他说得没错，如果我不给他印指纹，艾弗斯只能在午饭后才会获得受害人的身份了。

他又在电话中出现了。“我理解，上周你外出去了个犯罪现场，给个家伙印了指纹，没用墨水。不管怎样，我们确实需要你来这边。”

我仰头，将脑袋靠回车座，这个动作使保持架嘎嘎作响。事实就是这样，我上周的确去了一个现场，可是艾弗斯到底又是如何得知的呢？我正在学着不再去帮助他人，因为不论你为他们做了什么，都会被解释成这是你的工作职责。譬如，找回被偷的汽车。一般情况下何种车辆达到犯罪实验室负责的标准是有规定的，但是有时候即使没有达到标准我们也无论如何都要赶往犯罪现场帮忙。就在不久前，我们接到请求，要我们帮忙处理所有找回来的被盗车辆，就是这些警员，我们刚刚在几周之前帮助过他们，而如果我们没有或是不再帮忙的话，他们就会恼怒。

我摇了摇头，表示难以相信。“10－4（没问题），我会尽力的。正在76（赶往的路上），我大概需要二十分钟的时间赶到。”我的声音听起来很烦躁，甚至没等艾弗斯回话，我就把无线电拨回到了主频道，然后系上靴子，开始掉头。

在开车赶往事故现场的途中，我回忆着和艾弗斯的谈话。很明显，他那边的一个警员给他说了我前一周为那具无名尸提取指纹的事情。如果我拒绝艾弗斯的请求，也是有正当理由的。不过，在一起没有任何可疑迹象的死亡现场帮忙，我也没觉得有什么不妥。

有三种类型的指纹：可见的、潜在的和立体的。可见指纹是指肉眼可见的，比如用血液、巧克力、奶油或者指纹墨水等印成的。与可见指纹相对应的是潜指纹，或是说肉眼不可见的指纹，除非用化学试剂、粉末处理，要不就要通过特种光源才能观察得到。第三种类型的指纹是立体指纹，这种指纹在自然界中是以三维立体的形式出现的。比如印在油灰、树脂这些柔软的材料中的指纹。

人体指甲中的残留物（主要由水和油脂组成）逐渐形成潜指纹。当指甲碰到或者触及什么表面的时候，这些残留物就从指甲上转移到物体表面。如果有理由相信一个光亮的表面含有潜指纹，那么，让潜指纹显现的一个最简便的方法就是，轻轻地在这个地方抹上少量黑色指纹碳粉末。如果一个指纹显现出来，就可以用相机拍下来或者以物质形式从物体表面取走。取指纹是一个很简单的工作，不需要使用任何高端技术仪器。将透明胶带有粘性的那一面放在指纹上，然后剥掉的时候，指纹粉末便粘到上面了，然后将这个透明胶带附到一个光滑的白色卡片上。将这个卡片运送回实验室进行后续检测。

上个星期我在死亡现场的时候，他们要我提取尸体的指纹。开始时，我因为墨水问题没有做。之后，我突然想到，如果我把受害人的手指轻轻地放到指纹卡上按一下，这样就可以取到潜在的残留物，然后往光滑的指纹卡上抹指纹粉末的话，或许就可以取得受害人的指纹了。

当走进死亡现场的时候，我不禁注意到自己已经出了堪萨斯州。之前的一刻钟里，我没路过只能支付支票的货摊，或是带有防弹玻璃的酒馆，闻不到快餐店的油烟味儿，没有听到从旁边车里传来的刺耳又砰砰敲打的说唱音乐声。我只身从丑陋不堪的市区通道（到处是黑出租车司机和十美元就能搞定的妓女），来到了一个安静的乡村，这里有专业棒球或是足球运动员的临时庄园。

一辆巡逻车挡在了路上，那个迫不得已忍受着寒冷的警员，指挥着几辆接近小路的车子绕道而行。他手电筒的末梢用螺丝拧着的一个红色的锥形小玩意儿使手电筒变成了一个闪着光芒的交通棒。我的车没有标记，我知道我会被他指挥着绕道而行。在我没有按指示将车子打弯的时候，那个警员舞动着红色的交通棒，指向小路。我正好把车子停在了路中央。可以看出来他此时很上火，因为他加紧步伐发出的声音逐渐短促而又莽撞。一只手电筒正对着我大声吼叫。当明白我不会转弯绕行的时候，那个警员跺着脚步走向我的车子。

我把车窗摇下来，让他能看清楚我衣袖上的肩章。

“不好意思，我还以为你只是一个白痴司机呢。”他向他的车走了回去。“我给你让路，小心点啊，那边结了一层冰。”

在我驾车驶往事故现场的时候，车头灯下面的沥青发出闪闪亮光。我决定把车停在路中间，以避开堆结成冰的泥潭。我在那儿坐了一会儿，吸进最后的一点儿暂时能够感受得到的热量。寒风在旷野中劈斩穿行，我的厢式货车像摇篮一样来回摆动。我迅速把两副手套里衬放在双手上面，然后扭动着将双手放进一副厚厚的羊毛内衬手套里。我戴着的帽子有一个防风里衬此时正好派得上用场。我把帽子向下拉，拉到最低。风刮得很猛烈，打开车门都异常费力，我一出来，身后，大自然的威力就将车门砰地关上了。

没有塞进帽子的发丝就像鞭子一样抽打着我的脸，迎风走路很困难。我在想，也许如果我再晚些赶过来，那个死去的家伙可能已经被风吹走了，艾弗斯也就取消任务，不用我过来了。

我穿行在警车和消防卡车摆成的迷宫之中，搜找着艾弗斯，和大多数在场的警员一样，他正坐在暖和的车里做着文案工作。似乎看起来，警察和公路的工作人员总是闲坐在那里，无所事事。我无从知道公路工作人员的工作情况如何，但是我却知道，警察必须要做地球上最有耐心的人，因为他们似乎总是在等待着某个人。在这起案子中，艾弗斯正等着我来给尸体采集指纹。我的工作做完，他又得等待将尸体推到太平间的运送服务。接下来，他要等拖车来工作，消防部门在拖车工作完成后才会离开，而艾弗斯要等到所有人都离开了才可以离开。

恰好有一条条规，这个条规规定了不同的人赶往死亡现场和等待通知的前后顺序。要按着特定的顺序完成这个过程，是为了防止太多的人同时出现，防止同时来到现场大家会仓促完成工作。一旦一名警员抵达事故现场，认为有必要进行犯罪实验室的工作，他或是她就会提出请求，然后这个警员就开始了等待。

尽管死亡案子是优先处理的案子，但是如果我们因为搜索令或是另外一个死亡现场而脱不开身的话，犯罪实验室就会对推迟作出回应。最后，我们会赶到那里，拍照、作概述、记录测量数据、做笔记，如有必要的话，进行特殊的处理工作。在犯罪实验室准备好可以对尸体进行处理的时候，我们就给验尸人员那边打电话，接下来，就和警员一起等待。

一段时间之后，法医调查员出现，拍照、访问，然后检查尸体。这个调查员会打电话给法医病理学家，由病理学家来决定是否有必要进行尸检。如果需要尸检，也就需要验尸总部的运送服务。如果不进行尸检，那么就要问家属是否送往殡仪馆。不论尸检与否，我们都要等待。

所以，这些警员厌倦了漫长的等待，这是人之常情。因此，他们经常绕过这些条条框框。显然，当他们这么做时就有了问题。大多数情况下，他们会同时通知犯罪实验室和验尸员。他们通常错误地预想犯罪实验室会先到达现场，做他们的工作。在犯罪实验室刚刚完成他们工作的时候，验尸员也正好赶到现场。但是如此合理的时间调配从来不可能发生。在数不胜数的案例中，犯罪实验室都在验尸员后面到达现场。当这种情况发生时，就很难发现受害者是不是从犯罪第一现场转移过来的，是不是被翻动过。受害者的口袋往往会被掏空，房间会被翻个底朝天。当然，这一切并不是验尸员的错误。验尸员做这些是想当然地认为犯罪实验室已经到了现场并完成了他们的工作。这些不耐烦的法医调查员或是指挥他们赶快干活的上司们，都有责任。

我站在艾弗斯的车外等了一会儿，希望他能看到我。我不想从衣兜掏出手来去敲他的车窗。刚从厢式货车上下来也就一分钟左右，我就已经冻得浑身发抖了。我在艾弗斯的车边看到草丛中有一小堆金属碎片黏合到一块。在这荒郊野外，在这般的寒冷中，在这样的寒风中，我是不可能有什么思路的。我本来打算脱掉厚厚的手套，换上乳胶手套去取这个死尸的指纹。想到我要摘掉厚厚的手套，只戴着橡胶手套为那个死去的仁兄采集指纹，我就有些战栗。我曾经十分鄙视的护理院校，现在看起来待在那里的昔日时光还是很美好的。

艾弗斯正在沉思，我只好去敲他的车窗。

“小姐，晚上好。”他咂着嘴边向我打招呼，边把车窗摇了下来。被困在有史以来最为寒冷的深夜，与一具死尸待在路边，他那开心的笑，就有些不太合适了。

“请给我点温暖。”我把头伸进他的车窗，想取点暖。风猛烈地吹到我的后背上，从衣服纤维间钻进我的身体里。我的衣襟像杆子上的旗帜一样在风中剧烈地摆动。我以前和艾弗斯一起处理过好多案子，他总能在我的藏身之地找到我。他把空调对着我，然后把风机开到最大。暖风吹着我冰冷的脸，我感觉到有些刺疼。但是这很舒服。有点儿像你把酒精倒在毒藤上的感觉。

艾弗斯注意到我淌着鼻涕。我鼻涕流出来的速度极快，比我喘气儿的频率都快。艾弗斯合上文案，提醒我说："难道你就不敢进到我的车里面来吗?"然后便把身子侧向了一边儿。

"嗯，如果你驾驶室座位上没有那么多垃圾的话，我就进去。"我说话的时候，都感觉不到自己的嘴在动了。或许我看起来就像是一个口技表演者吧。"你得友好一些，因为我在帮你的忙，要我再重新考虑的话也不是什么很难做到的事儿嘛。"

我把副驾驶座上的东西说成是破烂儿，艾弗斯对我进行了纠正。他用手使劲拍了拍成堆的文书。"这是工作，有时候我们有些人事实上做的就是这些事情，知道吗?"我真想问他，是不是7－11便利店里盛热狗的箱子从小桌子上戳出来也算是工作，但是我被冻得不行了，就没有说出来。

我将双手按在车子的排气口上，看着艾弗斯把放在他大腿上的文书系到一个又破又旧的铁笔记夹板里。他总是有点邋遢，不爱整洁，不过，他的调查工作做得还是很出色的。他让我想起了可伦坡①。

"并不是因为你要求我，我才整理的，而是因为你得为你那个伙计把指纹录到指纹卡上，然后在上面撒上指纹药粉。你要弄完10张卡，但是这也是我能做的唯一的事情了。"

"我很想知道，你是怎么打算，怎么做的。"艾弗斯把他那副迷你手套拉了拉盖住双手，又重新弄了下脑袋上的帽子。"我真的特别感谢你的帮忙。"

"那么，我们的小朋友在哪儿呢?"我希望死去的家伙可不要还待在那辆变了形的车子里。

---

① 可伦坡：美剧《神探可伦坡》中的主要角色。

“他在那边，床单下面呢。”“他当时被甩了出去。”艾弗斯向车子对面的方向指了指说。

我看到了旷野中随风飘动的床单。受害人离车子很远，或是说，对于我这双未曾经过训练的眼睛，看来很远。我解说车祸现场的经验不多，虽然觉得处理车祸现场是比较有趣儿的事情之一。如果平民老百姓可以进入车祸小组，我肯定会去抓住这个机会的。

“事故是几点发生的?”问这话的时候，我上上下下地蹦跳着，以保持身上的血液流动起来。艾弗斯关掉了送风机，切断暖气，摇起车窗，然后从车里走了出来。

“不确定什么时候发生的，因为唯一的目击证人不肯从草坪那边过来和我谈。”我们现在在的地方没什么车辆，或许车祸已发生了几个小时，也没人知道。看上去，这位老兄的车可能是在一小块儿冰上面打了滑，司机失控，撞到一棵树上，然后车子就翻了。

向事故现场走近一步，离应急车辆的挡风玻璃就远了一步。在走进杂草覆盖的事故现场的时候，我们就好像已经唤醒了死者。一扇扇车门开始打开，疲惫不堪但却很热情的警员和消防员们开始出现在冰冷、寒风起伏，泛光灯充斥的夜色之中。我的眼角里流出了泪水，双唇和鼻子都很痛。我拉起高翻领遮住脸，拉了拉有防风里衬的帽子，只留出来一条小缝儿向外看。

穿了这么多层的衣服，我看起来就像是卫生纸广告中的那些孩子——把纸巾塞进衣服里当作衬垫。我几乎不能曲身，更不用说扭动或是转动了。我穿着长款的丝绸约翰[①]，外面是标准长度的约翰，然后是实验室配给的军裤。上身穿了一件长款衬衣、一件高领绒衣、凯夫拉尔的防弹背心、制服衬衣、一件制服毛衣和实验室分给的外套。部门有规定，不允许我们穿高领绒衣，但是不管怎样我还是穿

① 约翰：美国服装品牌。

了。我只是设法保证它与其他衣服是一个颜色，深蓝色。上班点名期间，我就把领子卷下去，这样我的上司就注意不到我违反着装规定了。否则又要为她凌晨3点半的谈话单上增加许多话题了。我怀疑她已经知道我犯规的事情了，但她却从来没有提起过这事儿。我独自进入车里的时候，就会把一圈的领子拉起来，不过，要在下班的时候把它放下来。这让我想起了上初中时乘坐校车化妆的事情，然后要在回家的路上擦掉妆，这样的话妈妈就不会看到了。

我和艾弗斯用手电筒扫了事故现场一圈，他大概在找与撞车有关的证据。而我则在尽力不让自己踩上什么恶心的东西。当越来越靠近出事车辆的时候，我闻到了汽油味和烧焦的橡胶味。这辆车子看起来就像是垃圾桶里弄皱了的易拉罐。车头朝下，很明显车子当时翻滚过，因为车顶、车门、车护栅、汽车底架上都嵌满了杂草、泥土和树枝。车的挡风玻璃被折成了手风琴，侧窗被撞碎凸了出来。车子前端很明显撞在了树上，因为车护栅上面有一条深深的U形凹痕，细枝条和树皮嵌在被撞皱了的金属上。出事车辆上的玻璃、金属、塑料和其他东西沿着发生车祸的路面散落一地，而且，结了冻的地面上的深深沟槽也证明了冲击力之大。我用手电筒照了照残骸的汽车里面。绝对不可能有人从这场车祸中死里逃生。司机座位的背部离方向盘只有几英寸的距离，地板几乎触到了仪表板上面，安全气袋为受害者有效地提供了保护，但是太微乎其微了，因为他被甩了出去，就说明他可能没能很好地得到控制。司机的安全带在风中来回摆动，扣环叮当地撞在车子的边缘上，仿佛在强调着侦破重点。有那么一会儿，我都忘记了寒冷。

“好吧，”把一切都考虑进去后，我实事求是地说道。圣诞树形状的空气清新剂还依然悬挂在被撞得变了形的后视镜上，我指着清新剂说：“这有可能就是卖点。”

艾弗斯转过身来，示意我跟他到尸体那边去。他手电筒发出来的黄色光束表明，他的电池快没电了。在交谈的时候，艾弗斯给我提供了一些背景："是一个72岁的老人登记这辆车的。受害人没有带钱包，不过，他可不是72岁。"

那个白色床单在暗黑、星光点点的旷野中很惹眼，床单放在一棵带着新伤的树木附近。车的发动机罩就在旁边。当我们走近尸体的时候，我禁不住留意了下寒风中那个床单怪异的舞动方式，就好像是受害者正在努力着站起来一样。艾弗斯肯定也注意到了这一点，因为他转向我，面带一副惊愕的表情，然后他扬了一下眼眉。我只好向他问了个再明白不过的问题："你觉得他在伪装吗？"

艾弗斯交代完任务时，我们在尸体旁坐了一会儿。有人已经把床单的边角掖到了尸体的下面，用石块儿把床单四边压起来保证其牢固。他或她工作做得很到位，因为尽管刮着风，床单依然在那儿，没被吹走。"烦劳你帮个忙？"我兜里没带橡胶手套，所以我拒绝了艾弗斯让我掀起床单的命令。"他的脸被撞得比较严重，"艾弗斯在用脚踢出一块儿石头时提醒我道，然后从一角处拉起了床单，我推断这个位置是死者的头部。没过一秒钟的工夫，寒风便抓住了床单，把它猛地拉走了。我不得不极其迅速地闪避开来，以免被这沾满鲜血的床单打到脸上。看到艾弗斯没有戴橡胶手套，我感到异常惊骇，我看着他戴着那副滑雪手套将床单子团卷起来。那副手套或许可以兼做他平时戴着的手套了。"搞定了。"

这个老兄的尸体看上去非常完好，至少从表面上看是这样。然而，他的头部却不一样了。这个家伙死翘翘了，是真的死了。我有一种记忆回到童年观看动画片的感觉。"你知道吧，他让我想起了动画片《猫和老鼠》里的一些片断，它们会被蒸汽压路机轧扁。"

艾弗斯也没有转移话题："噢，是吗，可是在《猫和老鼠》里面，它们还会重新站起来啊。"

我又开始发抖了，脚趾很疼。"嗯，我说啊，如果这个老兄站起来，我来负责，你就负责取指纹！说真的，如果他起身站起来，你或许可以问问他究竟是何许人也。”因为没有戴着橡胶手套，我就用我脚上的靴子轻轻摇了下这位受害者的胳膊，看一看是否出现了尸僵现象。他的胳膊基本还是松弛的，但是他的双手却以握不紧的姿势握着，这双手绝对已经僵了。

“死后间隔时间”一词，用以代指一个人死亡的时间长度。在确定死亡时间方面，我们受过训练，我们要去察看堆在报纸前沿的日期、冰箱里牛奶包装上标注的保质期、留在答录机上的留言日期，以及那些没有赴约的约会日期；我们还接受过指导——粗略地评估尸僵、尸斑和尸冷的发展程度。尽管，毫无疑问这三种中的每一种都受着死亡条件和环境的影响，但是，它们也都提供了关于死亡时间方面的某一信息。

尸僵（rigor mortis）是拉丁文，代表“死亡僵直”，指的是复杂的细胞代谢过程，这个过程导致人体的肌肉在死亡后接下来的数个小时内变得僵硬、没有弹性。僵直这一过程，最先可从下颌、脖子、双手的小肌肉组织看得到。但传遍全身的话，基本是从头开始，向脚趾蔓延。根据经验，僵直现象在死亡后开始，持续十二个钟头，在出现腐烂后的十二个小时消失。尸僵也可以表明，一具尸体是否在死后被挪动过，如果受害人被发现仰着，而其膝盖却被拉向了胸部，或者手臂在空中，那么这具尸体就被移动过。由于地球引力的作用，谁也不会以这种非自然的姿势死亡的。

尸斑（livor mortis）是拉丁文，代表“死亡青色”，指的是由于重力沉降，血管中的红血球进入尸体的最低区域，导致皮肤变为青紫色。尸斑现象只会出现在那些因为血液而膨胀的血管中，因此，如果一个尸体正躺在一个坚固的表面上的话，那么，紧贴着表面的血管就会受到压缩，就不会变色。也就是说，如果一个尸体被发现是以铺展姿势仰躺着的话，尸斑现象或许就不会在肩膀、臀部，或是小腿部位出现，因为这些部位正紧贴着地面呢。和尸僵一样，尸斑能够说明尸体在死亡之后是否被挪动过。如果一个尸体被发现是趴伏着的，但是尸斑现象却在其后背出现了，那么这种现象要令人质疑了。

尸冷（algor mortis）是拉丁文，代表“死亡冷却”，指的是尸体在接近周围的温度，或是说周围环境的温度时，热量开始丧失。和尸僵及尸斑一样，尸冷的发展变化极大，而且会受到外部因素的影响。法医调查员没有记录尸体的温度，我的辖区对这一事实异议纷纷。

我转向艾弗斯：“这样，我去把我的设备拿过来，很快就回来。”在我回车子的时候，我听到艾弗斯在骂骂咧咧，我转头看见他正绕着床单胡乱地走动。看起来，他好像正试图把那个床单重新盖到尸体上面，可是，床单却像帆船一样在他的头顶飘动着。我动了去帮他的想法，不过，这个想法一闪即逝。

寒风在我的后背推着我，加快了我的步伐。如果我把双臂展开的话，我或许就能够飞起来了。我的两只手已经麻木了，双唇也冻僵了，两只眼睛充盈着泪水，鼻子也流着鼻涕。因为某个不太确定的原因，或许是习惯使然吧，我在赶到事故现场的时候，就把车子给上了锁，而现在，我一边拼命地试图进到车里面，一边笨手笨脚地翻着钥匙。像是过了好久，我听到车锁发出了快乐的咔嗒声。我跳进车里，狂暴地启动引擎，将热风开到最大，然后将双手按在通风口上。

刚开始时，感觉空气特别冷，真的是冷，但是，我的双手还是按在原地没动，因为根据常识，我知道热气正在成形的过程中。几分钟之后，我开始恢复了知觉，我翻动小背包，从若干化学激活暖手设备中拿出一个，这些暖手设备是我弟弟送我的圣诞礼物。这些家伙可管用了，我毫不犹豫地打开包装，狠劲地摇，这样它就可以产生热量了。在它逐渐热起来的时候，我在车座后面寻找小号或中号的橡胶手套。我只找到了特大号的。其他调查员会把能用的都用掉，却不去添置新的时，我就被气得不得了。不过，我也难辞其咎，因为在取车上路之前，我也没有很仔细地检查设备供应的情况。我抓起一把特大号手套、暖手设备和指纹工具箱，享受最后一分钟的温热后便关上车门，走进夜色中。

回到尸体所在的路上，情况超出了我的预料，变得更加糟糕。与空调暖气的短暂接触，对我而言就是一种捉弄，它使得暖风卖力地擦着我的脸庞，但寒风仍在耳畔吹，所有的这些让我感觉更冷了。我一边前行，一边低着脑袋看路面。甚是凄惨可怜。我恨死这样的夜班了——可是，当想到那个家庭在未来的时辰里将会接到他们想象不到的噩耗时，我的自怜也便消失得无影无踪了。

尸体旁聚集了一小拨警员和消防员。我把指纹工具箱放到地上，然后将我的暖手设备贴到脸上。我站在那儿，使劲儿地暖着我冻得冰冷的脸，看到那具暴露的尸体，又不得不抿嘴笑起来，那个被团成了球的床单被藏到了一堆石头下面。很明显，艾弗斯在和这个风帆的搏斗中，吃了败仗。

一个警员打破了沉默："嗯，我们听说你有特别的招数可以给他采集指纹。"

我很清楚，这些人才不愿意在这里操作照明设备呢，他们在哪儿也不愿意在这儿。他们为现场提供照明，是帮了我们大忙，所以我尽管压着一肚子火气，又很冷，此外还疲惫不堪，也得友好些。"我是有些招数，我会尽力，不过我也不知道是否能成功……到时候再看吧。"我打开指纹工具箱，拿下胶带、剪刀、磁粉和搅拌棒，把它们放在工具箱的盖子上面，一字排开，就好像是手术室桌子上的手术器械。

所有眼睛都在盯着我看，我感觉自己就像是马戏场里的老虎，正等着蹿过火热的铁圈一样。我不会怪他们的。毕竟，这种事情一度让我着迷已经不是一时半会儿的事情了。不过，它让我着迷已经是兴趣变成工作之前的事儿了。我把一摞指纹卡片递给了艾弗斯。“这些东西容易被风吹跑，你能帮我拿着，帮我做记录吗？”

我蹲下身，这个动作很痛苦，因为我穿得过多。等鼓足了勇气之后，我才脱下手上那副带绒毛的手套，然后带上那副单薄而又超大的橡胶手套。我当即意识到，这副橡胶手套会带来很多麻烦。它的指尖离我的指尖足有一英寸，很不合适。这样，就很不容易去摆弄死者完全僵直的手。我还意识到，这副特大号橡胶手套还会卡到指纹胶带下面，然后手套就会被撕裂。破损了的手套在血腥现场可是最避讳的。

“说嘛，给我们说说，你不用墨水怎么给他采集指纹啊？”从我身后传来一个声音问道。

我拽着这副手套，尽可能往我的手指上拽，让特大号手套的指尖落到我的指尖上面。但是没用。我蹲着把双手塞进两膝之间取暖，同时转了个圈，看看是谁问的那个问题，可是消防车上的灯光很刺眼，我看不清。我一边转身对着那具死尸，一边说道：“我不会往他的手指上放墨水，因为尸检部门不会让我们这样做。相反，我会把他的每一个手指压到一个分离的白卡片上，然后，往每一个上面抹指纹粉。但愿指纹能够显现。”我转身面向人群，将手搭在眼眉处遮蔽灯光。“我希望能成功，这个人的身体真的是太冰冷了。我几天前处理的死者不像他，比他新鲜点儿。”我的话招来了几声窃笑和傻笑。“热乎、带汗的手能采集到最好的指纹。”

我听到有人开玩笑地问着，前几天处理的人是否热乎、带汗呢。我装作没听见他的话。

我决定先从死者左手开始，因为左手看着貌似沾的血渍要少一些。更重要的是，如果我先处理左手，便意味着我背对着吹来的冷风。我抓起那只左手，透过手套，都能感受得到它的冰冷。我不喜欢死人的手，因为我喜欢活人的手。手，是我从活人身上看到的第一个事物。我真的是喜欢那些历经沧桑的手呢，这些手显示了他们的主人曾经拉过木头、采过煤、搬过砖头，或是放过牛。对我而言，看着死人的手，和看着你最喜欢吃的甜点漂在粪池中间没什么区别。

我刚开始这份工作时，很多事情都让我大吃一惊，这其中就包括死人的颜色。根据电视上所演的，死人都应该是青紫的嘴唇和苍白的皮肤。不够，我唯一一次看到青紫纯色的时候，是我弟弟在游泳池里泡得太久的时候，而他却还是活生生的。我生平第一次去太平间时，过道的轮床上躺着一个老人。还没有轮到他，他正在那里等，可是他看上去不像特别开心。他只是很安静地仰躺着，眼睛瞪着屋顶。这个老人肯定不是一个腼腆的人，因为他裸着身体，一群陌生人挤着经过他走向太平间时，他也毫不在意。我当时就在想，他是否曾经知道，某一天他自己会置身于这种窘境，就是说，赤条条地躺在人群拥挤的过道的铁桌子上。我当时就被这个死人的肤色给震惊了：发黄、不透明，看上去又厚又硬，就像是脚后跟儿上的硬结。他让我想起了人体模型。我都能把他支起来放到百货商店的橱窗里，给他身上套上最近比较流行的秋装，没有人能看出什么区别来。

在这个车祸现场，有这么一堆人焦急地看着我，我努力地把这个死人的手指从他紧握的姿势拉平，但就是拉不动。我又是拉，又是撬，使劲地用力打开他的手，可是，每一次开始有进展的时候，我会在超大号手套里抓不住他，他的手又会扣紧，把我的手陷到他的手里。我恳求他配合一点。“快点，帮帮忙嘛。”他只是躺在那里，对我置若罔闻。我再试，然后还是不行。

到这时，我的手套已经满是血了，这就更难抓紧了。我知道，假如把他的手指曲折，拉开肌纤维的话，这具僵尸就得永久性地弄断，他的手就不结实了。鉴于他的大拇指不像其他的手指那么不好靠近，于是，我便改变计划，设法把一张指纹卡片塞进它的下面。我往下按压，结果发现我手套多余的部分很碍事儿。

我的腿不听使唤了，因为我穿得太多，还是蹲着的姿势。虽然跪在草地上面会很舒服，但是，也冒了这个险：我的膝盖会粘到从死者脑袋上脱离下来的恶心的什么东西。这个时候，我在想是否在完成工作前，自己会被冻死呢。我只能努力去做了。我仔细得不能再仔细地扫视了下地面，看看有没有什么湿漉漉、粉色状的东西，看到下面很干净，我便跪了下去。重新开始开工。

我再次把手套往下拉了拉，从艾弗斯那里拿过另一张卡片，开始重复之前的过程。我不想太用力按压那个大拇指，因为那样会使指纹的纹理不清晰。完成后，为了不弄脏指纹，我便小心地把他的大拇指从卡上抬开，然后松开了手。

我转身面向指纹箱，没有多想，抓起指纹粉，却弄脏了瓶子，上面沾上了血。就是因为这个，我必须戴手套，否则，我不会碰工具箱里的任何东西。根据个人经验，我想到磁粉会比配有刷子的标准粉的效果更佳。我把磁棒浸到罐里，附着在敷料器上面的小小金属须就像是蒲公英头顶上面的触须。因为大家都在期望地看着，我把粘在磁棒头上的粉末小球往卡片上面传，一个模糊的指纹就显现出来。

我在消防车那边传来的光亮下来回地移动着指纹卡片。身后的一个人，很友好，他把手电越过我的肩头给我照着亮光。“相当不错，啊?”

这个指纹差劲死了。模糊不清，而且它连纹路都没有、冲显出来的就是死者大拇指的一个轮廓而已。我的自尊受了挫，我的自信也跑得一干二净了。我说“一点儿都不好。”我失望极了。“我再试一个手指，不过，我觉得我的运气不会太好。我认为，他的手实在是太凉了。”

其中一位消防员忍不住说道："你的意思是说，他不够热乎，不够汗涔涔吗?"

我再次地感觉很冷，双手完全麻木不听使唤了。

"别这样，再试试吧。"艾弗斯恳求道。我知道，我不会太走运。

"我再多试个手指。"艾弗斯戴着他那副肥大的手套，笨拙地伸向堆积物，试着找出一张指纹卡出来。我则跪在尸体旁，笨拙地处理着这个老兄的食指。我几乎感觉不到自己的双手在动。从上衣外套的口袋里抽出一支毡头钢笔，我把这支钢笔当成一支杠杆，撬开他的手指。我拼着劲儿，最后终于能把他的手指尽可能地伸开了，这样正好便于我将指纹卡塞到下面。指纹本来应该是一个挨一个地从指甲上采集的，但是，这次肯定不行了。从他的手里拿掉指纹卡时，我很小心，这样就不会弄脏我的艺术作品。

"现在，关键时刻到了。"我转过身，对着我的指纹工具箱。

艾弗斯在我身畔蹲了下来，我则把粉末撒在指纹卡上。又一次，指纹几乎没有吸收粉末，根本就没有指纹纹理显示出来。我知道，艾弗斯很失望。"他的两双手太冰冷了，能够采集到的就是这个了。"我让大家都很失望。

"哦，嗯，"他耸了耸肩："至少我们尽力了，我想我们要到明天上午才能知道他的身份了。"

我脱下了沾满血的手套，在开始清理的时候，我想着自己的决定，我打算用磁粉试试。我知道，用磁粉是正确之选，磁粉比标准的指纹粉有许多优势，包括冲显再次弄湿的指纹。

使手指重新潮湿！就是这样！我需要呼气。

"艾弗斯，等一下！"他已经开始往车那边走了。"我有个想法，尸检那边不会从死者手指提取DNA，对吧？我的意思是说，你弄明白没有他们为什么要取走从死者手指上剪下的指甲或是擦拭他的手呢?"

他有些不解："没有……怎么了？"

"你就给我拿着这些卡就行了。"我打着寒战，只想离开这个极其可恶的现场，但是，良心又催促我再试一次，即便这意味着被冻死。艾弗斯抓着指纹卡，这时我从口袋里拿出暖手宝，包上双手。艾弗斯一切就绪后，我把露出来的每一缕头发丝都掖到帽子里，戴上橡胶手套，然后像之前一样在尸体旁边跪下，但是这一次，我尽可能地挨他近一些。"艾弗斯，蹲下来，挨着我，备好一张卡。"我前后地动着我的下巴，反复将嘴巴尽量张到最大。艾弗斯只是盯着我看。"我在做伸展运动。"

我把手套往下拉了拉，这样我的手指就能一路向上滑到指尖了，接着，我便开始了展开与这个死去老兄食指的拼杀。像上次一样，最后我用钢笔把他的手指从其手掌心向上撬了起来，一旦牢牢抓住了手指，我试着往下推，推向关节，使其伸直，但就是伸不直，可是我已经没劲儿了。

我尽量张大嘴，慢慢探身过去，直到这个死去老兄的手指正好放进我的嘴里。我祈祷着，希望他不要太冲动，去碰我的双唇、牙齿、舌头或是牙龈。我，就这样地，和一群不认识的人坐在严冬的地面上，嘴里还含着一个死人的手指。我母亲会为我感到骄傲的，即便我没有身着正装工作。

艾弗斯反复地讲着同样的话，就像是受损的唱片那样发出声音来："究竟是怎么回事儿？究竟是怎么回事儿？究竟是怎么回事儿？"他就那么地盯着我。

我牢牢地将这根手指含在嘴里，然后准备下一步工作。我深吸气，然后被发霉的血味以及这个老兄手上难闻的烟味儿给呛到了。他肯定是在出事儿之前吸烟来着，我努力地不去想这些。然后，我深深、长长地呼出一口气，呼出的气热乎乎，湿润润的。大约5秒钟后，我小心地把死者的手指从我的嘴里拿出来，然后迅即将它按在艾弗斯早已备好的指纹卡上。

艾弗斯轻微地半张着嘴，皱着鼻子，瞪着我看。一副“我刚才没看错吧”的表情。

我转身回到指纹工具箱，涂上磁粉，用棒那么一扫，一个漂亮、完美而又纹理清晰的黑色指纹便显示了出来。艾弗斯非常兴奋，消防员们鼓掌、鸣笛。

“这就叫作呼气。”我对艾弗斯说道，他这时正在开怀大笑。我用一块胶带遮住采集到的指纹，免得它被弄模糊，然后叫艾弗斯在指纹卡的背面写上“左手食指”字样。“有时候，指纹不太能够很好地重显出来，因为指纹里面的油脂和湿气已经蒸发掉了。但是呢，你可以通过在指纹上呼气把湿气追回来，然后就要快速地用指纹粉来处理。”我向死者那边点了一下头。“在这件案子中，他的双手太冰冷了，都没有足够的湿气留下指纹，所以我只好给他的指尖加点湿气。”周围很静，你都能听到一根针掉在地上的声音。

艾弗斯在指纹卡上做了标记，然后仔细地检查采集来的指纹。当感到满意的时候，他拿着指纹让消防员们轮流观看。“嗯，没有。”他回答着一个没有被问及的问题——至少是他人小声地问起的问题。“我从来没有见过这样采集指纹的。”艾弗斯看到我正准备采集死者左手中指的指纹。“过这儿来。”他对消防员们说道，这时他把采集的第一组不理想指纹递给他们，当时我没有采用呼气的方法。“和她刚才采集的指纹比较一下，简直就像是黑夜和白天，差别很大。”艾弗斯从堆积物中撤出另一张指纹卡来，准备好，以便让我拿着。

我使劲地把手套往下一拉，手指正好够到手套指尖，然后挡住沾满血的大拇指、食指、无名指和小指，开始拼劲拉展开死者的中指。当确保抓牢了，我探身过去，张开嘴巴，把这根手指塞进嘴里，然后呼气。在手指进出我嘴里的时候，我都很小心地不让它碰到自己。我立刻把这根手指按在艾弗斯正候着的指纹卡上。就和之前一样，我往卡上撒了指纹粉，然后一个漂亮的黑色指纹立即跃然而出。用胶带遮住，然后递给了艾弗斯。“这是左手中指的。”

尽管天气很冷，我和艾弗斯依然按步骤工作着，我们进行得很顺利，势如破竹。大概不到二十分钟，就差两个指纹没有采集了。由于换到了右手，我的脸正对着寒风，被吹得很疼。尽管我很想休息一下暖和暖和，但是我已经看到了胜利的曙光，现在停下来一点意义都没有。

完成了其他的八根手指，艾弗斯保持着手拿指纹卡的姿势，而我则撬起死者的右手无名指，尽力使它伸直。我张大嘴巴，把手指放入，而在开始呼气之前遇到了麻烦。就在这一瞬间的工夫，我冻得麻木的手指一松，死者的手就滑入了我那副满是鲜血、超大号手套里。

只在一瞬间，脑袋被压扁了的这个家伙的手便从我的手里滑了出去，他的无名指还没有缩回紧握的姿势就挂在了我的口底，钩在了我下面的牙齿上，他那满是血的手扣住了我的下颌。我可以闻到香烟的味道，还能听得到艾弗斯大喊着“噢，我的天”，我这时一屁股坐在了草地上。但是，死者还是不肯松手。我像小狗把玩着玩具一样来回地摆着脑袋，这可不是游戏，并不好玩。我发出尖叫声求救，但是声音被这个不熟悉的家伙的冰冷的手给挡住了，他的手用力向上压着我的脸。

看似有数个小时后，但是可能也就大概三秒钟的时间，我最后终于解除了他的控制。我在地上打着滚、呕吐着、咳嗽着、尖叫着。我被吓坏了。我感到特别恶心，我吓得发抖！突然间，我一点也不觉得冷了。我的嘴里、下巴上全是血，一个消防员跑向他的卡车，给我带来他仅有的清洁剂——擦拭酒精。打开瓶子，我灌满一嘴的酒精，然后发出“嗖嗖”、“嗖嗖”、“嗖嗖”的声音。我一遍一遍地做着这个动作。用酒精和稳洁牌清洁剂从上到下擦拭我的脸，用着某个人的汽水漱口，大声地嚼着大概五块儿口香糖。

刚一清理完毕，我就朝着艾弗斯走去，他此时正站在消防员的人群里，大概正在讲着他们刚刚看到的场面吧。看得出来，他们看到我走近了，试图要让自己平静下来。我看了看艾弗斯，然后向那个死去的老兄点了点头。“他究竟在想些什么啊?”每个人都只是瞪着我看，不敢相信我还开玩笑。“人干嘛要这样做呢?”在那一刻，每个人都忍不住笑了起来，我也笑了。“听着啊，”我用眼睛看着他们每一个人的眼睛，这群人中的每一个人。“在那边发生的事情就此打住啊。”但是，不用想我也知道，他们保不住这个秘密。

我想得一点没错。关于这次意外，像野火一样扩散开来。我听到了书中才有的那些吸血、恋尸癖等笑话。所有警员和其他的犯罪现场调查员都被提醒着不要让我一个人和死尸待在一起，因为说不好我会做些什么。

因为我们部门认为这次事件算是一起“曝光”，所以对受害者进行了肝炎和艾滋病病毒检测，谢天谢地，所有检查结果显示为阴性。

而最为糟糕的是，我甚至从来都不曾知道这个家伙姓什么叫什么，他也没有要过我的号码。一些事情是永远不会改变的，我发誓，我永远不会再吸死人的手了。我早已领略过了，不再感兴趣了。

第三章　恶心的验尸经历

当我告诉人们我在写一本书的时候，他们想知道的第一件事儿就是书的名字是什么。当我告诉书名时，他们的反应都一个样：先是一副“抱歉，我没听错吧”的表情，然后重复这个书名，然后请我继续，并纠正了他们之前的态度。

写一本名为《千万别吸死人的手》的书，我觉得我应该简略地讲一讲自己“嘴里含着手指”的经历。有些人觉得很可笑，有些人感到很惊骇，而有些人则目不转睛地看着我，等待着我对他们说，我只是在开玩笑而已，但是所有的人想知道的是，我写的是一本什么样的书。但是我当时，包括现在，还是觉得不好描述。“嗯，是一本类似于回忆录的书。不是那种一般的回忆录，而是关于我工作中处理案件的回忆录。但是呢，它又和案件没有关系，是关于犯罪现场以及在犯罪现场背后进行的事情，这本书讲述的事情，在电视上是看不到的。”当时他们还是没弄明白这本书究竟是什么内容。假设我彼时没有把他们吓走的话，也许，现在他们弄清楚了。

假使你和他人一样，也有着相同的疑问，那么就请允许我为你一一解答吧。

第一，本书对未曾解决的案件没有泄露任何相关危害到案件解决的调查细节。我不得不说，尽管发生大的犯罪，警察和法医人员对其要告知公众的事情守口如瓶时，但是狡猾的好事之人会跑到当地警察部门的中央档案处，通过“信息自由法案”赋予的特权取得警方报告、犯罪实验室文档和犯罪现场照片的复件。尽管信息或许是自由的，但是报告和照片却不是，可是呢，毕竟我们生活在一个有钱能使鬼推磨的社会。

第二，在所举的一些案例中，我改动了犯罪现场的细节，这样受害人及家人就不会认出这些案子和他们有关了。所以，商业街上绿色的活动房很可能被写成了投资上数百万美元的旅社，就像发生在克莱斯勒汽车销售商附近的凶杀现场成了现在发生在7－11店停车场的蓄意谋杀案。对于我书中所讲述的经历，我最不想做的事情就是以犯罪受害人的代价去铺展开来。

第三，大多数人名也已经作了改动。我对受害人的名字进行了更改，在提及许多警察和侦探名字的时候使用假名，因为许多经历都涉及了一些对话和笑话，有些人或许会觉得“不太适宜”。

第四，就是明显的情感问题和幽默了，这些都是我在做犯罪现场调查员时养成的。我别无选择。我真的很容易动感情。观看长途电话广告期间，特别是那种儿子在异国他乡给妈妈打电话说他爱她的那种广告，我就会流泪。孤儿院所有孩子的唯一心愿就是，一生中能够拥有一个家，对于他们的这个愿望，我会心疼；想到养老院那些老人，穿好衣服等着探访人来访，而对方却从未出现的情景，我就会忍不住落泪。我一点也不觉得死亡、犯罪或是一个家庭的悲伤有什么让人觉得发笑的地方。

我在第一次开始定期去看望那些人（受到侵犯的、受了伤的、残疾了的以及死去的）时，对己属团队的一些成员所表示出来的那种明显的恶意极其反感。我不敢相信，人们身上的感情和身体上的伤痛，往往却是那些口口声声说爱他们的人带给的；我没有意识到，有多少人通过自杀为冲动的决定找到了永久性答案，或者说有多少个孩子意外而亡。

在求学期间和工作期间，我都接受过处理犯罪现场的训练，但是，却没有人告诉我如何去处理我的感情问题。我依然记得第一次目睹完整尸检过程的经历。尸体已经变了形，是一位年轻女人，她是一场致命的摩托车事故中的一名乘客。女孩儿穿着红色条纹棉布套装，脚上是一双白色的鞋子，脖子上戴着一串珍珠项链，她的工作证悬吊在系绳上。尸检人员认为，不知是什么原因，这个女孩儿动了安全带，所以安全带没有跨系在她的右肩上面，相反，却从她的胳膊下面露了出来。因此，当她乘坐的车子被撞的时候，她的安全带没能固定住她的上身，撞击力如此猛烈地来回抽动她的头部，以致她第一二节颈椎脱臼、折断，当场死亡。

我禁不住想起那个身穿红色条纹棉布套装，脚穿白色鞋子的女孩儿。我很想知道，她为什么要把胳膊从安全带里伸出来，我想知道事故发生的时候，她正打算赶往何地。我会想到她母亲接过一个打上了封条的白色塑料袋子，里面装有女孩儿那沾满血渍的珍珠项链。我会想，她是否有兄弟姐妹，或者是否有男朋友。我在网上搜索她的名字，找到了她的讣告和一份描述此次事故的报纸。她才开始研究生的学习，是家里两个孩子中的一个，3 个月后就要订婚的，和我的情况很像。

我不能再这样想下去了。如果事故中的每一个受害人都像身穿红色条纹棉布套装，脚穿白色鞋子的女孩儿那样进入我的脑海，那么我工作一年就会精神崩溃。我觉得，让一个人在情绪上远离犯罪现场这份工作的残酷现实，是不自觉、无意识而又自动发生的事情。它源自一种心理防御机制，是一种处理你大脑要你远远避开某事儿的方式。没有什么比目睹一个被杀害的孩子、听到一位母亲得知她的儿子自杀时的痛苦哭喊、或是拍摄到一个穿着舞会礼服的女孩儿被醉酒的司机夺走生命更糟糕的事情了。处理这种情感的问题，有时候需要能够化解僵局的幽默或者是黑色幽默。这种自发并且特定环境下的幽默在应急人员之间很常见，这种幽默，充当着一种手段：否认或是抑制眼前恐怖情况的“正常”情绪反应。正如一位心理健康工人所解释的，这种幽默就是一种在疯狂境地变得理智的方法。

那么，还有哪一种情形比身处一片空旷野外，一个死人的手戳进嘴里更加疯狂的事呢？你有两种选择：你可以大笑，或者大哭。尽管我不希望这种情况再次发生，或是说至少不是在众目睽睽下发生，但我还是很庆幸能从那个事故现场相对比较干净地走开，我的下巴沾的血不太多，嘴里是一股糟糕的味道。此外，我知道，类似的事情再次发生的可能性不大，原因是，大多数情况下尸体的某个部位不会进入我的身体，仅仅是接触一下而已。

我是在处理接手的第一个案子时，了解到这一点的。尽管我曾经看到过照片、录像，听说过别人的经历，甚至也处理过仿真尸体现场，但是，我还是没有做好应对真切现实的准备。我和分配到犯罪实验室的另外四个普通公民刚刚从警署培训研究院结束了为期三个月的培训会。我是这里唯一一个外县人，其他人都是从该县的其他岗位上转来的。一个曾经是拘留中心的警卫，其他三个在警察部门供过职，其中有两人是十指指纹检验员，一个是犯罪实验室的刑事化学家。

培训研究院是一所老学校，或是说至少我认为它是一所学校。但是，这所学校看上去可不是你希望你的孩子上的那种学校，因为那里每天都总会有许多警车停在前面，而且那儿的人们好像是在被高声吼叫着、被抓着、被铐上手铐，然后在枪口（虽然是假枪）的逼迫下被带走。在这幢大楼里，任何时候都会有大量新来的警务人员，但是都一如死人般友好，脸上几乎不带笑容。他们看上去，总是显得很害怕，每一次什么人，只要不是新员工走过，他们就会跑到一堵墙那边、背紧贴着墙壁，沉着脸直直地看着前方，胳膊紧紧地夹着，真是古怪的习惯。我想，他们大概是哪里出问题了吧，比如有点反应慢或者什么的。

在我们进入法医部分培训之前，我们的主教就会弄清楚，已经拿到了凯夫拉尔防弹背心、辣椒喷雾、生化危害安全设备、面罩和部门的驾驶执照。当进行下面的活动时，他在一旁观看：闭上嘴巴、用力推压一个名为瑞苏-安妮（Resusci-Annie）的丑陋人体模型的胸部、和一位过去曾混迹在一群人中的老人学习防身术、拼劲学习如何在国家犯罪信息中心那些看上去如古董般的电脑上操作通缉文件。我们需要彻彻底底完完全全地去了解部门的各种规章制度，还要了解学习部门的历史、部门负责的区域和范围，以及行政管理系统等。我们要通过测试，以确保闭着眼睛都能够详述以 10 开头的代码（10 -54 是交通要道上的牲畜，就是以防万一你用得到）和音标字母，如亚当（Adam）、博伊（Boy）、大卫（David）、爱德华（Edward）、弗兰克（Frank）。我们还接受教授如何填写部门里数不胜数的表格的指导。需要我们做的太多了，我们呢，也都一一做到了。

我们部门里里外外全都用数字行事。没有哪一种表格是在其顶上正中间标以显眼的名字来命名的，那样的话就太过简单了。而是在其底部右下角的位置标上非常小的数字来命名。在需要工作表的时候，不说工作表，要说来一张 15 号。他人对我们所作的陈述报告，我们通常要写的是 11S，而我们用电脑做出来交给上司的文件，则要打上 12L 的字样，或是在一份标号为 12LA 的表格上手写一份出来。而如果警察对一起指纹案有疑问的时候，要提醒他们递呈一份 106。在表格代号前面，你甚至都不能使用“表格”这个词。如果你和一名警员说要“一张 88 号表格”，那么别人会觉得你很古怪。你只用说“我的 88 在哪儿?”不过，日常文书工作还不只是这样。现场警员是没有名字的，他/她用的是车牌号；这个县的各个地方不用区域名字而用区域代码称呼，但愿你不要忘了在你的15（工作表）下面写上身份证号，否则证据管理处会把它退回来。

然后就是缩写词了。缩写词有：FSS（法医服务部）、CISD（犯罪调查服务处），以及针对孩子的那些教育机构，如DARE（拒绝吸毒教育）、PAL（警察体育联盟）和JOINS（青少年犯罪督导）。

等到了犯罪现场培训部分，我们已经适应了。毕竟，犯罪现场的相关事物，就是我们常见的，这也是我们来了解如何用代号交流，而不提所做的其他一切癫狂事物的原因。正如传言所说，我们五个人是部门聘用来的首批平民调查员，尽管有一位还被安排在管理岗位。因为我们对这份工作完全陌生，所以严格的培训计划还是要开展并执行的，而帕特正是这个计划的执行人。

帕特是一个有着金红色头发，块头相对小的伙计，他戴着副圆眼镜，显得很孩子气，涉世不深的样子。他让我想起了《安迪·格里菲思秀》里面的奥佩。帕特是名侦探，他被分派在犯罪试验室有些年头了，很显然，他对自己从事的工作有着绝对的热情，但是他的头脑绝对不那么简单。从帕特走进学院，到我们进入实地训练，他对我们严加管教，没用多久，像“Dustprint Electrostatic Lifting Kit”（静电足迹采取器）、“phenolphthalein”（酚酞，一种测试碱性的试剂）和“cyanoacrylate”（氰基丙烯酸盐黏合剂）等词语就如诗歌一样很顺溜地从我们嘴里冒出来了，我们能够背诵对应的光波波长，我们需要闭着眼睛去想象运用一荧光化学物处理的潜指纹。

课堂指导包括讲座、演示、录像视频和演讲嘉宾。接下来就是在学院的各个教室里进行的实践练习了，学院的教室建设得很像银行、公寓和酒吧。帕特在这些房间里呈现各种犯罪现场，我们就要花上数个钟头的时间，在这里拍照、概述、采集指纹、喷洒感光性化学物、浇铸鞋印、收集虫子、拆卸枪支、包装毒品、数钱、搜集血液、寻找毛发以及擦拭精液（据说是假的）等。帕特真是不遗余力，我们最后实践练习时，大家每个人都要处理一起模拟犯罪现场，每件事儿都要做，我说每件事儿，就好像这个现场是真实的一样。不过，这还远没有结束。在收到打印出来的犯罪现场的照片、打出来的报告、确定下来的概述以及封装我们的证据之后，我们还要远足，来到县的巡回法院，在那儿，我们坐在一个审判室里，里面挤满了旁观者，而我们面前则坐着一个法官。公诉人对我们在“犯罪现场”所做的工作进行提问，然后我们则要忍受公设辩护律师们的盘问。这种是我多年来最为害怕的场面。完成证词，就到了令人觉得羞辱的环节，这个时候，我们会收到有关各个方面的评论，尽管这些评语很有建设性：从拍照技巧，到简述的精确度、报告质量以及我们在审判室里的证词的力度。

十年后，我依然记得那位公诉人给我的那条建议“在来法庭之前，你要研读报告，就像你在为一场考试进行学习一样，因为，你越不去笨笨地摸索你的笔记，你就越能很好地面对陪审团……面对代理人去考虑问题，看着陪审团给出回应……声音听起来要响亮而自信，即便你害怕得要死……如果我问你一个是与不是的问题，那么你回答是或者不是就可以了，不要进行详尽的描述，除非我要求你了……还有，不要在那把椅子上转来转去!”彼时，我恨死帕特了，恨他让我们有那种经历，但是回想起来，这或许是我培训中最为重要的环节呢。

刚一通过所有的水平测试、最后的实践练习和法庭练习，我们便升级到和巡警一起到我们希望去的区域进行一个星期很有价值的随行纪实。接下来，我们就进入了期待已久的向犯罪实验室过渡的过渡期，要在经验丰富的调查员的带领下，在真正的犯罪现场度过接下来数个月的实地训练。离开学院，远离那些我们走过时，就靠墙站着，令我们五个人万分激动、看上去反应有些迟钝的人。我们并不是不喜欢那里，也不是不待见培训，就是被禁闭了漫长的三个月，我们对将学到的新知付诸实践已经跃跃欲试。我很想用报表单号进行交流，很想痛快地说一说以10开头的代码，想用音标字母拼读人名。最重要的是，我很想去犯罪现场，我还从来没有去过呢。

我们在学院，在我起初称之为“混合区”的数个月份的时光里，听到风声说犯罪试验室正在进行较大的整改，除了即将重新选址，实验室的监管目前也已经从上尉的职位转为了平民，雇用我们五个人便标志着实验室开始使犯罪试验部门彻底平民化的开端。然而，由于我们五个人被锁在混合区里面与其他人隔离起来了，所以一点儿也不知道这些变化把大多数的警员和探员惹火到了什么程度。

我第一次有会有事情发生的感觉，那是我刚离开学院，在我的一次与巡警随行纪实期间发生的。我被分配给一位女性警员，她的表情告诉我，我坐进她的副驾驶座位，她心里五味杂陈。在工作刚刚开始，车子刚刚驶离辖区停车场的时候，她抛出的第一句话就是：“嗯，知道要顶了别人的工作，你感觉如何啊?”我惊得目瞪口呆。是我取代了他人的工作?

在我们开始实地训练一周之后，帕特分配班岗，然后安排日后的固定休息日。我的班儿是从三点到十一点，休息日安排在了每周三和周四。上班第一天，我很激动，就早到了一个小时。我在车里坐了十五分钟，这样就能使我看起来不会显得太过热情了，但是，对即将到来的事的期盼还是占了上风，我飞也似地冲进大楼，一边在读卡器上刷我的身份证，一边尽情地享受着大门发出的“犯罪实验室员工通道”开启的声音。拿着新买的笔记板、手电筒、指纹工具箱和在家得宝超市必买的激光测距卷尺，我走进了大楼里。我感觉自己就像是一个胆怯而又兴奋的幼儿园教员：穿着她新买来的黑漆皮鞋，一只手拿着没有用过的彩色蜡笔盒，另一只手拿着未开封的饭盒，不知道该往哪里走，或是和谁搭话儿。

帕特让我们在混合区藏匿了太久，这时我不曾有机会结识哪个新同事。虽然有许多探员在犯罪实验室里转来转去，但只有黛比和站在门口看起来像是一只迷路的小狗和我打了招呼。黛比是办公室的助理，不过，她希望成为一名犯罪现场调查员（她会成为的）。黛比很友好、很热情、活力四射，她不怕麻烦，尽可能让我舒适自在。她诱拐了我大约有四十五分钟的时间，给我看我的办公桌，递给我一堆的表格填，给我讲申请加班、补假时间、里程数、用餐手续，以及其他我知道自己永远也记不住的事情，然后，把我引见给了我的警长。

警长看起来非常和蔼。我们聊了几分钟，然后他带着我走了一圈，认识了一下伙计们，没错，他们都是伙计，他们将带我进行实地训练。这些人就是那些将会把一切事情为我整合到一起的人，终于得以见到他们了，我特别兴奋。在警长把我引见给第一位探员的时候，我急切地伸出手去，努力去记住他的名字。我实在是不擅长记人名，却有二十多个人名要去记。但是，第一位探员没有把手伸过来，他看了看我，然后从嘴里勉为其难地挤出一个“你好”，就回转身去忙他的工作了。接着，我就和坐在他后面的探员打招呼。我看不到他的脸，因为他的脸藏在了报纸体育版后面。他把报纸往下拽了拽，正好能和我打个招呼，但是就再也没有看我一眼。我和警长继续我们的引见过程，引见了第四个探员之后，我的热情开始退降。到了最后，非常明显，这些家伙不想和我有任何关系。正如我在后来的日子里得知的一样，大多数人宁愿得肠内寄生虫，也不愿意参与我的训练。但是我没有太介意。我和在学院一起培训的其他新来的调查员聊了聊，得知探员们（也叫实验室的“宣誓”员工）对我们这些卑鄙的抢他们饭碗的平民的态度都一样。

接下来的几个星期里，那些探员们，或者说至少大多数探员们不辞辛劳地让我们“锻炼”和“体验”，除了觉得受人待见。警察，无论是巡警、警长、上尉，或是探员，也都被称为犯罪实验室的

“宣誓”员工。我猜测，他们是发了誓要做什么事儿，尽管我现在也不知道具体是什么事儿。那些探员们，肯定发过誓要做混蛋来着，而且他们还对此郑重地宣过誓。他们经常喊我们“无赖”，有时候是当着我们的面“开玩笑”地这样喊，但是，通常都是在我们背后喊，尽管他们也知道我们能听得到。每一班岗都以简单的点名开始，接着是警长带给大家坏消息，告诉我说哪一个探员会“分到”我这个受训者。我的记忆一下子回到了小学时代，我那时是最后一个被挑选上躲球游戏的孩子。警长分配完工作后，探员们都会磨磨蹭蹭地回到他们的座位上，而和我在一起的探员则会诅咒、破口大骂并且怨言满天飞。

有一次，一个探员因为带我训练，就曾狂躁地发牢骚，我再也听不下去了，就跑到卫生间。在我走回房间的时候，我无意中听到他在和其他探员说，他要和我在一起，他将会泰然处之。“好呀，我整晚上都要超速驾车，我要看着她那对奶子上下乱窜。”我很尴尬，但是我抬着头，走回座位的时候一路上都在看着他。他很清楚，那天晚上他开车的速度在五十英尺内，否则我就直接去找警长——但我当时心里也没谱，不知道警长是否站在我这一边。

很明显，探员们，或是叫作“次品们”（我们这些平民开始这样称呼他们）想到由平民来取代他们的犯罪现场调查员的身份，就会极其憎恨，更别提有一个平民居然还坐在了犯罪实验室管理的位子上了。更为不妙的是，我们听说，管理部门正催促探员们去培训平民，而我们一旦吸光了他们多年的经验，就能去处理犯罪现场，而他们则会重新被分配到其他侦探部门，或是被送回到巡逻岗位去。他们中有些人已经在犯罪实验室工作了许多年，他们热爱他们所做的一切。在我看来，将某个像帕特这么博学的人送到白领犯罪案件部门或是遣回去做交警，确实不公平。探员们对我们没好气，虽然明显有失公平，却也情有可原……至少当时我是那么认为的。

训练期间，我最难忘的是和一位耳朵儿近失聪的调查员一起出巡的日子。大家都叫他巴伯探员。他是比较招人烦的探员之一，很鄙视进行随行记录，特别是和我们这些平民“无赖”一起。他从来都不接听无线电来电，因为他听不到无线电响起的声音。他从来不回答我的问话，但，这是因为他不愿意回答。我们没有接到任务，但是，他却开车去往某地。我也懒得去问他我们要去哪里，因为我知道他不会理会我，或者他会说等到了地儿，我就知道去哪儿了。我们的车开进了一些联排式住宅后面的小巷子里，他一声不吭地走出车子，锁上车门，然后就消失在一户人家里了。尽管当时是四月份，天气却很热，非常热，四十五分钟过后，我都要成腐尸了。有些受不了了，加上汗流浃背，需要喝点水，于是我就猛烈地去敲那家房门。我发现巴伯四肢伸开松散地坐在一把躺椅上一边吃着午饭，一边和他母亲看着电视上播放的爆炸新闻。

我尽量去和“次品们”努力做好实地训练，即便大多数时候都和训练不沾边。他们大多数人在把车开出总部之前首先要做的一件事就是取掉车辆自动定位器，这样派遣员就跟踪不到他们的行踪了。开始的时候，我很不明白他们为什么要这样做。但是在和一群陌生人坐在野餐长凳上，参加一对我从未谋面的夫妇结婚五十周年纪念日派对的时候，我开始明白过来了。在我的教官们稳坐在理发店椅子上、牙医椅子上，或是他们厨房的椅子上的时候，我会很耐心地等待；在他们购物买车、做文身，购买摩托车、家具和割草机的时候，我会在他们后面跟着他们。我们甚至还会去拜访某个在医院做胆囊手术的女子，我根本不知道她是谁，但是我却要对她说，希望她早日康复。

在我们开车穿过看似相对比较安全的区域时，侦探们就会用手指敲一敲车窗说：“我在那里处理过凶杀案……在那儿处理过抢劫案……在那儿处理过自杀案……在那儿处理过凶杀案……在那儿处理过强奸案……在那儿处理过入室抢劫案……”我已等不及拥有这种经历的那一天了。

每一个探员在某方面都有着一定的口碑：一个因在夜间把上司办公室的门弄脱铰而出名，这样的话他就可以探头探脑了；一个在谈论穿高跟鞋的女人的时候，喜欢摆动兜里的钢镚，弄得叮当作响；一个人具有透视眼，从来不用去处理犯罪现场指纹，因为他声称，他只要大概扫视一下觉得没有指纹需要采集。然后就要说一说探员乔治·坎宁安了。乔治，一位前凶杀案探员，他的职位在实验室其他调查员之上，已经取得了下士的头衔。他是一位说话比较中听的人，比其他调查员稍稍年长一些，除了帕特，他是整个实验室里面唯一一位在我们这些平民初来乍到那一天比较热情的一个。乔治看上去就是一个很真诚、和蔼的人，他在对犯罪试验正在进行中的精心策划的变动方式表示愤怒的同时，也意识到有必要得到适当的训练，所以他真的希望能够把事情做好。毕竟，受到差劲训练拖累的不是我们，而是犯罪事故中的那些受害人。

如果乔治正在进行一些有趣的事情，那么他就会邀上我们进入证据处理实验室，在两个案子的空隙，他还会向我们展示如何到达停尸房、医院、辖区以及我们所在区的各所法院。每一天，我都会祈祷，希望能和乔治一起巡行。这种情况没有如我所希望的那样经常发生，不过，它却在我接到第一宗案件的那天发生了。

我和乔治刚刚清理完小区盗窃案，正打算着吃点午饭，然后胡乱动动金属探测器。

“2215。”派遣员的声音听起来给人一种不祥之感。

我看了看乔治：“她说的是2215，没错吧?”我对解密电波中传来的有些混乱的叠码还是不太熟练。乔治点了点头。

我在使用无线电的时候，就会感到紧张。在回复她的时候，我尽量像其他人一样说出了车牌号的前两位数字：“我是15，请讲。”

“2215，10 - 63。”以 10 开头的代码就像旋转木马一样在我的大脑里飞旋，我绞尽脑汁地想着 10 - 63 的意思。

“10 - 63!”乔治笑了笑。“好啦，你知道是什么意思嘛。她在告诉你到 10 - 63 啊。”他是不打算告诉我什么意思了。乔治是探员中唯一一位让我们使用无线电的人，有时候，他甚至还让我们驾车。

“噢!”我一边想一边用手蒙住脸。“准备好一份手写副本?”我一边问一边说着。

“很棒!”乔治向我竖起大拇指：“她想给我们一个案子。”

我从口袋里抓起便笺本和笔。“2215，准备好了吗?”派遣员的声音里带着咯咯的笑声。我打开麦克风，这时候我意识到忘记回答“我准备好了”的 10 开头的代码是什么了。我笨拙地摸索着备忘单。

“2215 已经准备好，请继续。”我在想，我没有使用以 10 开头的代码，是否会陷入麻烦。

“2215，我需要你着手去处理一起非自然死亡案现场。”我瞪着双眼朝乔治看了看。草草记下案子信息的时候，我的手在发抖：“案件编号为 95、1 - 20、18 - 83。18 - 40 部门需要你到达 17 - 19 点的方向。你需要对 2 - 80 - 7 韦尔考克斯法庭（Wilcox Court）作出回应、穿过赫尔利（Hurley）大街和麦迪逊大街，绘制出 48 C - 6 的贴图坐标。”乔治掉转车子，然后开始向犯罪现场进发。我期望这个现场很远，可能这就意味着我们吃不上午饭了。

我沉默了大概有四十五分钟，乔治也不看地图，所以我猜想，他知道该往哪里走。我直感觉嗓子里有什么东西，胃有些不适，双手直冒汗。我就那么地望着窗外。我得坦白了。“噢，乔治。”我顿了顿，“我得和你说件事儿。”我的声音有些发颤，听起来很虚弱。

乔治带着奸诈的笑看了看我，他明知故问：“这么说，你之前从来没有见过 10 - 7 了，是吗?”10 - 7 是“终止服务”的代号。这个代号通常用在临时不能处理案件的情况下，如果你要急速回到总部，把证据放那里时，你会和派遣员说："帮我保留 10－7 在办公室一分钟吧。"但是，我们也用 10－7 来代指某个人永久性地"终止服务"，换言之，就是死了。

我深吸了口气，试图掩盖自己语气里很明显的不安。"没错，这是第一次。"我也不知道自己为什么如此紧张，我以前也看到过很多难以计数的死人照片，甚至还到过停尸房。但是，看到一个死人原封不动地在最初的地方、处在他结束最后一口呼吸的姿势，让人感觉神经要崩溃。想到这些，我心里就不由得七上八下，但却不是坐过山车的七上八下，这些感觉很糟糕。我内心中七上八下飞舞的蝴蝶更像是飞蛾，那些啃噬你衣服的飞蛾。"我只希望不是太糟糕，比如一具腐尸，或是脑袋上中了来福枪或是猎枪的射击。我需要循序渐进着慢慢来。"

对案件的反应自己也感到吃惊。一刻钟前，我肯定对处理死亡现场欢呼雀跃呢。现在案子来了，我却不知所措了。我把无线电切换到要赶往的辖区频道，希望那里的警员会谈到这起案子。结果，没有听到任何有用的信息。"乔治，我们也许可以问问那边警员相关细节，这样的话，我们心里就有底了。"

乔治摇了摇头："你喜欢吃玉米花生糖（Cracker Jack)?"

他不可救药了。"什么?"

"你喜欢吃玉米花生糖（Cracker Jack）吗?"他严肃地问道。

"乔治!"我大声嘀咕着他的名字。"我们现在是赶往第一个死亡现场，而你却想知道我是否喜欢吃玉米花生糖?"

他看看我，然后一边用手指敲了敲方向盘，一边等着我的回答。

"我想是的。"我的语气不太肯定。

他没完没了。"为什么呢?"

可能他是想让我不去想犯罪现场吧。"我喜欢吃玉米花生糖，因为它们好吃，当然，还因为有奖品。"

他刨根问底了："那么，奖品的意义又是什么呢？"

我们的交流变成了一场游戏。"嗯，我还以为你根本不会问呢！我来告诉你吧，对于奖品，最让人兴奋的是，每一次都是新的花样。"我添加了戏剧成分，说话的语调又快又高，很夸张。

乔治打断了我："好，那么就把死亡现场想象成玉米花生糖盒子里的奖品吧，它们让人激动，因为你不知道你会得到什么。为什么要给那边的警员打电话，然后询问你的盒子里装的是什么，而破坏了这个惊喜呢？"我就那么地瞪着他看，然后在想，该死的《阿甘正传》是什么时候得到许可证上映的。

我们很快就到了现场，一点儿也不合我的想象。看到那些警车，我心中的飞蛾就又被激活了。地址是一个私人住宅，这个住宅处在一个很残破的街区，而这个街区又在城镇比较背阴的一个区域。大路上排满了车辆，大多数车辆都撑在了水泥板儿上面。那些四个轮的车辆身上装扮着卡尔文保险杠贴纸，亵渎了福特和雪弗兰这些商标。尽管实际上已经到了晚春，但是许多房子还都挂着圣诞灯，放眼望去，杂乱的院落里放着花园土地神、鸟浴盆、塑料小鹿，以及那些奇异的凝视球。乔治把车停在了街道上。这座房子看上去好像从来没有粉刷过，草已经有一尺高了。一块儿平台从房子一侧延伸出来，上面堆满了装有垃圾的黑白混合的塑料袋儿。这儿就是所有警察正来回走动的地方。我往嘴里塞了块儿口香糖，努力解决肚子的问题。乔治关掉车的引擎，把车座往下倾斜了一下。"看上去不妙啊。"

我有些迷惑不解："啊？什么看上去不妙？"

他用头点了点那群警员："那儿，外面很热的，房子是安了空调的，那么，为什么他们还大汗淋漓地站在外面呢？"这就是我喜欢和乔治一起训练的原因了。我从来都没有留意过类似的细微差别。"看，那儿就是空调装置。"他指着房子一侧说道。"每一扇窗子都关着呢，所以呢，空调是在运行着呢。”

他的话我全部听进去了。“那么，你要说的是什么呢?”我都不确定我想不想听他的回答。

“噢。”他犹豫了一下。我盯着他看了一会儿，并皱起眉头好像在说“哦”。乔治看看我，说话的语速快了起来，好像是希望我不要听全他说的话一样。“嗯，这通常就意味着有许多蟑螂、受害人已经腐烂，或是说这个现场的的确确很糟糕。”

“噢，”我假意挤出了点笑容。“嗯……这正是我所希望的。”我大声地嚼着口香糖。我需要来点（Rolaid）抗酸剂，很确定，自己快要中风了。我生命中最讨厌的六种事物是：呕吐物、排水沟、高处、牙甘蓝、虫子以及小丑。我有一种感觉，我这张清单用不了多久就会变长，会增加一项：腐烂而又狼藉不堪的死人尸体。

“来吧，我们过去吧。”我一边这样说着，一边抓起记事本和橡胶手套。在乔治没注意的空当，我往鼻孔下涂了一块儿维克斯达姆膏（薄荷脑油）。我还不知道尸体是否很臭，但是薄荷油的味道还是让人感觉很舒缓的。它让我想起来小时候感冒，妈妈疼爱地在我的胸脯上涂抹薄荷脑油的情形。我看了看周围的警车，意识到我的联想彻底完结了，这个地方是没有什么关爱可言的。

我从有限的随行经历中得知，实地教练员在有其他警察在场的时候，态度往往会变得恶化。在相信乔治不会让我失望的同时，我除了担忧，还是担忧。在这个现场，我需要他的帮助。

我们走向那个聚会平台的时候，现场警员走下台阶，在前院迎接我们。他上下地打量了我一番，然后故意站在我和乔治的中间。他开始用沉稳的语调向乔治讲述案子的详情细节，这无意中让我听到了。我非常生气。毕竟，我是拿着无线电和笔记本的人。乔治抓住我的胳膊：“这是戴娜，将会处理现场。”警员冷冷地看了我一眼，然后又回过身面对乔治说：“这样的话，如果你能把所有信息都告诉给她的话——那最好不过了。”

这个警员在不得不和一位“无赖”讲话的时候，态度就彻底地变了。他拒绝和我进行眼神交流，对所发生的事情只用三两句话就算交代给我了：“受害人是个白人男性，四十岁，他的孩子放学回家时发现他躺在客厅的沙发上……看起来像是自己用来福枪射向他的头部的，现在他的脑袋已经面目全非了。”

我一阵战栗。乔治说得没错，这真的是个很糟糕的现场。“还有其他关于这个家伙的记录吗？”他对里面等待我们处理的事情进行了描述，而我则努力地对他的描述表现得很平静。我明白，他想我有一种反应。乔治看我的眼神，向我传达了一个信息——我表现得很好，接着他就慢慢回身退了出去，留下我和警员在一起，而那个警员还是不肯看我一眼。“有。他母亲说他比较沮丧有一段时日了，大概五年前，还试图自杀。”我把这一切都草草地记在了本子上。

“他最后一次被看到还活着是什么时候？”此时，乔治正和另外一个警员交谈。我希望我问的问题都问到了点上。“他留下便条没有？”

“没有我们要定位的便条，不过，我们打算让你拍些照片后再仔细搜查。”

“强行进入怎么样？”

“不可以，孩子们说他们是用钥匙打开门进去的。”

“那好吧。”我合上便笺本，放进我的兜里：“在开始前，还有什么事情我需要知道的吗？”

“有，带帽子来了吗？”警员朝我看了看，第一次冲我笑了笑。

“帽子？”我一副很迷惑的表情。

警员在走开的时候挥了挥手：“大概半分钟之后你就明白我什么意思了。”

我打断了乔治的谈话：“准备好了就来吧。”

在我们边走向平台防风外门的时候，我边快速戴上一副橡胶手套。“我开车送到这个现场的那个紧张的女人到底怎么了？”乔治讥讽地说道。

在场的所有人以及等着我的所有任务似乎遏制了我的紧张感。一切都如此不真实。

我开始开门，但是又停了下来。我回身转向乔治，我想告诉他我的游戏计划：“我先看一眼，然后再去拿相机和其他必要的东西，怎么样？”

“听起来不错啊！”乔治最好了。我随之一起巡行的其他探员，都是让我在一边看，他们来处理现场。相比之下呢，乔治让我处理现场，而他在一边看着。这可是学习的最佳方法，和帕特一样，乔治是真心希望平民调查员学会这份工作。

我打开防风门，慢慢走进厨房。房间很暗，油味儿很大。马车装饰图案的壁纸，还有鳄梨绿的家用器具都在乞求得到《粉雄救兵》，但是这些家伙无疑会在城镇的这个地方挨打。柜台和油毯呈灰白色，带着褐色斑点和金色亮片，就差一个迪斯科球和比吉斯乐队的音乐了。我用手电筒照了一下四周，不太确定自己在找什么，但是当我认出粘连在有线电视费单（放置在餐桌正中的位置）上的那一大块儿有弹性的恶心事物时，我便知道我找到了。我向前慢慢地移动，借着手电的光束对其进行检查。乔治从我的肩头望过去，低声道：“呃。”这是黏稠的血块儿。地上、墙上沾着更多的血以及恶心的东西，当我检查的时候，我身后传来的“啪”的一声吓了我一跳。我旋转身，看到一块儿血淋淋的骨头正顺着挂在墙上的一幅日历向下滑动，我一边叫一边跑向另一侧冰箱躲避。我在想，日历上那个身着比基尼泳衣为一辆红色雪弗兰轿车打蜡的女人，是否知道某个人脑袋里的东西正顺沿着她那柔软的古铜色的肚皮向下滑行。

我在冰箱后面蜷缩了一会儿，确定了脑浆没有弄得到处都是后，才敢再出来。当四下里张望一番，确定没有危险了，我才看向客厅。现场真是糟透了。“噢，我的天。”我难以置信地看着。

客厅没有什么家具，堆满了油漆罐和草坪护理产品（明显不是最近使用的）的金属架部件，这给人的印象就是，这间屋子用于装垃圾的时候居多。空咖啡罐、啤酒罐、奶罐和那些等着回收的食物塑料容器都靠着滑拉玻璃门堆积着，一辆生锈的破旧自行车吊在角落的挂钩上面。房间里唯一的家具就是一个老旧的、满是灰尘的娱乐看台、一把退色的褐色安乐椅、一个古玩柜，柜子里面装满了用贝壳做成的各种动物，一张残破的咖啡桌和一个沙发。所有灯都没有灯罩，有的甚至没有灯泡。这个地方简直太脏了。

那张沙发上面是一个没有脑袋的人。看穿着好像是个男人，他长着一双大脚，有着毛茸茸的胸脯，仰躺在那里，左胳膊放在了腹部，右臂则向下垂在了沙发的一侧。枪托在他两腿之间，枪筒则横放在他的胸部，枪口在那团粉碎了的脏乱东西旁边，而那团东西曾经是他的脑袋。挨着沙发的地上有一个帆布枪袋，旁边的咖啡桌上是一盒弹药。

骨头、血液、脑髓、头发和外皮溅得到处都是。沿着墙壁往下滴，就像钟乳石一样在顶棚上吊着。地面绝对是灾难之所，我在走进的时候要避开所有的尸体部位，这是需要一定技巧的。但是，这甚至还不是最糟糕的。让我担忧的是尸首上侧的东西。在这个死去的家伙的正上方，是一个吊扇，它正马力十足呼呼作响地转着。还时不时地，就有一块儿他那被炸开的脑袋瓜儿上的东西从一个扇叶上掉下来，说不好会掉到哪个目标上，比如那个身穿比基尼泳装为雪弗兰轿车打蜡的可怜女人身上。我知道，走进这个房间，就像是在狩猎季节，背上画着一个大红的靶心穿行于树林里一样。我用眼睛扫了一下墙壁，想找到开关儿关闭风扇，却没有找到。我看到另一个肉体投射物闪了过去，消失在我的视线之外。

一个警员从后层门把脑袋伸了进来："孩子说风扇开关儿在沙发后面的地上。"他在笑。就连乔治也在笑。我看了看沙发上那团脏东西，想着更糟糕的情况：俯身在一个没有脑袋、手里握着一杆上了膛的枪的死人上面，我就可以够到风扇开关儿了，或者什么都不做就只是戴上帽子然后说上帝保佑。

"谁他妈把开关儿放在家具后面的地上了？"我想着拉掉断路器，但是又不想切断其他灯的电源，至少不想断掉那些有灯泡的灯的电。

"这还用说嘛，明显是他自己安的风扇，因为某种原因，他就把开关儿安在地上了。"那个警员看了有一分钟，但是其他的什么东西打到墙上发出来的声音让他退身跑到大门的安全处所。

我向乔治打手势，让他跟我去平台那边。但我还没有来得及打手势，他就说话了："这是我见过的最糟糕的现场之一，是你能碰到的最坏的情况，特别是风扇还在转着。你没什么问题吧？"

对看到某个家伙的脑袋上被什么东西刺穿，使得我最初担心看到脑袋变形或是我的脚上沾到脑浆这样的想法看起来很傻。我们走向车子，在那儿，乔治从他的工具箱里拿出一些纸质的婴儿袜："拿着，这些东西会防止你的脚沾到那些脏东西。"这些婴儿袜为淡蓝色，看起来就像是手术室里外科医生戴的那种。我于是抓起相机、卷尺、几个装证据的袋子，然后开始找可以罩住头的东西。我需要一件带风帽的外套。

"乔治，我脑袋上要戴什么呢？"他在他的包里翻找帽子，但是没有找到。在卡车后面有一顶消防头盔，但是太大了。而且，头盔的边缘挡住了安在相机上面的闪光灯。我很高兴能找到一顶塞挤在车座后面的嫩黄色安全帽。不过，我还想找点东西护住我的脖子和肩膀。我检查了一下垃圾桶里的套筒，但是套筒太脏了，而且还黏糊糊的。乔治有着同样的想法，他把我的午饭倒在了副驾座外面，然后把沃尔玛超市的那种蓝色袋子递给了我。

“喔！”我大笑，“好像也没有什么其他的好办法了。”在返回现场前，我还抓起了报纸和太阳镜。我是不可能在这些警察面前穿上盛装了。一到了厨房里，我当着乔治和那位穿着比基尼泳衣女的面，在报纸城市版的中间撕了个洞，然后把头套了进去。调整了下报纸后，用它盖住我的肩膀。然后，我把沃尔玛的袋子绕着我的脑袋系上，设法确保有一部分垂下来遮住我的脖子。然后上场的就是安全帽、婴儿袜和太阳镜了。

“怎么样，我看起来还可以吧？”我用手指了指帽子：“颜色太黄吗？不会让我显得没精神吧，有没有？”

乔治把相机装上胶卷，递给我。该工作了，是时候了。“要我和你一起吗？”他的提议是善意的，但是他没有穿戴任何防护服装，我也知道，他期待的是我的否定回答。

“不用，我已经可以上手了。”一些警察已经开始往厨房里进了，我知道，他们要么是想艳羡一下我的装束，要么就是想看看“无赖”如何处理如此糟糕的现场。我慢慢、小心地进到客厅里，抬头看着风扇，防止可能飞来的发射物。我能够听到什么东西往下滴、往下落的声音。这种声音听起来让人不舒服，食物发霉的甜腻味道让我的胃翻江倒海。我大声地嚼着口香糖，我的所有感官都处在紧张状态。我又不得不坚持下去，因为那些警察等着我败阵呢。

通过相机的取景器仔细检查现场，面前的景致让我觉得能稍微承受一些了。它让我感觉远离了现实一小步。没把相机从面前拿走，我就开始拍照了。我从客厅的角落开始，环绕四周，逐渐挪向风扇，慢慢靠近那个没有脑袋的男人。离沙发愈近，看到地上的血块儿、肉块儿就越多了，再往前，就到了一个无论你怎么尽力躲避，都会踩上那些东西的地方，我发誓，以后脚上沾到卫生纸，我再也不会抱怨了。

在走近沙发的时候，从吊扇传来的微风吹得我那报纸做的围兜和塑料围巾沙沙作响，我感觉到有什么东西啪嗒一声落在了我的肩头，我举目远眺看到它裹着棕色的卷发，而我又不得不挪开眼神，装作它没在那里。我从来没有展望过这一天，在这一天我会戴着安全帽、套着沃尔玛的袋子，在陌生人家里来回走动，而且肩膀上还有一片儿死人的头皮，这片儿头皮上还带着头发。我感觉到又一声重击声落在了我的安全帽上面，我就想，现在又是什么小宝贝栖息在我的头顶了呢?

我向里移动，更靠近尸体了。场景太令人惊骇了。这个家伙的脸上什么都没有了，或是说他的脑袋上部什么都没留下。留下的东西已经坍进去了，彻底毁了容。显然，他或者是把枪口放在了颌下，或者是放到了嘴里。我认为，你们是不该对死人有什么恶意的，但是，这个家伙真是变态，知道发现他这样的会是他的孩子，把自己的脑袋搞得粉碎。孩子们再也不会和以前一样了。就连我，与他不相识，都不会和以前一样了。我拍了那把枪、装枪的袋子、子弹和尸体的一些近照。然后，我小心地绕着沙发挪动，我知道也许枪里还带着子弹。

“嗨，乔治。”我在尸体附近的墙上检查到一个小洞。“我想我发现了一个子弹射穿的洞。”乔治在墙角东张西望。“你能去外面看看，这个洞是不是完全穿透了?”

“眼力不错!”他走到外面去看这个抛射物是否穿过了墙面。我拍了这个洞的照片，然后祈祷这个抛射物完全穿透了墙壁，因为，我可不想把墙拆了搜。犯罪实验室的政策有规定，要求我们通过努力收集一切发射的抛射物。几分钟后，乔治回来了：“呀，铝墙板里有个大洞，我在里面打探，那个洞不见了，鬼知道洞口在哪儿。”

一拍完照片我就把相机递给了乔治，并快速将测量结果告诉给了乔治。伴着头顶上还在呼呼作响的风扇，我把枪从这个没有了脑袋的家伙的僵直的手臂下滑出来，卸下子弹，然后把枪和子弹交给乔治。那个警员和几个警察从厨房里专注地看着，我感觉这就是一场考试，我已经考过了。我很自信，我已经证明了自己，而且我已经证明了我能够处理一起恶心的现场，还能处理上了膛的枪支——尽管我是一介平民，还是个“无赖”呢。

正如那个警员告诉的，我找到了安装在沙发后面地上的风扇开关儿。这整个奇妙的装置看上去就是个火灾隐患。我把一撮头发和一块儿骨头从扳手上用脚踢开，然后用靴子关掉了开关儿。

因为这明显是起自杀事件，而且弹头已经从尸体穿出，所以验尸员认为，没有必要进行尸体剖检了。之后没一会儿的工夫，从殡仪馆来的两个身着黑色制服的人来收尸体。我觉得，他们做这种肮脏的工作却穿得如此正式，真是奇怪。他们戴上乳胶手套，开始将死去的老兄的脑袋那些较大的块儿扔进塑料袋子里，然后把死者推进了一个收尸袋儿，用带子把他绑缚在轮床上面，接着用一块儿紫色的天鹅绒布盖上。

“嗨，过这边来。”警员们已经鼓着勇气进入客厅里面了，正往沙发下面搜来找去。“想看看你每天都不想看到的东西吗?”我有些怀疑，但也有些好奇。“用你的手电筒照下面那儿，看看吧。”

我照着做，然后看到一个蓝色的大眼珠正凝视着我，我被吓着了。当殡仪馆那帮家伙把这只眼睛用袋子装起来时，我一头冲出了这个恐怖的小店。

我从此再也不喜欢吃玉米花生糖了。

艰难地完成许许多多重要的事情之后，我很犯傻地问自己，事情还能再恶心到什么程度。我依然没有了解到，问这样的问题，我便注定要去发现答案。

接下来的一个星期，我的实地训练就结束了，想到我要独自一人去处理案子了，我就狂喜不已。让我自由地决断来得正是时候。我已经从那些探员那里承受了所能承受的一切，在部门待了半年后，我准备好了去承担属于我的那些现场的责任。这并不是说，我的培训结束了，我还有许多东西需要学习，还有一些奇想需要去获得答案。

派遣员给了我当班的第一个案子，我开始很急切地奔赴一起吊死现场。在实地训练过程中，我还没有经历过吊死的现场。所以，我一边开车前往，一边演习着我的行动计划，事故现场坐落在当地污水处理厂后面的一个住宅区。我很怀疑，人们为什么要住在那里。那里有着各种各样差不多一样的危房，毫无生气。烤箱里传出的感恩节盛宴的香气和圣诞树上的松枝让我忆起我的家乡，而这座城池的人们一定是在每次闻到臭屁味儿的时候，模糊地想起了温暖的家吧。

我的思绪被无线电里传来的三声尖锐的哔哔声粗鲁地打断。派遣员发出这样的声音，是为了集中每个人的注意力。

“2215，派遣员呼叫犯罪实验室 2215。”

糟糕！我笨手笨脚地摸索着无线电。又一次，我忘记了那些代码。我当时沉浸在自己的世界里了，没听到她在呼叫我。我恨死这种情况了。那些探员向我保证过，说我用不了多久就会养成“电波耳”，然后不久我就能够听着有着巨大背景音乐的对话，而且还能听到派遣员呼叫我的代号。我现在开始怀疑他们说的话了。“我是 2215，抱歉，我的音量有些低。”我撒谎了。“请讲。”

“2215，我需要你到 10－21 5545 10－18。”

这到底是什么意思啊？我就那么地看着无线电，希望着能有英语翻译。我沉默不语。

“2215，接到没有？”派遣员的语气有些不耐烦。

“我是 2215，派遣，你刚才中断了，你能 10－9（重复）吗？”我又一次撒了谎。她的声音是没有中断的，我只是不知道她想要我做什么而已。

“10－21 5545 10－18。”我从她一字一顿的声音，听得出来，她对我有些失望。

“好的，10－4。”我假装知道自己应该做什么一样，但是实际上我一点头绪都没有。我把车停靠在马路牙子上，然后抓起我那神秘的解码器。我搜遍以10开头的代码，努力地将她刚才抛给我的那些数字编成一句话。她想要我（2215）马上（10－18）给分机5545回电（10－21）。喔！我抓起手机，然后拨打号码，恰好是犯罪试验室的号码。

乔治接的电话：“我听说你接到了那个案子，你处理过吊死案没有啊?”他对我刚才在电波上碰到的问题只字未提。

“没有，这是我第一次接手这种案子。”

“嗯，好的，如果你需要我过去帮忙的话，就喊我。”

他很好心地提出帮忙。“谢谢了。我确定我能行，不过，如果我在某个地方卡壳了，我就给你打电话。”我不由得对自己的幽默咯咯地笑了。

我在大约十分钟后赶到了现场。很多警车排在寓所大厦前面的路边上，我把车停在了他们的车后面。一位看起来很憔悴的女人，用她的香烟对我指指点点，她指着一块“禁止停车”的标志，看起来情绪激动，因为警车违反了张贴的“禁止停车”的规定，她一边冲我喊叫着让我把车挪走，一边将手臂发狂地挥向头顶上方。我挥手示意她走开，这更激怒了她。

我草草地在笔记本上记下我的到达时间，抬头看到那个女人朝着一个正从大楼里往外走的警员走去。隔着紧闭的车窗，我都能听到她大声的咆哮。不过，有些奇怪，我对她有一些歉意呢。她肯定是绕着排水沟好几次了，看上去，她有五十多岁，后来知道她才三十八九岁。她瘦得杆一样，眼睛下面黑眼圈很重，前排的大部分牙齿都脱落了。她的头发看起来像是几天没梳过的样子，我都怀疑她记不记得上一次洗澡是什么时候了。她冷静不下来，她来回地踱着步、挥舞着、咒骂着、抱怨着。她是个有毒瘾的人。

打发了她对停车不满的抱怨后，那个警员朝我的车子走来，我认出他参与过本周的一个案子，但我记不起他叫什么了。我摇下车窗，然后就被污水厂的烟雾包围了。那个女人吼叫着，用脚踢着马路。"嗨，是你的味道还是她的味道啊?"

警员闻了闻他的腋窝："噢，是我，喜欢吗?"

"真不错啊!"我向前倾过身子，闻了闻他："有些辣乎乎的，不过挺好玩的。"我用手在面前扇了扇，翻动着双眼。"那么，我们要挪车吗？标牌写着禁止停车的。"我朝那个女人看了过去。"我可不想惹恼哪一个品行良好、遵纪守法、依法纳税为我们开工资的市民哦。"我在捉弄他。每次警察或是犯罪实验室的人员没有按着市民们要求去做事情时，就会有人提醒我们，他们，纳税人，给我们发工资。

"想都别想啊。我都和她交锋一上午了，还要僵持一天啊。之前我扣留过她，因为她卖淫。你能想象干这种事儿吗?"他朝着那个女人望去，我则看了看他的胸章"R. H. 契特登"。"假想一下，开着车沿路向下，然后看到她，想着，哦耶——我得干点啥!"

"那么我来这里干什么啊？我所知道的就是，这儿有一起上吊案。"已经有一群人拥到了大楼的外面。我就不明白了，人们为什么觉得有必要把孩子带到犯罪现场呢。他们说什么？像是"宝贝儿，看，看到路上那个帅哥被撞飞了吧？当你过马路的时候，不左右看的话，就会发生这样的事儿。"毫无意义嘛。

"嗯，他正吊着呢，开始发臭了。"我真不知道，他是怎样区分出尸体腐烂的臭味儿和污水处理厂发出的臭味儿的。那个有毒瘾的人又朝我们走来了。"房子里很热，下午他该熟透，可以摘了。"

我从车子里出来，绕着设备间走着，此时契特登告诉那个妓女，我们一时半会儿不会挪车。那个女人很生气，想要和我们的头儿说话。在我取装备的时候，他们消失在了我车子的后面。不久，契特登就又出现了。我在想，他对那个女人做了什么呢。“看，我刚才说什么来着？”

“给我讲讲案子吧。”我砰地关上车门，重新检查了一下，看看车子锁上没有。

“哦，讲案子。是这样的，死者很明显是和他的女朋友发生了争执。他假装要进行补偿，就邀请她过来去郊外野餐。而女孩儿也想拿回她留在房间里系狗的皮带。然后，为了吃些烤制的法兰克福香肠，她就来了，但是没人开门，因此她就走了进去。他，就在那儿，吊在门道里，脖子上系着那个皮带。”

“就这样。”我被吓到了。“他这么安排就是为了让她发现他？”

“没错，这是一件值得记录的事儿哦。”契特登看到我拿着过重的工具，我看起来就像头骡子。“来，我帮你拿点儿。”他接过笔记板和相机袋。“我还没告诉你最精彩的部分呢——等你看到了再说吧。”

我们在走向大厦时，从那个有毒瘾的人旁边经过，她正在草地里翻滚，然后路过探讨激动的人群和他们的孩子。我们的无线电在走廊里响着回声，听起来很可怕。我跟着契特登往下走，来到了一层。他把我介绍给卡瑞特警员，卡瑞特正看守在门边上。“这是戴娜，一位新来的平民技术人员。”卡瑞特在他的本子上记下了我的名字、编号以及到达时间，然后才给我打招呼，告诉我他的名字。他看起来也很友好，尽管我是个“无赖”。

“准备好了？”契特登手扶着门，我把装备堆在走廊的台阶上。

“是的。”我等着他开门。“我准备好了。”

契特登犹豫了一下：“确定吗？”

我挠了挠头，假装在思考：“哦，没呢，等一等。”我闭了一会儿眼睛，深深地吸了口气，装作使劲往下咽，然后活动了一下脖子和膝关节："好了，现在我准备好了。"我希望街坊四邻听不到我们的对话。

"你不会呕吐、晕倒或是什么吧，啊？"

"你打开这该死的门好不好，否则我就把你的电话号码告诉那个妓女。"这句话管用了。

契特登小心谨慎地开了门，这样就不会碰撞到尸体。

死去的家伙正吊在那里。我无法想象第一个发现他的人是什么情景。他也发臭了。这个家伙的前女友只是想要个热狗和皮带而已，她可能再也不会去野餐了。

死去的家伙由一根紫色拴狗的皮带吊在屋顶上。他穿着一条牛仔裤，一双白色短袜，和一件汗衫。这个人的脸呈深李子紫色，因为绳索的压力使他的脸发肿，并且变了形。他的舌头变大并且伸了出来，带血的脓液从他的鼻子和嘴散发出来。真是动人的场景。最为精彩的地方就是他汗衫前面的字条了，字条言简意赅：干你！

契特登盯着我看，等着我的反应。"嗯，"我在找话说："他没有拐弯抹角，是吧？"

我往里走了走，更进一步察看现场。"他死了真是糟糕，我真想此刻有人能出来，然后告诉我他看此情景后有何想法。"我得摇晃这个家伙，把他摇到一边儿，然后才过得去。他的身体冰冷、僵直。尸体旁的地上有一把翻倒的椅子，厨柜上有一块儿泡沫天花板。"那么，你认为他是站在椅子上，然后移开天花板，把皮带的一头儿拴在水管儿上，另一头系到脖子上，然后就自己送死了？"

"是，看上去是这样。"契特登和另外一个警员站在门口，不想被尸体挤到。

"你走着穿过现场的？"

"哦，我们到这里的时候，没有几个人穿过现场，我们没看出有什么不寻常的地方。”我伸着脑袋看了看，我喜欢用眼睛搜索他人的东西！我也没看出来有什么不寻常的地方。我不想再挪动这个死去的伙计去拿我的装备了，因此，我让契特登从尸体的下面给我扔过来。

我急忙弯下腰来，这样我就可以看到契特登了。“你为什么不往前赶，给尸检那边打电话呢，我这边很快的，没准儿时间正好，等我这边刚一结束，他们也正好赶到呢。”

无线电在楼梯井里传输的信号不清晰，因此契特登离开去了外面。他一走，大厦的门发出碾轧声就关上了，而我就要和这个死去的家伙单独相处了。我开始恐慌。我以前从没有单独和死人待在一起过，特别是一个穿着汗衫、胸脯上带着一张字条，用一根拴狗的皮带吊着的死人。我也不知道自己在害怕什么，但是很确定的是，此时我没想着要为这起案件找出原因。

“嗨，有人吗？”很安静。“有人吗！”

“有，要帮忙吗？”谢天谢地，卡瑞特还在。他推开门，往里张望。

“拜托，别让那扇门关着，我可不想和这个家伙单独相处。”我的声音听起来疲惫不堪。

“我的长官让我别开着这个门，这样邻里街坊就不会看到。”

我把尸体推向一边，这样我就能看到卡瑞特了。“那么你就进来和我待一块儿。”卡瑞特把门支开。

一分钟后，契特登出现，他告诉我说尸检那边估计四十分钟到达。卡瑞特一有机会就和契特登说了我在门关上的时候受了惊吓。

“怎么回事儿啊，戴娜？”契特登在尸体周遭很快地看了看。“你干这份工作有多长时间了？”我不想回答他。“你和我们在一起共事多久了？”我还是沉默不语。“说嘛，告诉我们啊。”

“我在部门整整六个月时间了。”我麻利地做着工作，因为想在验尸部门赶到之前完工。

“你自己处理现场有多长时间了?”契特登语气中带着疑问。我不想让任何人知道我做这个工作多么地没有经验，我担心他们会认为我不知道自己该怎么做。他又问了一遍。

“四天。我四天前开始自己单独处理案子。”

“你没开玩笑吧?”契特登的声音听起来很吃惊，这让我感觉好了许多。“这是你第一次处理尸体?”

我没有回答。

“是的，对吧?”契特登和卡瑞特互相击掌。“你第一次处理尸体是和我们在一起，我们很荣幸啊。”

“这是你第一次处理吊死案吗?”我在尸体旁转了转，只是笑笑，然后耸了耸肩膀。

“你没有处理过，对吧?”他们窃笑了一分钟，然后便撤身回到走廊里。

我继续工作，拍照、做记录，以及进行粗略的简述。没多久，法医调查员就到了现场。我听到在他进入大厦之前契特登和卡瑞特和他说着什么。他们一起笑着什么事儿。

片刻之后，他们出现在门口。法医调查员是一位年岁稍大、留着络腮胡、身材魁梧的家伙。“这么说，这是你第一次处理吊死案了?”

我扫视了契特登和卡瑞特一眼。“他们似乎是这么认为的。”

法医调查员拍了几张照片，收集了些信息，然后转向我:“我放他下来时，你戴上手套，紧紧抓住他。”他把那张挨着尸体的椅子翻过来，然后爬到顶上，此时我正抱着这个死去家伙的腰。我一点也不喜欢他，他已经开始发臭了，但是我想要证明我不害怕，或是说我没有洁癖，我能胜任这份工作。

他把皮带剪开了，而我则比泰坦尼克下沉的速度还要快。

一切都是又黑又冷又臭，而我又动弹不得。我感到我的脖子有湿的东西。哦，我的天！不是吧！请告诉我，我没有被压在这具尸体下面吧。我努力地腾出一只胳膊，往上够，却摸到了那件汗衫。我最害怕的事情发生了。我尖叫，我踢打。这个死人就压在我身上，口水流在了我的脖子上！我听到了那三个恶作剧的家伙就在附近什么地方。“把他弄下来，把这个家伙从我身上弄走！”

我不能挪动尸体，但是我成功地把头歪向了一侧，避开了死尸那毛茸茸的腋窝。“马上把他从我身上弄走！”我的声音在大厦的楼梯井里回荡，我敢说就连草地里的那个妓女都能听到。街坊邻居不得不想，到底发生什么事儿了。在好像很久的时间之后，但是实际上只有几秒钟吧，法医调查员、契特登和卡瑞特把死尸从我身上翻开推下去了，把我扶了起来。

我跑到水槽那边，开始用洗碗皂擦洗。我的肩膀湿了一大片，都是那个死人嘴里溢出来的东西，我就像是一只旧袜子，闻起来酸酸的。我感觉恶心得要死。这是发生在我身上最为恶心的事儿了，我衬衣的味道让我干呕。我不断地擦洗，擦洗，又开始呕吐。

他们就站在旁边，看着，不知道说什么。终于，契特登说话了：“戴娜，我们实在是抱歉。”我没有说话。“我们从没有想到你会跌倒。我们就想吓吓你，就这样。”我一个字也没说。“我们根本没想要你困在他的下面。”

等我收拾得差不多了，这三个不称职的家伙往返奔忙着，急切地帮我收拾装备。在返回车子的路上，我要拿的就是一个笔记板。他们很同情我，试图做些弥补。我没说一句话。

我坐在车里，包裹证据，试图要判定一下，自己的愤怒程度到底如何。当卡瑞特开车离开，最后也没有道歉的时候，我被激怒了，不过，他几分钟后带着思乐冰①回来了，他递给我一杯红色的。“来，

① 思乐冰：美国著名的饮料。

为我们干杯。”

“为我们?”我指了指杯子上面的7—11商标图案。“得了吧。为7—11干杯怎么样?”我把它吸了进去，这时因为喝了冷饮，我的脑袋有了冰冻的感觉。“多谢了。”

在接下来的吊死案现场，我又见到了那个法医调查员。我一边拿刀，剪断绳索，一边对他说：“我母亲养的可不是笨蛋。”这一次，轮他抱着尸体了。

尽管我也许在培训学院从帕特那里学到很多，但是，还是有一些需要努力学习的经验，而且，我的学习还在继续，直到我辞去工作那天为止。经历了这些不愉快之后，我的家人都很奇怪，我为什么不就此辞职呢。我努力地解释，需要有人去倾倒活动厕所里面的垃圾，有人得去尝试狗粮，有人要去调查恶心的死了的东西。我有着一份90%的人口都觉得有趣的工作，而大多数人又处理不来。有一些他们看到的东西甚至就连一些犯罪现场调查员有时候也处理不了，这样一两年之后，他们的热情也就消失了。我和我那些具有奉献精神的同行们，就是社会上的怪人，我们确确实实喜欢这一领域。我们能够在人生最灰暗的时刻发现乐趣，我们接受着我们经受的所有现场挑战。我们就是“无赖”，我们很自豪!

第四章　尝试一次，你就会喜欢上它

关于我的工作，我的家人问了一堆的问题，至少在我工作之初，他们是这样的。不过，在我极其兴奋地给他们讲述我的工作经历，像是人们用来往他们自己的肛门里塞的一切事物时，他们对我职业路途的热情便逐渐地减弱了。

“接着，就是那个家伙：他把二个高尔夫球往一个矫直料的衣架上锤。”我在母亲往盘子里装土豆泥的时候，示范着那种捶打的动作。“然后他把这个新奇的玩意儿往他的屁股里推进推出一遍又一遍。”这个环节，我就没有再比画这个动作了，但是母亲还是给了我一种那样的表情。

我只好在停下来之前迅速收尾：“但是呀，软管里面还有水哦。”我做着抽搐的动作，然后翻着白眼儿。只有我弟弟克里斯看起来被逗得很开心的样子。我侧过身子，对他小声说道：“你想让老妈怎么发现你屁股上吊着一个绿色的大蛇啊？用一根橡胶管当你的鼻子看着没有太难看吧，啊？”

不用说，没过多久，类似“你工作中就没有有趣的经历吗”的问题就不能再问了。我母亲明确交代了，在有客人和远亲在场的时候，不许讲那些关于尸体体液啊（特别是那些不含血的）、器官啊、屁股或是性交动作。不久，也不允许在自己家人面前讲了。

这足以说明，试图要我家人自愿和我巡行，就好比是让他们做结肠镜检查，是为了取乐一样。任何人都可能会争着抢着要这样的机会，但是，没有，我的家人不会。

“你给我讲述有关身上有虱子的人、有蟑螂出没的房子，当你触碰那些膨胀的尸体时，尸体会砰地裂开；你模仿蛆虫咀嚼尸体的声音，你想要我闻一闻你身上是否还有腐尸味儿，然后，你问我是否想加入你的工作行列?”鲍勃一针见血。他盯视了我良久，然后以一种表示难以置信的方式摇了摇头。“楼上什么地方你的一些线断开了。”鲍勃跺着脚从房间走了出来，嘀咕地说着什么我在发疯，需要去检查大脑了。看上去，我的几条爱犬是唯一欣赏我谋生方式的人。毕竟，我带回家的各种各样的味道让它们沉思默想。

我父亲不随行的理由是，他多年来从事警察和之后当消防员都已经“走过，做过”了。然后就是我弟弟，克里斯了，可怜的克里斯，我连问都没有问他。任何一个人十五六岁时都是把玩《星球大战》动作人物、拆电脑玩的时光，不应该看到犯罪现场的工作。我母亲报名参加随行的几率，就像她让埃德·麦克马洪[1]出现在门前，成是中了500万头彩的几率一样小而鲍勃觉得我就不应该问她。

“她已经讨厌死你的工作了，因为你的工作时间没定点、老加班、节假日不休、有危险、还要进入那些恶心恐怖的地方。”鲍勃一边用手指敲着桌子，一边继续往下列：“然后，你问她愿不愿意和你一起，去看你的工作?”他又抛给我一种“你还要说什么啊”的表情，我讨厌死这种表情了。我没有应声，他就接着长篇大论演说：“并且呢，如果她同意了，她就会看到你所做的其他所有可怕的事情，而这又会火上浇油啊。而她每次打电话来的时候，听她谈及这些的人又会是谁呢，我啊。然后祈祷你不要再接到处理尸体的案子，

① 埃德·麦克马洪：美国著名电视人。

她甚至连剪纸都不看了。”我的思绪回到了八岁的时候，那时我的手被防风雨条划了个口子，爸爸听到“啪”的一声后跑进厨房，发现我手上的血正往新贴的墙纸上面喷，而妈妈则晕倒在地。也许，就让她那样呆着不动最好吧。

在我同事的配偶、父母和朋友现身参加《神奇的旅程》时，我无精打采地一个人投身工作。我最要好的朋友艾普丽尔，她母亲一直在陪她巡行。我很嫉妒。不过，艾普丽尔的母亲来自新泽西州，是个人都知道，泽西纯种妈妈们比马里兰的妈妈们要强悍得多。而泽西妈妈们是招惹不得的。

在我不得不接受副驾驶座位将会永远空着的事实之后，有一天回到家里，我看到一封母亲寄给我的信。我打开信封，当我发现她填写的随行申请表的时候，差点跌倒。我欣喜若狂，她真的要和我随行啊！我不再考虑鲍勃的所有警告，开始为那一天作计划。我将会带她到犯罪试验室转一转，我必须带她去枪支鉴定处，这样她就能够看到飘浮在子弹回收槽里面的橡胶鸭了，然后，我会给她看看一些指纹技术。鲁米诺，是一种化学药品，在有血液的情况下，会发出鲜蓝色。鲁米诺一直是巡行时成功使用而风靡一时的东西，然后我要让母亲看一看精液在交替的光源下看起来什么样。如果在两个案子中间有空闲时间，我们会到萨尔萨烧烤（Salsa Grill）买些便宜的西班牙肉菜饭，他们对警察（和“无赖”）只收半价。

我很仔细地为母亲挑选了巡行的日期。对于任何一个想要目睹死尸的人，“自杀星期日”都是比较惊悚的日子。我曾经连续六个星期日接手到自杀案件，估计人们在得知在难逃地狱之火并且无力自救之后，做完礼拜回到家，就明白了出路就是：一根绳子、一支左轮手枪、一把药片，偶尔还有美国的铁轨。因为我母亲不太喜欢死人，所以我觉得她还是在“盗窃的星期一”行动更好一些。星期一往往是忙碌的日子，因为上班族回去工作发现他们办公的地方周末被破门而入。

我呈交了母亲的巡行申请条，在我的警员核实她没有什么犯罪记录后，我母亲便被批准通过下周一进行巡行了。在巡行开始之前的时刻，我接到了早就预想到的电话。“戴娜，”从她的语气里我能听得出来，她还没有动身。“我在洗手间走不开身了，我遭遇了褐色水的状况。”意思是她拉肚子了。她一直都是，容易腹泻。什么下雨啊、交通啊、汽油价格啊，以及面包糊了，都能让她紧张得腹泻。我和弟弟知道，假如我们有什么，哪怕是程度上最轻微的不好的事儿，也要确定她在家里，在洗手间旁边，而且手头要有足量的卫生纸巾、厨房纸巾，或是哪怕是穿旧了的 T 恤衫。我重新为她安排了巡行日程，排在下周一。而那个周一的下午，母亲又是腹泻，又是头痛。第二个星期一，她又眼睛发痒，因为前一天晚上她喝了点儿酒。之后的周一，她又脚后跟儿疼。第四次取消巡行后，警员把母亲的巡行申请表放在了我的邮箱里，留了张字条，写着：“她如果来了，你把表格拿给我就可以了。”

鲍勃肯定是很同情我，因为母亲说她脚后跟儿疼之后的第二天，我在橱柜上的咖啡杯里面发现了一张他填写的巡行申请表，他知道我会在这儿发现这张表格。鲍勃和母亲一样，厌恶血、肠子和肚子，我马上就明白了，母亲说服了他，让他和我去巡行。在我看到，他申请周一进行巡行的时候，我的那些疑虑便得到了验证。我祈祷，不要遇到任何恶心的事物，希望不用去停尸房。我曾经规劝一个律师好友到首席验尸官办公室看看，他去看了，结果晕厥过去了。我告诉他，他还是挺幸运的，病理学家没有把他当成是从轮床上滚下来的尸体、给他擦这儿刮那儿、锯开他的脑袋、剥掉他脸上的皮，然后把他的内脏放进一个赫蒂辛奇萨克垃圾桶里。

我的警员在批示栏里龙飞凤舞地签名时，翻着眼睛：“等我亲眼看到了，我才会相信。”几天后，我和鲍勃，在将会成为我整个的职业生涯中最值得纪念的日子走进了实验室。更确切地说，是这样的日子：那些案子潜伏在暖和的九月中的值得纪念的日子。

在穿过实验室，走向办公桌的时候，我可以听到探员们正在开着玩笑。他们都徘徊在警员桌旁，警员往一个粘着的便笺纸条上潦草地记着什么，他们就在那里看着望着。他们之中，有几个人之前见过鲍勃，所以这些人向鲍勃挥了挥手，在屋子的另一端打着招呼。但愿他们不要和我打招呼。

巴伯，那个自己吃着金枪鱼、看着俄克拉荷马城联邦政府大楼爆炸新闻却把我一个人丢在车子里的探员，很急切地和我说，有一件案子等着我处理。我很开心，因为我希望带鲍勃多见识一些犯罪现场，越多越好。巴伯向警员那边点点头："他已经拿到了案子的资料。"巴伯窃笑道："喔，鲍勃，你准备好了呀？"听他的口气，我就知道他在打着什么鬼主意。

"我想是的，要看具体情况了。"鲍勃话里有话，但是巴伯没有听到。他耳朵差不多巳经听不到什么了。他说这是因为这么多年来头顶上面警报器的响声震的。不过我认为他耳朵失聪的原因是耳朵内部器官出了问题。

警员朝我的桌子走过来，递给我一页便笺纸，我猜上面写的是有关案子的信息。"如果你现在就出发，我批准给你加班费。"

我浏览着纸上的文字，这时有两个探员大摇大摆地走出房门，但是我并没有让他们提早下班。我决定要抢先一步：夜里3点和他们一起值的班，我要在两点五十九分到。这个地方把我的神经都搞乱了。

我发现，案子现场在县的东边，而且只有我和探员乔·雷伯恩两人被安排接手这个案子。三个人值班的时候，我们把县划分成三个区域：西边、中间和东边，三个人各负责一块，而两个人值班的时候，就把县分成两部分。最有资历的人具有优先选择权，选择他们想要去的地方，我知道，乔喜欢去东边。我没有再往下看。

“警员，接手这个案子的不会是我的。”我把便笺条粘到了隔壁桌子上。“今天乔值班，他一直都希望去东边。”乔应该是我们实验室里比较优秀的调查员之一，有报告说，他擅长提取指纹，甚至能够从石头上提取潜指纹。但是，我不清楚，乔不会和我说话沟通，无疑，他也肯定不会教我。但很不走运，因为我知道，帕特和乔治之后，他会有太多的建议给我。

警员把便笺条揭了下来，又递还给我：“乔恰好已经在这儿了，他直接从法庭过来的，他知道这个案子，并告诉我把案子给你，今天他想去西部。”

我感到愤怒。乔从来从来从来都不想去西边工作的，从来不！类似这种的芝麻小事儿开始让我几乎崩溃，换句话说，乔进到房间，看到有一起案子等着处理，因为他不想处理这个案子，所以决定到县的另一个区域工作。正当一些探员开始对平民调查员的态度有所改观的时候，似乎有另外一些人在想尽办法不让我们得心应手地去工作，原因就是这样能使他们能够得心应手地工作。就是这种愚蠢幼稚的心理游戏惹火了我。

我摇摇头：“没问题!”我尽力让自己的声音听上去满不在乎。鲍勃亲眼目睹了我每天都要处理的事情，见证了我为什么总是在完成我梦想的工作（结果表明，这份工作绝对没有憧憬得那么好）回到家后会一脸怒火、精疲力竭。“噢，得等一等。”如今，我成了那个幼稚的人——我拒绝了警员提供的加班费，就是因为我能够完成。

警员走回他的办公桌之前，用手拍了拍鲍勃的肩膀：“你没问题哦!”我看到他和巴伯交换了下眼神，然后两个人得意地笑了笑。

“你们两个家伙搞什么鬼呢?”巴伯没有应声。我胡乱地在桌子上堆积起来的邮件里摸索着。

鲍勃拿起那个便笺条读着与案子的相关信息。巴伯望着他看。

“哦，是什么任务呀?”我用眼睛瞪着巴伯，他明明知道丢给我的是哪种的案子还这样问。

鲍勃很费劲地辨别着龙飞凤舞的字体。“嗯，在哪儿写着呢?”他一边眯着眼睛一边破译着字条上的信息：“好像是说……‘可疑死亡?’”鲍勃看着我，他的脸色像死人一样煞白煞白的。

我从鲍勃手里夺过便笺条，此时我的眼睛一刻也没有离开过巴伯。“你没有……告诉我，你没有!”

巴伯看着他的桌子，轻声地笑着，而警员则假装很忙的样子，装作没有意识到整个房间里发生的事情。他的演技太差了。“你没有说啊!”我看着字条，把案子的大概信息从头看了一遍。“好啊，显然不用着急去那里嘛。”我的声音很大，大到所有人都能够听到。“犯罪试验室在一个小时前就接到这个案子了嘛。”

“嗨，柯曼。”在我正打算离开的时候，其中一个人大声喊道。“忘了告诉你了，尸体已经腐烂了，腐烂得一塌糊涂呢。”我用力“砰”地摔门而出，这时听到其中一个人对鲍勃说祝他过得开心愉快。

在等电梯的时候，我努力解释刚刚发生的事情：“他们知道你不想看到死尸，所以有这样的案子时，他们就把案子搁置了一个小时，等着我们当班，然后乔选择去了西边，那我们就被迫去处理这个案子了。”鲍勃只是盯视着我。“让事情更糟糕的是，还是个高度腐烂的。”声音听起来很小，但是却让我怒火中烧。

电梯到了，发出“叮”的一声，打破了沉默。虽然我需要去地下室，实验室的车都在那里停着，但是我却按了去往大厅的按钮。电梯停下来我们走出来后我把车钥匙递给鲍勃：“你回家好了。我知道你不想去这个现场，我不想和你在以后的十年里有着痛苦的回忆。”我看得出来，鲍勃很为难。“真的，你回去吧。我的感情没有那么脆弱，不会受伤的。”我等这一天已经等了好几个月了，那些探员们却想方设法给我毁掉了。

鲍勃把钥匙悄悄放进我的口袋。“你处理现场的时候，我就在车里坐着。我不进里面来，但是我还是陪你去。或许，你随后会有更好的事情要处理呢。”

他回到电梯里，按了向下的按钮。

我们来到了车库，我就是在这里继续装载我那辆厢式货车的。这些厢式货车已经囤积了县里配给的装备，不过，我们每个人也都有自己喜欢带的装备。我有我自己的指纹工具箱和证据袋儿，证据袋子里面装着盒子、袋子、胶卷和备用电池。我还带了一个备用衣服包、手电筒以及一个生物安全防护工具箱，这个工具箱里装有酒精、防溅挡板、一个氧气面罩、呼吸器以及那次的吊扇现场之后的高密度聚乙烯合成纸套装、帽子和婴儿袜。

开着一辆像是敞篷车的车到马路上，之前应该进行车辆检查及设备检查。我一直都会检查一下车子，看是否有破损，否则，到时候受损的就是我。我已经给自己造成了很多损耗了，我不想因为他们使用过程中所留下的损耗而受到表扬。我通常都会忽略对设备检测，大多数人都这样。有许多案子等待去处理的时候，简直没有办法去检查四十多个设备。我检查了一下相机，确保带上了金属探测器和一些盛装射击残渣的工具箱。

这个车库，是我们停放犯罪试验室的厢式货车的地方，我们扣押的等待处理以及或是执行搜查令的车辆也都存放在这里。鲍勃当然知道，这些车辆是碰不得的。在我检查我那辆改良的车子和装备时，鲍勃双手放在衣兜里，在车库里来回踱步，还不时地往车窗里窥视。他正在看一辆黑色的阿库拉[①]。我对他说：“你看一眼证据牌，看看列的都是什么罪行啊，说不好就是昨晚那起可疑的死亡案呢。”

---

① 阿库拉：日本本田的车型。

我刚一说话，车库里的电话就开始响了。通过铃声，我能够辨别得出来是大楼里谁打来的电话。我沉思着打算不去理睬。当我最后拿起电话的时候，我听到另一端是乔的声音。他直切主题："杀人犯正赶过来，要看一眼阿库拉。我讲了会等着他们。他们只是想处理车子之前，看看车子里面。"

"乔，"我的声音在车库里面回荡："我还有个尸体案等着处理呢，你知道的嘛，你推给我的那个。我去处理那个案子，能否劳烦你下来处理下这个？"

乔的语气很冷漠："那个尸体的案子跑不了的。"我没说话。"而车辆的事儿呢，是你的案子，杀人犯想和你聊聊他杀人的过程。"

他在撒谎。杀人犯对处理车辆的人没兴趣，只要事情解决了就可以了。的确，我这个人喜欢把案子坚持到底，喜欢着手所有与我处理的案子有关的证据，但是，通常情况下不会有这种情况发生。等到案子到了法庭的地步，那时参与调查的犯罪现场调查员就有十个之多。谋杀案后面的工作包括：经手停尸房、搜查令、证据处理、报告、简述、为犯罪嫌疑人拍照、处理车辆、空中拍照等。接下来，就是审查部门要做的工作了，如枪支、化学、血清学、潜在物、文档和电脑犯罪。有时候，当案子走到法庭那一步时，差不多整个实验室都被传唤到了。

"好吧，不过，如果他们超过五分钟，我就给你打电话，你下来。"我用力挂断了电话。如果我真的打电话给他，向他求助，我很清楚，他是不会接电话的。

因为阿库拉由犯罪实验室负责，所以就得有一个犯罪现场的人到场，将合法拘留所需的一系列文件移交给凶杀案探员。从在犯罪现场收集证据到在法庭上呈现证据这段时间内，调查员必须保留一份每一个与案件有过接触的人员的连续记录。如果其中的一个环节中断了，那么辩护律师极有可能会怀疑证据的真实性，就会呈现一个有关证据很可能受到了外部污染的有力论据。作为合法拘留所需文件的一部分，接到证据的人必须在证据袋儿上面签名并且署上日期。大多数情况下，他/她还要准备一份书面的报告，这份报告要提供详细的描述：他/她使用证据的原因，以及他/她对证据做了哪些事情，譬如为了提取潜指纹而对它进行了处理，或是为了提取可能的DNA擦拭过。可以想象一下如果我们把从杀人现场取回的证据存储在了我们的床底下，或是放到了邻居的车里，直到拿到法庭上，这期间会出现什么问题。

我想起了一件案子，案中，受害人和嫌疑人把车子开进一个公寓停车场，随后发生了纠纷。受害人，即当时开车的人，腹部被刺伤，他向警察提供了嫌疑人的名字。然后，嫌疑人则声称根本不认识受害人（真假你自己判断）。于是，处理这起案子的警察就请求犯罪实验室处理现场，对车辆内部进行处理，希望能够找到嫌疑人的指纹，希望他能如实交代。问题是，那个警察认为他还有更要紧的事处理，所以拒绝等我。于是，他将车子扔下，没有锁，就那么放置了一个多小时，无人看管。我最后接了案子，处理了车辆，然后从车子里面找到了受害人和嫌疑人的指纹，不过，我在报告中的第一行里标注道“本人到达的时候，车辆处于无人监管的状态，没有警察或者任何警察部门人员在犯罪现场”。在案件到了法庭时，我的这个声明成了重要的问题，我禁不住想，是否这是陪审团没能宣告嫌疑人有罪的原因呢。在我不希望看着那些罪犯被叛无罪离开的同时，如实报告我所看到的事情又是我的工作职责，即使它对案子不利。警察部门可能已经支付了我薪水，但是这并不意味着我要对案件有失偏颇或是偏袒哪一方。我不能那么做——这可是涉关正直这一原则。

几分钟后，三个处理凶杀案的探员在车库外敲门。我从他们手里拿过搜查令，在他们戴手套时，我把搜查令和车辆里的其他信息进行归档。鲍勃，某种程度上对这个案子更熟悉。因为我前夜下班后，晚六个小时才回到家。案件的删节版是这样的，有人拨打了911，报警称，他们开车沿着一个偏僻的街道下行的时候，留意到有股怪味儿。他们说，警察应该去检查一下，因为那个地方可能有具尸体，然后，就挂断了电话。警察出警，在一条水沟里发现一具女人的尸体。很明显，尸体是被搬运到这里来的，就是说，这个女人不是在水沟里死掉的，她那没有了呼吸的身体是从一辆车子里推出来的。我们之所以知道，是因为她的衣服里面有些路边的沙砾。我们在她上面的路肩上发现了她裙子上的一块儿布料。她的身上还有一些从山上滚下的伤痕，主要是伤口和擦伤，但是这些伤口都没有流血。因为死后造成的伤口是不流血的。拨打911报警的人一定和这个案子脱不开干系。很明显，报警人事先就知道这具尸体，因为，对于一个开车的人来说，沿着山下行，太远了，是看不见的。此外，这个女尸死亡时间不长，还没有发臭……但是，即便是她已经发臭了，一般的人或许认为他/她闻到的是什么死去动物的味道，而非死人的味道。我完成工作之后一段时间，探员们缴获了这辆阿库拉。

我准备好相机，因为知道需要拍几张车子外部的照片，特别是在办理凶杀案探员开始搜查之前要拍几张车子内部的照片。这辆车被缴获后，还没有谁打开过车门。对犯罪嫌疑人丢下车时，车辆的状态进行记录，非常重要。“我们只需一分钟就好。”在这个警员把他的领结挪到衬衣扣子中间的空隙时，我看着他。另外一个探员则巧妙地把他的领结放进了他的衬衣兜里。“我们就是看一看汽车仪表上的小柜儿，看看后座里的东西是否是呕吐物。”

呕吐物??? 我讨厌死呕吐物了！

我拍了几张车子外部的照片，然后小心打开前面副驾驶座旁的窗子，又拍了几张照片。也就一秒钟的时间，炎炎夏日里呕吐物发出的酸味儿便让我胃里翻江倒海了。我能闻见这股味道。凶杀探员太清楚不过了，他们不会在我忙工作的时候，踏入我的视野。我咬紧牙关，继续给车辆内部拍照，一次打开一个车门。如此让人作呕的味道到底是怎么回事儿呢？我闻到过更恶心的东西，我认为，这是经常接触的原因，我想这可能也是我发现血液的味道如此可怕的原因。

这股酸味儿肯定是在半分钟之后传到了探员那里，因为他们中的一个人大声地喊了声“噗呵哦哇哦喔!”我回身从肩膀看过去，看到他们正用笔记本在面前扇动着。鲍勃不知道跑哪里去了。我一拍完车辆内部的大概轮廓，就把精神集中到拍摄具体方面。比如呕吐印痕、烟灰、一个钱包、一些衣物、一包香烟和几个快餐的包装纸等。人们把他们的车子和房间弄得这么恶心，让我吃惊。真的不能以貌取人，因为外表看起来最整洁的人，往往是最大的罪犯。最后，我“砰”地破开车身，又拍了一些照片。自从犯罪试验室另外一个调查员发现藏在车身内的一个活着的嫌疑犯以来，打开车身就像是在参加一场游戏节目，看一看一号房门后是什么——我从来没有料想到居然如此悬疑。我现在都不知道，如果当时是我一个人和这么一个罪犯待在车库里，我会做些什么——最起码要派另一个调查员，而且还应该给他配备枪。检查车身里面是必须要做的事情，如果我们没有车钥匙，就必须使用铁撬棍来把它撬开。

负责凶杀案的探员开始搜查了，这时候，我要做些记录，过后，我要把这些记录归纳到要书写的报告中去。我发现鲍勃正在车库的远侧仔细读着储物柜上面的探员的名字。他在躲避那股难闻的味道。在警犬呕吐的时候，鲍勃甚至也在干呕。我知道，那具女尸胃里的东西散发出来的臭气冲天的味道让他很不好过。但是话又说回来，这可是我们看到的《法律与秩序》的真实版本，我想，鲍勃对探员们执行搜索令过程的兴趣，将会远远大于他厌恶那摊（发干而又带着温热）呕吐物的味道的程度吧。不过，他脸上的表情却告诉我不是这样的。

当探员们看似要结束他们的搜索过程之时，我向他们询问，这辆车与犯罪现场有什么关系。鲍勃则走上前来，离我们很近，这样就可以听到我们的谈话。“嗯，”那个探员迅速脱掉他那副橡胶手套，然后把它们投进旁边的垃圾筒里，他然后从兜里拽出了领结，检查了一下，确保领结没有被什么恶心的东西粘住。“尸检那边发现了受害人鼻子、嘴里的呕吐物。说明昨晚不是很晚的时候，她和她的朋友们聚会来着。是个异性朋友的朋友。”他用大拇指从肩上往那辆阿库拉指了指。“哥们称，他将她留在聚会上大概两百个小时……说那时她还挺好的。但是，我们有目击证人，他们称，看到他们两个人一起离开的，现在我们在这位伙计车子的后面发现了吐出来的东西。那么……看上去，我们有必要和这个家伙再聊一聊，在某个点上，确定是否是她吐的。”

“这么说，”我撅着嘴：“这么说，我得收集一些呕叶物了，对吧？”

“没错。呕吐物和那个钱包，我们还需要对车子进行潜指纹提取处理。”

我和探员们讲，我可能得切开衬垫物才能提取足量的呕吐样本。他们只是耸了耸肩膀——毕竟，车子又不是他们的。

开车驶往死亡现场的时候，鲍勃很安静，而我则对带他来感到很内疚。我强烈地希望我的家人能和我巡行，以至于忽视了一个事实：他们千真万确地被我的工作给恶心坏了。他们开心，是因为我开心，他们只是想让我开心而已。

我们把车开进了车道。这是一幢独栋房屋，紧挨着河流和一些船只，那些发动机零部件、敞篷小型货卡车——其挡泥板中有裸体女人的轮廓，这些都让我确信，这个房子的主人是个男人。看到几只小松鼠在前面的草坪上嬉戏着蹿跳而过，听到邻里孩子们在他们的充气游泳池里玩水时而发出的尖叫声……然后望向这间屋子，想着里面有一具腐烂了的尸体，似乎很奇怪。而房子外面的一切，看起来却如此有生气，如此正常。

在没有看到这具死尸前，我们就能闻到死尸的味道了。鲍勃还没有从对那堆呕吐物的恶心反应中恢复过来，他在吸气的时候还不时用手盖着脸。“哦，老天。”他用手捂住了嘴：“这不是那个尸体吧，是吗？”我希望鲍勃没有什么事儿。“哦，我的老天啊！”他看着我。“尸体不会离房子这么远就散出臭味儿来吧，会吗？到底是什么东西啊？”

我感到好笑，因为这股味道的确很恶心。这个人死了，而且情况还要更糟糕。我已经有一年没有工作了，我确定，我鼻孔里面的神经末梢因为使用过度而正在失去功能，接着，我向里面看去。我从来就没有闻到过什么芬芳的气味，比如春风吹拂过来的木兰花儿香，或是放在窗沿上冷却的热乎乎的苹果派的清香，没有，我的工作赐予我的就是一百零一具尸体的香气。如果气味儿来自一个人的呼吸、腋窝、肚子、胯部、屁股或是双脚——我都会过去闻一闻嗅一嗅，而且，在做这个动作的时候，我还要一本正经地板着脸孔，忍着不笑出来。

即便我没有事先获知，这是一具高度腐烂的尸体，在闻到其散发出来的味道之前，我也会知道这具尸体处于什么状况。如乔治开始指明的，所有的警员都正站在外面，消防部门的人员在犯罪现场。犯罪现场没有出现火灾，没有必要开着探照灯，所以，消防部门的那些家伙很有可能正开着风扇，帮着驱散那股恶臭呢。尽管我很感激在我到达之前所作出的这种努力：那些穿着沉重靴子拖着脚步走过可能是犯罪现场的消防人员，开灯，开锁，开门、窗，但是，这会在无意中破坏犯罪现场原貌。我很希望，调查的警员在消防部门变动现场之前做了所有的记录。我还希望，自己能够中头彩，赢得强力球大奖。看起来，那些巡警和他们的上司经常会在最初就确定现场是否“真的”很可疑，而且，在咨询犯罪实验室或是尸检部门之前，他们还经常会作出一些重要而又不可更改的决定。

曾经有一次，我受够了一些警员在实验室人员到来之前搞乱现场，当我来到一起死亡现场的时候，发现房间被警察彻彻底底翻了个底朝天，受害人被从死亡的橱柜那边拉了出来、尸体被翻动过，而且尸检部门的人员在搜查他的衣兜，此时我极为恼火。警察对我说道：“我们只是需要你拍几张照片而已。”我走出房间，拒绝做任何事情，直接把车开往辖区，找当班的导员发泄怒火。我对他说，不管他的警员需要我怎么做，对我而言，没有什么情况只需要“只拍几张照片”就行。我工作的各项职责不是由巡警来命令的，我的职责很明确地描述在犯罪实验室那本怪异的册子里，标题是“法医中心——标准操作程序”。根据这本书的规定，如果派我去死亡现场，那么绝对会有一些明确的事情要我去做。事后回想起来，我或许应该让我的导员去解决当时的情况，但是，我要说的是，我之后再也没有在那个特别的辖区内遭遇过另外的问题。

我和鲍勃在车里坐了有一分钟的时间。“你来吗?”

鲍勃看着我，好像我疯了一样。他用双手紧紧地按着鼻子和嘴，他说话的时候，声音听起来就好像是达斯·维德[1]一样：“你没搞错吧!?”

其中一个警员朝我的车子走了过来。我摇下车窗，车子里便又多了些臭味儿。鲍勃拉起衬衣盖住脸，在用双手掩面之前，把下巴颏向下贴在胸口上。

这个警员的名签儿上写着 R. G. 罗伊斯。“你准备好处理这个了?”他有说有笑，“这具死尸太太太糟糕了，要多糟糕有多糟糕。”

---

① 达斯·维德：《星球大战》里面的角色，也称黑武士。

我慢慢地摇摇头，紧闭牙关——这股气味儿实在是不同寻常。

罗伊斯说话的时候，鼻子下面的维克司牌香草糖在阳光下一闪一闪的，“哦，如果在我们要求你们过来的时候犯罪实验室就赶过来，他也就不会熟透了。”

我抬起手掌来：“请就此打住！你可以感谢前一班次值班人员耽误了。”

罗伊斯探过头来，在我四周打量了一番，然后上下地看了看鲍勃，鲍勃这时候正看着副驾驶座儿窗外的某个家伙，那个家伙正跑动着拍照。“这么说，你有人陪着巡行啊？”

“对啊。”我叹息道：“我们刚刚处理完一辆车里某个死人的呕吐物，现在又要处理这个烂摊子。我们的值班时间现在还没到一个小时。”

拿着相机的老兄嘴里叼着一根香烟。他的衬衣太小了，当乱冲乱撞狂暴地拍照的时候，他的啤酒肚就上下地动来动去。他还拍了一张我和罗伊斯隔着车窗谈话的照片，然后把相机挪向罗伊斯的警车。“到底在干嘛？”我迅速地问道。

就连鲍勃看起来也觉得很好玩了。

那个拍照的家伙垂直、水平地调着相机，在调整到 F 制光圈的时候，扭转相机镜头。他从罗伊斯的车移开，移向另一辆有标记的后座上坐着一个人的车子。这个家伙的行为至少让我暂时忘记了那股恶臭。

罗伊斯翻了翻眼睛。“独家爆料啊，死去的兄弟和他的女人分手了。”我在想，他们为什么总是用现在时说事儿呢。这就是警察们的事情了。“女孩儿试图打电话，看看他有事没事，但是打电话过去却没有人接，嗯，这种情况持续了好几天，于是她今天就过来了，来看看他，却发现他死翘翘了。她完全被吓呆了，就给父亲打电话了。她父亲拨打了 911 报警，然后带着相机来到了现场，之前的两个小时，他一直在拍照。那辆巡警车里面的就是她。她这样的表现很正常。”我看到了那位给坐在警车后面的女儿拍照的父亲。我全都看在眼里了。

罗伊斯看着鲍勃的时候就笑了道：“你或许想看一看他是不是还活着吧。没准尸检那边能给我俩买一送一呢。”

鲍勃那个独特的面罩让我一下子想起了我的呼吸器。“糟糕!”我用拳头猛捶着方向盘：“该死，该死，真该死!”

罗伊斯打断了我，而鲍勃则将眼睛移到我这边，看看发生了什么事儿。“我把生物安全防护工具箱落在那辆阿库拉旁边的桌子上了。”我痛苦地抱怨道。“该死，我的呼吸器还在里面。”当时乔往车库打电话的时候，我有些心烦意乱，我记得我在接电话的时候，把生物安全防护工具箱放在桌子上了。

“天啊，你惨了。”罗伊斯的声音听起来很严肃。“我没开玩笑，里边的情况真的很糟糕。有人帮你开车把生物安全防护工具箱送过来吗？你在外面拍些照片，怎么样？有人把生物安全防护工具箱给你拿过来的空当，你能在外面先拍吗？”

“嗯，没问题。”我抓起笔记本，跳出车子，把车钥匙扔给鲍勃，以防他到时候想开空调。要他们来帮忙，太不现实了。此外，我也不想留下让他们对我说“不”的口实。

我刚一出来，鲍勃就斜过身子到驾驶座位这边把车窗摇了上去。我从车子后面拿出相机来，此举违背了犯罪实验室不成文的规定：拿取装备之前，要先评估一下现场。对于这个现场，我会边走边进行评估的。

我用头点了点消防车：“用风扇作业呀？”

“是的。哦，尸检人员已经到了。”罗伊斯期待着我的反应。“不过，在你发怒之前，我们让他先行一步了，因为你过来用的时间太长了。他走进去看了一眼，就可以开始写报告了。我们什么都没让他碰，他说，为了让你做所需的工作，等你这边完了，他再进来好好地看一看。”

这对我来说，并不重要，毕竟，消防员已经把现场扰乱了。我只想赶紧离开那里。

每向前靠近房间一步，那股恶臭就变得逐渐浓郁起来。我把装备堆在了侧门旁的台阶上面，把相机装上胶卷，戴上橡胶手套。我在脑袋上戴上一顶棒球帽儿，防止那些蛆虫什么的钻到我的头发里，然后转向那些消防员，他们这时正专注地看着我：“那么，我的梦中情人在哪儿呢？”

其中的一个消防员看起来很惊异：“哦，在卧室里呢。”他指向屋子的后面。“你是犯罪试验室的？”

“上一次我检查的。”我想，他们想着的是其中的一个不错的老男孩儿吧。

我把记事本挪进后面的裤腰里，我至今也不知道我当时为什么要那么做——只可惜当时其他人都好像知道似的。我回身转向罗伊斯，他这时正站在那些消防员的旁边。“祝我好运吧。”我爬上旁侧的台阶，这些台阶通向厨房，然后我在小门廊上站了一会儿。

“嗨！”其中的一个消防员喊道：“别忘记你的呼吸器，你到那儿要戴的。”

我假装没有听到他的话，然后就消失在了那间热气腾腾、潮湿而又恶心的房间里。消防部门已经准备了两个巨大的风扇，以驱散室内的恶臭。一个风扇放在厨房里，一个正好放在卧室门外的过道里。我给每个风扇都拍了张照片，然后关掉风扇。风扇发出的呼呼声很分神，我可不想每次走过的时候，那些被风扇吹起的肉渣溅得浑身上下哪里都是。

房间的内部很暗，令人毛骨悚然。栗色的粗丝毛毯、金线锦缎情趣椅和墙壁上挂着的绕线编图艺术船简直是电视剧《脱线家族》

的真实版。房间的气味儿让我两眼刺痛，胸口也跟着难受。我试着用鼻子呼吸一下阵阵的空气，如此般地难闻得让人头疼；但是，当我试着用嘴呼吸的时候，我却能尝到它的味道。每一秒钟都让人觉得痛苦不堪。类似这种的犯罪现场对《恐惧因素》的参赛者而言，将会是一个极佳的挑战。

我将相机设置成自动聚焦，这样我就不用笨手笨脚地处理它了。我的上司可能要竹篮打水一场空了，因为我绝不可能拿出所有装备，弄到他们喜欢看到的死亡现场上一切有趣的东西。尸体的气味实在是太难闻了。

厨房是我处理的第一个房间，因为它离尸体最远。把风扇固定在那里将恶臭的空气吹出打开的房门。我开始给房间的各个角落拍照，保证房间的每个角落都被拍到。接着，我往房子的适中位置前行，最后是特殊区域的特写镜头以及一些感兴趣的物件。我拍了厨房的门和门框，为了显示房间没有被强行闯入的迹象，还拍了放置在餐桌上面的那三个信封。一个信封上面写着寄给“母亲”，另一个是给“卡拉”的，第三个给“史蒂夫”的。我还给下面的物品拍了特写镜头：六个空的小酒瓶和洗涤槽里面的五度的伏特加空瓶，还有八个空的巴德啤酒罐，这八个空的巴德啤酒罐就像是金字塔一样堆在餐桌上面。最后，我一按下相机的快门按钮，就跑向了门口。当我重新出现在侧门的时候，我注意到所有的消防员几乎是同时地看着他们的手表。太奇怪了，不过，我才不在乎呢。我快死掉了，我发现室外难闻的空气顿时让人感觉很清新。我抬起头来，让微风吹着我的脸庞，然后用胳膊拭去前额的汗水。我感觉自己就像是薄荷·派蒂广告中的那个女人，站在大山之巅，任凭风儿吹拂她的秀发。我要做的就是闻一闻薄荷的味道。

我做了个深呼吸，数到三，然后数到六，然后到十一。最后，我鼓着勇气重新回到房间。在确定了餐桌上面的三个信封是自杀绝笔信之后，我开始快速拍照——我这辈子从来没有这么快速地拍过照，能有多快就有多快地按着闪光灯。我聚精会神地穿过客厅、餐厅，然后沿着穿堂向下走向主卧室。我从房子的各个角度拍摄每一个房间，拉近焦距，把那些我认为相关的事物都拍进来。当我靠近主卧室的时候，苍蝇愈发多起来，它们的翅膀发出的那种嗡嗡声让我晕眩。我能够感觉到，它们在向我冲撞着。每一次有一只碰到我的脸或是我光着的胳膊的时候，我都要躲闪一番。再一次进到房间里面的时候，我终于成功地来到了洗手间。洗手间恶心得要命，就连马桶里没有冲掉的粪便也不及洗手间的味道让人恶心：那可怜的粪便黏黏的，正在发酵，上面覆盖着许多小蛆虫，它们正快乐地忙着各自的事情，享受地在马桶里暗黑河水里游动。这种场景让我神经错乱。我咬紧牙，拼着命地向入口跑去。

我的面部表情肯定已经说明一切了。罗伊斯看了看他的手表，然后走上前来，递给我一些维克司牌香草糖："要完成了吗？"

我从裤子后面扯出记事本，当扇子扇着风。我尝试了好几次，才有力地说出话来。"是的。"我使劲儿地吞咽着："不过，这真是我接手的最糟糕的现场，我还没有走到卧室那边呢。"

打开记事本，我在上面做了些记录——我在拖延时间。我的打算被那个拿着相机、有着啤酒肚的古怪家伙给打断了。他在门口用相机拍我，这足以让我回到房间里面了。

这一次，我成功地来到了卧室。从过道这边，我看不到尸体，不过，我能够看到卧室窗子上粘连着苍蝇组成的黑色窗帘，这让我想起了《鬼哭狼嚎》中的镜头：神父来为宅子祈福。这些苍蝇已经填饱了肚子，正在阳光下取暖，像极了人们在感恩节时肚子里填满火鸡后，醉心地倒在沙发上的场景。

我在扯起衬衣遮住鼻子盖住嘴巴的时候，想起了卡车里鲍勃的形象来。为了走进去，我把能用到的东西都用上了。最后，我走进了房间，感到室内的温度一下子升高了十度。我的双眼就是不能从床上那正在化脓的肉块上移开，现场太恐怖了，成千上万的蛆给人一种错觉，让人觉得是尸体在动。就我的观察，这个故去的兄弟是仰躺着的。尽管他那条浮肿、起泡、腐烂的左腿伸了出来，但是他的身上还是齐胸地盖着床单，那条白色床单已经面目全非了。他穿着圆筒短袜，带条纹的那种。自从初三到现在，我都没有见过谁穿过条纹的圆筒短袜。他左臂剩下的部分在他的躯干旁僵直着，他的右臂曲着，手放在了肩旁，正挨着一把手枪。一个枕头盖着他的脸。我不由得想起了斯迪克-阿普（Stick-Up）牌房间除臭剂的商业广告来。在这些广告中，通常会出现一个打扮漂亮的女人，她打开垃圾桶的盖子，或是打开她十几岁儿子的洗衣篮，这时，她的脸色大变，然后边用手在鼻子前面扇着，边说道："看，这里最适合使用斯迪克一阿普牌儿除臭剂。"他们实在是应该把那个女人送到类似这样的犯罪现场来，让她穿过所有的蛆虫和黏糊糊的东西，来到尸体旁边，然后在往床头板上贴除臭剂的时候，要兴高采烈地说："看，这里最适合使用斯迪克一阿普牌儿除臭剂。"

我往床那边走近了一步，手电筒照在那具尸体上。手电筒发出的热让那些蛆很兴奋，它们开始扭动身子，有一些蛆还把头伸到空中，很像墨西哥跳豆。当一只蛆碰到我的前臂时，我吓得大叫了一声，但是接着我又被一幕吸引一分钟之久，当时我看到一只很小很小的蛆在这个家伙膝盖的一块儿肉皮下面玩躲猫猫，而这时它较大的伙伴们则在它们在尸体的大腿部造就的一个深穴中爬进爬出。这个家伙的皮肤呈绿褐色，看上去湿润润、黏糊糊的，他手上及胳膊上的皮肤正在脱落。尸体呈大理石花纹状，这就意味着血管清晰可见，看着就像是交错着流淌的黑焦油，说明细菌已经侵入到了循环系统。床单很潮湿，因为腐尸流出的汁液变了颜色，蛆虫爬进液化了的血肉里发出的那种咕咕的声音开始在我的脑袋里回荡。我必须跑开了。

当我再次出现在门廊的时候，罗伊斯和消防员一致看向他们的手表。我不知道为什么，我也不想知道。在定下心神来时，我不由得想知道“尘归尘，土归土”这个荒诞的说法出自何处。我所见到的唯一的灰土都是在大火灾现场。腐烂是一件令人厌恶、作呕的事项，包括两个重要的过程：自溶现象和腐败。前者，自溶，字面意思就是自我毁灭，或是说尸体靠其自身的酶消化吸收；在活人的体内，食物被消化系统内的酸和酶分解后进入能够被吸收进入血液供给的分子之中，为人体供应所必需的营养。消化系统不断生产黏液，提供必需防卫，来保证这些破坏性的酸和酶待在原地不动。然而，人死之后，黏液生成的过程终止，这些饥饿的伐木工最终就会在食道、胃和肠上面打孔，开始融化其他内部组织和器官。

腐败，与自溶现象完全相反，指的是细菌降解尸体（尽管在自溶现象的整个过程中有许多细菌被释放到体腔中），致使即便是没有受过任何专业训练的眼睛都能得出这个人已经死亡的结论。腐败发生的时间是多变的，但是顺序可以预测。首先，可以看到尸体的腹部和腹股沟部位变颜色，变为绿色或是蓝绿色。随着这种颜色的蔓延，伴随而生的是由于微生物气的积压而引起的鼓起或是膨胀。肿胀现象出现尤其严重的地方是：胃、肠，以及其他体腔和皮肤松弛区域，比如阴茎、阴囊、乳房、胸部以及面部。由于肿胀引起的压力，会导致舌头和眼睛从头部凸出来，促使肠子和其他内部器官从直肠和阴道穿出。随着腐败过程的发展，血管呈现之前所描述的大理石纹理外观，皮肤开始从其表皮脱落。这让尸体呈现被烧或是被烫过的迹象。囊泡或是含有气体的水泡，以及腐尸的液体，在下面没有脱落的皮肤处形成，碰到一起时就爆裂开来，而头部的毛发、手指和脚指甲稍稍一碰就会脱落。这时候，人的身体浮肿并且变形得很严重，以致亲近的家人或许都认不出这是至爱的人的身体。

因为我想离开这个现场，所以我在外面尽可能地多待，以便喘口气，然后回身来到卧室，继续我中断的工作。我用手电筒照了照枕头，在检查到枕头中间有个洞的时候，我不情愿地向前倾着身子。这个洞的旁边是颜色较黑的残渣，呈模糊的圆圈状，通过分解的液体导致的着色是很难发觉的。必是枪弹发射过程中所形成的射击残留物。

我把手电筒放回腰带上面的支架上，用力把苍蝇从相机上拍走，我的相机正挂在脖子上。我希望没有人走过取景器，取景器现在正贴在我的脸上。我在房间里来回地走，一张接一张地拍着照片，踩着一个又一个的死虫子。我努力屏着呼吸。相机贴着眼睛，我艰难地一步步靠近那张床，在拍摄那把枪、枕头，和那个周围是黑色残留物的洞的时候，将身子倾了过去。每一次闪光灯熄灭的时候，那些苍蝇就会嗡嗡叫起东奔西撞，那些蛆虫则扭动并跳跃起来。我跑回洗手间，多呼吸一口气。骑在粪便上面的蛆虫看上去很少可爱。

等重新缓过劲儿的时候，我又回到房间，快速测定、浏览了一下现场，心里做了记录，然后去室外誊抄在我的笔记本上。在梳妆台上，有一个钱包，我拍完照片然后翻查了这个钱包。钱包里面有120美元。我把这些钱铺在钱包上面，就好像这些钱是扑克牌一样，然后给这些钱拍了照。我看了看一位三十八岁瘦削男人驾驶证上的照片，和我面前看到的这堆肿胀起来的脏东西进行了比较，这种对照让人觉得可怕。死亡可不宽容。我再次朝外走了出去。

我在门廊上站了几分钟，这时罗伊斯和消防员们看了看他们的手表，然后举手击掌。他们在玩孩子气的什么游戏。我很生罗伊斯的气，他本来应该在房间里面给我搭把手的，特别是在我作简述的时候，帮我做做测量什么的。我需要收集那些遗书、那把枪、弹药和那个枕头作为证据，我从容地走向车子，去取那些袋子。鲍勃还锁在车里，吹着空调，冷风吹在他的脸上。

“问都别问。”我开车子侧门的时候，预先警告他说。然后抓起那堆纸袋儿。“很恐怖，我几分钟后就完事儿。”我甚至都没有给鲍勃回话的机会，就朝房子走去了。

我从罗伊斯和他的伙伴们身边走过，我要求罗伊斯再次进行尸检，给我五分钟时间就能搞定。在厨房里，我把每一封遗言信都分别放在纸袋子里，我没有把袋子封口，因为我知道尸检那边或许想看一看这些遗言，或是复印。看来这个死去的老兄好像是喝醉了酒，写下自杀遗言，然后回到床上，用枕头盖住脸，然后用枪射向自己的脑袋。他扣动扳机的时候，枕头使得他看不到枪。

我走向卧室。我需要收起的另外两样东西可能压在蛆虫和烂泥里面。第一个东西就是枪。我在进入卧室后，屏住呼吸，把枪从床上捡了起来。枪很湿，透过手套我都能感觉得到分解液体的温热。我把枪带到了厨房里，厨房里的光线和味道要好许多。由于我不想运送装有弹药的武器，所以，我小心地打开气缸，用我的记号笔在撞针下面的枪膛旁画了个点儿，做记号。我迅速地换下手套，然后拍了一张气缸的照片，画了个简图，记录我拆卸枪之前，是否每一支枪都是空的，或是里面是否有实弹或是爆破盒。完成后，我把枪扔进一个纸袋子里。

因为枪压在了烂泥似的尸体下面，所以现在我的记事本、钢笔、手套，甚或是我接触的纸袋儿外侧都被污染了。我不戴手套就不会去碰车子中装备室里的任何东西，原因就在于此。和我共事的人，他们一点儿也不觉得把脏兮兮的靴子放在犯罪实验室的餐桌上，或是其他人的办公桌上有什么不妥——我很快地就相信，他们擦拭车里面的设备时免于了遭受生化危害，没错，正是这样。

我又换上了手套，然后回到卧室，开始令人恐怖的工作：把枕头从这个死人的脸上揭下来。我要把这个枕头拿走，因为它上面可能有枪弹发射过程所形成的射击残留物，上面还有一个子弹射穿的洞。尽管这个枕头要多恶心有多恶心，但是，如果一旦对自杀问题发生争议，它将会是一个很关键的证据。

我在床边站了一分钟，希望着这个枕头不用我去碰它就能够神奇般地跳进袋子里。然而这个想法告败了，我又捏起了枕头的一角，开始往下扯它，不想看它下面的东西。当我把枕头从那个死人的脸上扯下来的时候，枕头发出了湿粘的撕拉声。一连串脸上的黏糊糊的东西连着枕头和枕头下面的那堆恶心的东西。然后，我看到了它们，蛆——成千上万的蛆——数以百万的蛆！它们正在以前曾经是那个家伙的脸的地方爬来爬去。我呼吸困难，但是接着又闻到了那股味道。这让我弯腰干呕起来，恰在此时，一只苍蝇想要停在我的脸上向我张开的嘴这边徘徊。我需要罗伊斯，我需要 911，我需要帮助！

我飞出了房间，跑上门廊，只看到罗伊斯和他的朋友们一次次地看着他们的手表。我将头悬在栏杆的边侧，想要吐，可是不知怎么地我坚持住了没有吐出来。我在那里站了有一两分钟，然后我开始喊罗伊斯。

“嗨，”我打断了罗伊斯和消防员的谈话，“我需要你进屋里帮个忙。”我的声音听起来有些喘不过气来。我努力让自己平静下来，但是，当我向下看时，发现一窝蛆正顺着我的裤腿儿向下蠕动着爬过我的鞋的时候，一切努力都白费了。罗伊斯看着我把我的这些新朋友往草里面抖的时候，头上直冒汗。“不！你意思是说我必须回到房间里面？”

“我发誓，不会用多长时间的。我只要你帮我拿着袋子撑开就行。”

罗伊斯一边从他的兜里拽出一副橡胶手套，一边发着牢骚：“哦，天啊！我已经进去两次了。”他抓起他的呼吸器。

我们一起走进房间，沿着过道向下，进到卧室里面。比起我所看到的大多数警员来，罗伊斯在类似这种现场撑袋子的活要好得多。

在我慢慢拿着枕头一角往下揭的时候，罗伊斯已经把袋子准备好了。那些蛆还在成群地蠕动。“看，知道我什么意思了吧?”罗伊斯越过我的肩膀瞥了一眼：“好的，你准备好了就告诉我一声。我打算像撕绷带一样把枕头撕下来。”

罗伊斯数着数：“一、二、三，走!”

我把枕头从那张脸上扯了下来。因为血液、泻药、液体和蛆虫，这个枕头感觉好像有二十磅重。我把它丢进袋子里，罗伊斯把袋口卷了下去。就好像我们曾经演练过一样。接着，我们两人都看向那个家伙的脸，我们被看到的景象惊呆了。我迅速重新戴上手套，为枕头下面的恶心物最后拍了一些照片。场景对神很不敬。开放的灵柩不适合这个家伙。

在往车上装载证据之前，我反反复复地装袋子，为的是在我们驱车返回总部的时候，不要让那些蛆和那恶心的味道污染到我们。不过，我知道，这是迟早要发生的事儿。我把那些袋子扔进车子后面，然后爬进车子前身。

我爬进车子里一分钟的时间，鲍勃就察觉了：“噢，我的天。是你吗?”他摇下他那边的车窗呼吸一下空气，但是没一会儿他就意识到，车子外面的空气和车内的空气没什么两样，一样糟糕。他看上去很狂躁，像是要晕倒一样。“噢，我的天，是你的味道!”他用胳膊埋住他的脸。我嗅了嗅自己，死尸的气味儿从我的毛孔渗出来。我从指纹工具箱里抽出一些消毒洗手纸巾，尽力去擦净我的脸和手。我还往身上喷了些青瓜和蜜瓜味儿的香体剂。还是有些帮助的……但是后面的气味儿不一会儿就蔓延过来了。

罗伊斯过来要了我的名字和身份证号码。我给了他，唯一的条件是，他要告诉我消防员和他们的手表到底是怎么一回事儿。

他咧嘴笑了：“噢。”他好像有些难为情地告诉我。

“快点儿，告诉我嘛。”我坚持道。

“他们打赌，看你能在里面待多长时间。事实上，他们本以为你会呕吐的。我觉得我们没有谁能够不戴面罩在里面工作的。”

“喔，希望有人用我的痛苦挣了一笔钱啊!”我把他们的这种行为看作是一种赞美，“另外，一定要传出话嘛，就说平民‘无赖’很坚强。”

我开车回总部，车上，鲍勃像狗在兜风一样将脑袋悬出车窗外。我只想放下我的证据，然后溜到房间，这样我就可以换掉制服，然后让鲍勃看看我工作中更有趣的地方。

我们一把车开进总部停车场，派遣员就又开始提起我了：“2215，犯罪实验室的2215。”

“现在？干嘛啊？”我还没有完成自杀案呢，又有新的任务来了。“我是2215，请讲。”

“2215，我需要你尽可能快地解决掉自杀现场，你需要开始着手一起爆炸案件现场。”

派遣员的声音听起来特别严肃。

“派遣，爆炸案由爆破小组负责，不是犯罪实验室负责。”她是知道的，所以我很不明白她为什么要求我去处理。

“2215，我更清楚，这是一起自杀，四纵凶杀，我们需要犯罪实验室10－19（立即）赶到那里。爆破小组已授权。”

还没有等我告知她我收到了的时候，鲍勃已经在车子外面了，他站在我的车子旁边，伸出手掌。我把钥匙扔给了他。

鲍勃巡行的那一天被证明是我整个职业生涯中最富有挑战性的一天——遗憾的是，他逗留的时间不多。鲍勃再没有巡行过。入室行窃的星期一就到此为止了。

我本应该从鲍勃的经历中吸取教训的，但是，我没有——我还鼓励他人和我一起巡行了。我的一个学生接受了我的建议，带着她的地方管辖权加入了巡行行动。她陷入了一场汽车追逐并且保释的案子，随后目睹了犯罪嫌犯开枪射击与她一起驾车巡行的警员。那个警员作了回击——干掉了那个罪犯。我多给她加了学分，因为最后她接受了《流氓警察》一整晚的采访。

我其他的家庭成员或许没有和我巡行过，或是说根本就没有和我巡行过，但是，他们却必定地利用了我的技能去解决“犯罪”——特别是那些心灵犯罪。印象最为深刻的一件事儿，就是有一天我的表哥布莱恩打电话给我，问起一个极其不寻常的问题。

“嗯，就你一个人吧？”他的声音听起来很严肃。

我环顾了一下实验室，看了一眼我周围的人：“哦，说真的，不是的，我要一个人接听你的电话吗？”

“听着啊，我需要问你一些事情。你可不要想歪了。”我很想知道，他是怎么知道我办公室电话的。他深吸了一口气，然后脱口说出他的问题：“女人的短裤会是脆脆的吗？”

我把听筒拿向一边，看了它有一秒钟的时间，然后又把它重新贴在了我的耳朵上：“你到底是怎么一回事儿嘛！?!”这时，实验室里每个人都在看着我。

“没，没，你听我说啊！我没开玩笑，听我解释。”他恳求着：“细节就先不说了，直说吧，我认为詹妮在给我戴绿帽子。”他和詹妮已经结婚大概有七个年头了，有两个孩子。我和鲍勃都知道他们婚姻有问题，因为我们每次看到他们时，他们制造出我们所定义的“花边新闻”。他们会避开众人，然后皮笑肉不笑地，嘴唇动也不动地进行争论。他们一直都在接受婚姻顾问的帮助。

“我想，她在背叛我，我需要一种方法检测她内裤上的精液。”我不知道该说些什么了。

“嗯……”我笨嘴拙舌地找着话说：“没错，这样可行。但是……我的意思是……”我讲不出一句完整的话来。“给我说说，你想尽力证明什么吧。”法医学和犯罪现场本来不应该而且绝对不该牵涉我个人关心的人。我有些不得其所。“我不是想打探，不过，发生什么事儿了？”

布莱恩的声音听起来有些恼火：“詹妮几个月前在我上班的时候打电话给我，她想要我先停停手里的工作，买一套比基尼蜜蜡脱毛套装带回家。当时正是严冬，我们也没打算外出旅游度假。这个问题只是太不同寻常了，所以我禁不住有些怀疑。而且，她穿衣打扮开始发生了变化，开始穿丁字裤。她以前很讨厌丁字裤的。后来，开始穿超短裙和那些齐膝长筒靴。”我知道他所说的那种靴子，那种靴子相当烂。“自从开始这些妓女般的装束之后，她就一直被电话叫走，早早地去上班，又很晚才下班。而这些以前从来没有发生过。我在她工作的时候打电话给她，她总是不在，有好几次，她的同事告诉我没有大清早就给她打电话让她上班，没有要求工作到很晚。”

我听过这些话后，也开始有所怀疑了。

“我一直都定期地给她拿内衣。那些个夜里，她都无一例外地穿着丁字裤很早就去上班，或是很晚才回家，当她回到家的时候，她的内衣都是脆脆的。”

布莱恩停了一会儿。我不知道该说些什么。“我知道她背叛了我，但是我需要证据。我想检测那些内裤，证明那些脆脆的东西是精液，而精液并不是我的。在和她进行对质之前，我需要做这些。能做得到吗？”

我还在想着他用的“脆脆的”这个词儿。这是一个会让我很愉悦地联想起新鲜、酥脆的薯条，或是刚从桶里取出的干净泡菜来的词儿，是个拟声词儿。而这份工作却又永远地毁掉了这么多曾经美好的联想啊。“哦，对，能的。”我用了几秒钟的时间才又重新回过神来。这可不是你和表哥之间的那种很普通交流。“你可以做一些检测酸性磷酸酯酶的测试。”

我能感觉到，他在努力地记下，所以我就一个字母一个字母地给他拼："Acid p-h-o-s-p-h-a-t-a-s-e（酸性磷酸酯酶）。这是存在于精液中的酶。它也存在于其他物质中，不过，如果你检测她内裤分衩处脆脆的东西，然后检测结果是阳性的话，也可以说她下面有什么让人比较兴奋的果汁儿，哺乳动物的肝脏，或是菜花儿，或是几个大头菜。"实验室里一片沉寂，所有人都在专注地听着我的话。我们实验室有许多检测工具，但是我不敢给他用，尤其是用于处理这种事情。"用谷歌搜索一下林恩百威（Lynn Peavey）公司或是瑟齐（Sirchie）公司。它们是法医设备供应商，我知道你可以从它们那里订购到相关工具。你得留着收据啊，因为我知道，否则你老婆会说那些工具是我提供给你的。"我可不想被指控滥用县里的设备，特别是自从我被当场抓到在液体氮里面冷冻油桃和毡头记号笔以来。

"好的，这就很有帮助了。"

我替他感到难过。

"我还要知道其他的什么吗？"

我脑子里突然冒出来一个想法："有的。那些内衣是怎么包装的呀？是放在一起的还是单独放置，是用纸包着，还是用塑料包着啊？"

他想了一会儿："可能都放在了一个蓝色的沃尔玛超市的袋子里吧，怎么了？"

"以后，要把每套内衣单独放在纸袋子里，那样的话，内衣会更结实些。"

大概两个星期之后，我又接到了电话。"检测结果显示的是鲜亮的紫色。"我的心一沉。这是阳性的结果。"而且，我没有发现周围有什么菜花儿或是动物肝脏。我想，我可以假设这就是事实了。"他的声音听起来很糟糕，崩溃。

我根本不敢相信，她还有两个孩子呢：我想知道，是什么样的人这样对待她的孩子的，"你知道是谁干的吗？"

布莱恩毫不犹豫地说："嗯，知道，是她的老板。"

现在，我刨根问底儿的性子上来了："你怎么知道是他呢？"

布莱恩的声音听上去很平静，细想着他正在经受的事情："再明显不过了。"

我的思路又回到了内衣上面："那么，接下来呢？"

就阳性的磷酸酯酶检测而言，我认为他还需要更具有决定意义的东西，"我可以打电话给几个 DNA 鉴定部门，看看他们能不能处理自诉案件。价格上我也能付得起。"

很显然，布莱恩已经做了这些工作。"假如你老婆和她的老板没有进行安全措施，那么我敢说，他做了输精管切除手术。难道这不是意味着没有 DNA 可以鉴定吗？"

"哦，不是吧！"我料想到了这个问题。"这只是意味着没有精子，但是，留下来的上皮细胞里还是有 DNA 的。"我的思维迅速地转换着。"哦，而且，还得把几个带着那些东西的底裤拿出房间去，以防她意识到你一直在收集它们。"

布莱恩在几个夜晚之后，和她进行了对质。他准备好了酸性磷酸酯酶检测结果和 NDA 鉴定结果，证明留在她的底裤上面的东西不是他的。结果非常顺利。他们离婚了。布莱恩还要继续他的生活。现在他和一个有着一个很好的孩子的优秀女人订了婚。更为重要的是，他没有偷她的短裤哦！

第五章　动物本能

圣方济各是我的最爱。我不知道说你有一个最喜欢的圣人是否恰当。可能就像说你有一个最喜爱的兄弟姐妹一样。我想用方济各做我签名时使用的名字，但是，我母亲说，我得选用一个女圣人的名字，否则街坊邻里会说三道四。其实他们已经说三道四了。我母亲建议我用露西这个名字。我压根儿就没有喜欢过露西这个名字，这是一个老太太的名字。而且，露西让人感觉吓人。在我成长期间，我们家的大厅里就有一尊她的大雕塑。她有着空白点，以前可能是她的眼睛吧。她拿着一个盘子，盘子正中间是她的眼珠儿。我母亲告诉我说，圣露西在公元 303 年，被用一把剑处以极刑，但是，上帝对她很仁慈，挽救了她，没有让她经受火刑。我就想了，如果上帝对她很仁慈的话，那么他为什么不阻止她被剑刺伤，眼睛被猛地拉出来呢。我母亲随后加上一句，上帝足够仁慈了，所以归还了她的眼睛。我想，这也就是说她看到了那把剑刺向她。我母亲说，我不应该在露西面前这样讲话的，因为她是圣人，圣人什么都能听得到。露西或许比一般圣人的听力更好，因为她双目失明，我觉得，失明的人比没有失明的人有着更敏锐的听力。

圣方济各是动物、生态学者和商人的保护神，他的圣日在每年十月四日举行，而这一天恰好是“世界动物日”。圣方济各于 1182

年出生在法国南部的一个富裕家庭。他的名字是以他亲爱的祖国命名的，确切点说，是改后的名字是以亲爱的祖国命名的。祷告期间，他在接受了上帝这个词儿后，便放弃了世俗的财产，穿上了雇工的衣服，而这身衣服成为他建立的方济各会的商业标徽。我在想，圣方济各是否知道他已经成为全世界的鸟浴盆的装扮了呢？

圣方济各热爱动物，我也喜爱动物，所以我喜爱圣方济各。我有我自己的爱犬，有一只叫作威力的杂种狗，一只叫作友好（在她张嘴咬邻居的时候，就不怎么友好了）的标准贵妇犬，还有一只名叫超普斯迪克斯（Chopsticks）和苏格拉底的狮子狗，还有叫作杰德、曼迪和萨沙的英国史宾格犬。然后就是一些爬行动物了，包括一群变色蜥蜴和很多啮齿动物，此外还有它们食用的小的啮齿动物，还有鱼、蛇、蝾螈以及山鸟、刺猬。

成长期间，我总是把一些伤病，以及浑身长满疥癣的动物拖回我的房间进行治疗。有时候，在它们身体康复的时候，我父亲就会帮我把这些小动物藏到里面，不被母亲发现。我母亲认为，所有的动物身上都带有跳骚等虫子，而且每个动物还会传染给我狂犬病啊，或是坏死性溃疡性龈炎。我在处理狂犬疫苗的时候，一只流浪猫袭击了我，随后我们全家人的假期就此泡汤了，这之后，我觉得我应该离那些上帝创造的会喷吐泡沫状唾液的生物远一些。至于什么坏死性溃疡性龈炎，我不知道它是什么东西，或是说它是否是真正意义上的疾病，不过，每次我起疱疹啊、粉刺什么的，母亲就会用激愤的语调对我说："现在，看吧，你碰了那些脏兮兮的动物和死了的动物，然后你自己呢，现在又开始得坏死性溃疡性龈炎了。"有时候，母亲还会诊断说我也得了口蹄疫。

我对帮助那些有困难的带毛朋友们的热望依然未减。工作的时候，我好像总是涉身于解救动物的案子之中。先是一家被汽车撞了的宠物店，那位神奇牌面包店员停下来帮忙，把他的面包架借给我用，当作轮床，这样我就可以把那只受伤严重的杂种狗送往兽医诊所了。然后就是哈粉音像店那只疯狂爱犬了，它的名字是以它主人手臂上的穿刺针痕命名的。最后，我把这只可怜受到虐待的小狗带回了家，不到两个小时的时间，它便把我的车子弄得一塌糊涂。拉屎、撒尿、呕吐，并从我的厨房一头开始乱咬乱嚼，一直到另一头。显然，它把它的主人逼得滥用药物，然后，又将我差不多也逼成了这样。

我邀请了更多动物来我的房间，数量多得我都数不过来了。我在尝试着为它们找回主人或是寻找新的家园的时候，把它们当成我自己来关怀照顾。在我捡回一只被汽车撞了的达克斯猎狗的那一天，鲍勃终于忍受不了了。兽医告诉我说，这个可怜的东西——它没有名字哦，臀和后腿断裂。我发现自己不自觉地填写了支票来支付应急手术费用。不过，就像我现在也一直和鲍勃提起的一样，故事的结局还是很不错的。这只达克斯猎狗的主人最后找到了我，次年开始还我费用，开始是 5 美元，然后是 10 美元，增到 20 美元，直到还完最后一分钱。我们直到今天还一直互赠圣诞卡片呢。

作为一名犯罪现场调查员，我工作的好处之一就是，我有机会进入人们的家里，有机会看到人们都养哪些动物。大多数户主都养宠物，而且现在我知道，如果房东在对待宠物问题方面更仁慈大度的话，动物领养率就会上升。在工作期间，我遇到过的宠物有：松鼠、蛇、浣熊、鸟儿、豹猫、猴子、蜥蜴、树蛙、水虎鱼，当然，还有狗、猫、小兔子和马等。我亲眼目睹了爱犬和猫咪出生的时刻，也有不幸的经历：看到两只爱犬被迫安乐死；一辆汽车撞上了其中一只，警察用枪射杀了另一只。这两种情形下，我都心烦意乱得不得不提前下班走了。就是处理完死人现场后，我也从来没有提前下班走人过。这并不是说人的死亡不会让我心烦意乱——我只不过是还没有和动物建立起我对人的那种保护性的感情障碍罢了。

工作的时候，我看到的那些动物并不总是待在你所期望看到它们待在的那些地方。我和一个遭受了入室抢劫的受害人的三只狗，两只雪貂、金刚鹦鹉和猫一见如故。在我采集完指纹后，她问我是否想去看一看她在地下室养了什么。这个问题让我有些措手不及，大多数人在发现有什么东西在他们的地下室筑巢或是产卵的时候，都会进行诱捕，或者下药，或是用一把铁铲切掉它的脑袋。我一边跟着她沿着那些年久失修的台阶往下走，一边想着猥亵儿童的人哄骗小孩子，到他们的家里，答应给他们看小狗。没用几分钟的时间，我就站在了她的地下室里面了。这个地下室已经被改造成了一个巨大的娱乐场，一连串木板组成了许多斜坡，这些斜坡接入到了屋子角落里不同高度的多个临时城堡。屋顶的木板已经卸走了，几个木板向上伸向那些横梁里面。一些玩具和一个轮胎在绳子上吊着，那里甚至还有一个大的盆栽树，连同生长灯以及一个装满了清水的塑料泳池。才几分钟的时间，我就和她的两个宠物浣熊在地上追来逐去了。她是在马路边上发现这两只浣熊的，当时它们的妈妈就在它们身边，但是已经死了，然后她就救了这两个小家伙，把它们当成婴儿一样抚养。我急切地和探员们吹嘘说，他们本可以在犯罪实验室车库里的一辆车身里发现一个罪犯的，不过，我在真实犯罪现场横梁里面发现了两个躲藏的蒙面匪徒。

关于我的工作，就没有正常这一说，涉及动物在内的案子也不例外。先是被接二连三入室行窃的房间，而犯罪嫌疑人所做的一切便是，连同鹦鹉一起拿走鹦鹉笼子，然后把它放在露台上面。然后是在星期日复活节那一天自杀的家伙，他在一间满是活生生的小兔子的房间里结束了自己的生命。当一只玩着香烟包装纸的小猫，猛烈地击打一个死去女子的脸的时候，我尽力不让自己笑出声来，而其悲痛欲绝的家人则只是那么地看着——明显是没有注意到正在发生的事情。然后有一个家狗，主人死去没多久它就开始吞噬主人的脸，还有一只家狗在小孩儿身上吃零食。谈到狗的话题，就要说一说 K—9 警员处理一起正在进行中的入室抢劫案，他看得到，嫌犯就躲在一间卧室的门后面。尽管窃贼拒绝走出来，但德国牧羊犬还是对着他的腰部猛下了狠口，警员进到房间里去察看，发现那个家伙已经死去好几个小时了。很不幸，那只德国牧羊犬留了许多洞，殡仪馆那边只好又是填料又是绘图的。这就是时下犯罪防治犬麦格拉夫号令人们做的，咬犯罪嫌疑人一口。

即便是一些看似如农场里的一群小鸡一样平常的事情也能成为我在家里津津有味儿开讲的材料。我并不是真的喜欢鸡。我喜欢那些可爱、小巧、嫩黄嫩黄的小鸡，但是它们长大后会变得很脏：到处拉屎，它们的脚背上长有很锋利的爪子，它们的下巴或头顶上长有红色的东西，在那儿晃来晃去。

但是格特鲁德却看到了这些家禽的内在美。格特鲁德要我喊她格蒂，但是我不打算称呼她什么，因为瞥了一眼她那肮脏的房间之后，我就想离开这该死的地方。格蒂正在脱头发，脑袋上有些片状的头皮屑，灰色的长胡须正从她的下巴上冒出来。她穿着一件老旧而又污浊的 T 恤衫，衣服前面是已经退了色的猫的图案，她那对儿没有束缚的乳房像两个又长又空的水气球，在她走路的时候来回地摆动。她的指甲因为里面的污垢显得黑糊糊的。我还看见她从客厅咖啡桌上的一个破碎的茶杯里捡起了一节烟蒂，然后点着，吸了一两口。之后，她往她的手指上吐了些口水，掐灭了香烟，然后把它放进了她的兜里。她打量了我一下，然后问道：“你不害怕鸡，对吧？”

我留意到一个翻转过来的塑料网洗衣篮，里面关着五只小猫，这五只小猫正在浸满尿液的毛毯上打闹着。“鸡是没有牙的，你不用担心它们会咬人。”这让我感觉安全多了，因为格蒂没有多少牙，我想那就意味着她也不会咬我。她肯定患有坏死性溃疡性龈炎。我跟着她下了门厅。

我们爬过一个婴儿门进到了厨房里，我被惊得目瞪口呆，停下了脚步。厨房里到处都是粪便、羽毛和饲料。一只大公鸡趴在满是粪便的餐桌中央——就是这张桌子上还有些盘垫纸和盘子。“这是汉克，它是只罗得岛红。”我还不知道鸡分什么种类呢。还有几只鸡蜷缩在厨房的角落里，轻轻摇动着它们那红色的鸡冠，慢慢地踱步，啄着地上恶心的东西。那些鸡有棕褐色的、白色的、红色的，还有黑色的。有的很大，有的则很小，有的很友好，有的则很不友好。格蒂抱了抱汉克，亲了亲它，然后继续解释说，窃贼从厨房的窗子爬进来，然后从厨房门离开的，但是看起来他好像没有去其他房间。什么都没丢。她认为，是鸡把他吓跑的，而我则认为是这个房间把他吓跑的。

然后就是杰弗里了。开车前往杰弗里现场时，我有点恼火，因为我是在我的移动式数据终端上看到这起案子的，我发现要求我去支援的巡警都已经清场了，他们都离开了现场。而留给我进行处理的时间只有大概十分钟，因此，我知道出了什么问题。当要求犯罪实验室赶过去的警员离开现场的时候——即便是他/她没有接到其他的案子，他/她也知道我就要赶到了，我已经学会了预测这是一个“乌七八糟的案子”。这是警员回避与我面对面的方式。

类似这样的小事儿让我怒火横生。我假定这个警员没有什么做得不到位的地方，然后察看了一下本地区发生的案件中，看是否有什么紧急任务，需要他即刻给予关注的。没有发现。事实上，整个地区中，只发生了两起案子：这个案子和一起交通拦检。接着，我检查了一下移动式数据终端，看看这个警员的登记时间，想着，或许是入室抢窃案让他超时了。我发现，他的班岗才开始，而这起案子是他这个晚上的第一个案子。不存在任何理由。

我仔细检查了一下大街上的房子，找寻着地址。我看到了142

号、144 号、148 号和 150 号。我一定是错过了 146 号。于是掉转车头，一边开车沿着大街下行，一边重新调整车头灯。150 号，148 号，144 号，142 号。午夜值班的好处就是，大街上没有什么车。我在这条大街中间又开始掉头，这条街通常交通都比较拥堵。接着，我再一次地开车驶过那些门牌号：142 号、144 号、148 号和 150 号。

“2215 呼叫派遣员。”我的声音听起来很不开心。

“2215，请讲。”我喜欢这个派遣员。她的声音听起来很年轻，很有活力。我想象着，她大概也就 25 岁，可能有 1.62 米的个头，体重大概在 110 多斤，留有一头长长的金色卷发，长着一双蓝色的大眼睛。不过，声音往往具有欺骗性，她或许长得和那个养鸡的格蒂一样呢。

“2215，请问派遣员，我要处理一起商用房的案子还是住宅房的案子呢?”

“哦，我们来查一下。”我能听到她在敲击键盘。“看上去是一起住宅房的案子。”

“好的。”我正再次掉头。“你能帮我确认一下门牌号码吗? 是 146 号吗? 我看到了其他号码，就是找不到 146 号呢。”

我能听到她又在敲击键盘。“10－4，2215，是 146 号，1926 刚刚离开现场，要我帮你呼叫他调到策划频道，让他来给你指示方位吗?”

几分钟之后，我已经和警员卡普卡对上话了。我认识这个人，在所有警员中，就他离开了，这让我觉得有些出乎意料。他这个人很安静，从来不多说话，不过，看起来似乎是一位比较不错的调查员，他总是等着犯罪实验室人员的到来。

“不好意思打扰你了。”我希望他能够听出来我的讥讽语气。“你能告诉我这起盗窃案的位置吗?”

“可以，这个地方不太好找。”如果这个地方不好找的话，那么，他可以在电波里呼叫我，或是问派遣员如何找到那个房子嘛。“开进那个老旧荒废的加油站，顺着其后面的马路走，你就会看到一个矮矮的旧活动房，这就是案子的地点。你从马路上看不到，我用了好久才找到那儿。”

“10－4。”我听到他开始说着其他的什么事情，不过，我正把无线电调回主频道。这肯定非常重要，因为派遣员把我切换到策划频道和他对话。

“我只是想和你说一下，案子地点很脏。”我听到旁边有谁在大笑。从他声音的回音，我能听出来，他回到辖区了。“我本来要等你的，但是，没办法，我必须得离开那儿。你会明白我的意思的。噢，你在着手处理案子之前，会希望和其中的一个原告谈一谈。他叫杰弗里。盗窃案发生的时候，他在家里。”我听到了更多咯咯笑的声音，就像是牛发出的哞哞声。他的辖区因为恶作剧而臭名远扬。我不止一次发现，我的脚踝被透明胶布粘在了一起，我从卫生间或是接待室出来，发现门口地面上有着清晰的指纹胶带。如果每次进到那个派出所我都能得到一美元大钞的话，那么我该成百万富翁了。

我把车开进了那个破旧的报废的加油站，然后在它后面的路上开车前行。这个地方漆黑一片令人毛骨悚然，看着就像是那种地方：带刀小矮人会袭击毫无戒备心理来这里加油的游客，然后吃掉他们的器官，用他们的骨头制成家具。我赶紧加速开车。那座活动房映入眼帘——它看上去一如这个加油站一样阴森恐怖。我将车停在了草丛中，因为那里没有车道。迎接我的是一位瘦骨嶙峋、醉醺醺的女人，她的大部分牙齿都掉光了。

“美女，看着点路。”在我开车门的时候，她警告我说道。我打开了手电筒，仔细地找着路面。我从来没有看到过这么多的粪便，确切一点儿说是屎，无法用语言描述了。

“对喽，美女，我就是这个意思嘛。不想让你那双漂亮、小巧的鞋子脏了呀。”我朝脚下穿着的那双笨重的警靴看了看。漂亮？那些粪便丝毫没有让她心烦。当她右脚上穿的人字拖鞋踩进一泡屎的时候，我很厌烦地看着。“进来吧，我们不常有客人来的。”她扶着外门，帮我开门。这扇门只有底门折页连着门框。

“这么说，你家被盗了？”我环顾客厅一眼，看到地面的圆点纹，其数量是院子里那些粪便的两倍之多。这个地方就是一个垃圾场，闻起来有着下水道的味道。墙角的一个捕虫器上粘住了八只蟑螂，还有什么东西在后屋里沙沙作响。应该是老鼠。我在卧室里看了好半天才发现地上没有哪个地方不是被垃圾占据着，洗手间的洗涤槽里污垢有增无减，马桶看上去就像是一个水平很差的科学展览实验。一摞的 7－11 纸巾很充门面地放在了厕所旁边，显然是作为卫生纸来用的。我对捕蝇纸旁的口红和啤酒罐感到可笑。我没有看到牙刷或是牙膏，不过，只要这个女人还长着双唇就好，她就没有什么问题。

我没有忍住。“那么……那些盗贼肯定是把这里搞得一团糟了，是不是？”

“我和我男朋友出去了。”当她一口一口地抽着她刚点着的香烟时，我张口结舌地望着她。她的这个男朋友一定是个尤物了。假如我在清晨醒来，胳膊被压在了她的身下，那么，我宁愿这样地受着折磨，也不愿意把她喊醒。我想象着那位男朋友吻着那没了牙齿，充斥着烟味的牙龈，在想，没有牙齿会是什么感觉呢。这个女人和我说着话，可是我一句都没有听进去。我好像走火入魔了一样，我真是不可救药。

我回过神来，看到她在挖耳朵，接着看了看她那油乎乎指甲下面的残留物，然后她一边抓住我的前臂防止她自己摔倒，一边向前摇晃着身子：“我回来的时候，发现我的东西不见了。门啊、窗啊啥的都没有锁，所以，他们从哪儿都能进来。”她又吸了一口烟，说：

“美女，他们偷走了一台风扇和我才从跳骚市场买回来的一台电视机。这些就在门边上放着来着，就在你脚的位置。他们没动其他的东西。”

我是没有办法提取指纹了。唯一能够处理的就是那扇肮脏的外门，因为窃贼把他们碰过的东西全都带走了。我撒了一些PR粉，就是为了平息她的情绪，然后就停了下来。PR指的是公共关系（Public Relations），粉末是我们在这种场合下所起的称呼：马马虎虎地处理现场，目的就是为了安慰受害人。换句话说就是，在我们实际上试图想离开那里之时，我们就会努力表现得好像在想方设法地提取指纹。我想赶紧离开这儿！“小姐，”当开始感觉身上发痒的时候，我说道：“把你的名字和出生日期报给我。”我同时拿出了记事本，打算记下来。

“没问题，美女。但是，我不是这里的主人。我只是在我弟弟坐牢的时候，来打扫这里的。”“清洁这里?”“我来自西弗吉尼亚。”难怪她有鼻音。“我来这儿还要照顾杰弗里。”

我几乎把杰弗里忘记了。卡普卡提醒过我，要我和杰弗里谈一谈的。既然杰弗里需要人照顾，我怀疑，它反应迟钝或者是有什么毛病。又或者，也许它是一个不善与人处事的人，只在月圆的黑夜里走出加油站。“小姐，我在离开之前需要和杰弗里谈一谈。”我在想，它在哪儿呢，我在活动房里没见到它呢。

“杰弗里?”她一副吃惊的表情。“你想和杰弗里聊一聊？我觉得，杰弗里不会喜欢你，它不太喜欢人的。”

这就像是电影《激流四勇士》的一次蹩脚的再现。我不敢看加油站，害怕看到伯特·雷诺兹在屋顶弹吉他，而杰弗里则躲在一堆轮胎后面拉着五弦琴。

“嗯，”我解释说：“犯罪发生时，杰弗里恰好在家，我理解这一点。最初接手案件的警员建议我和杰弗里说两句话。一分钟就好。”

她长长地吸了口烟，这让她的面部又开始塌陷了。正如我所确信的她的脸被卡住了，它还会弹出来。烟雾从她的鼻孔里喷涌出来，她看上去就像是一头暴怒的怪兽。最后，她用她人字的拖鞋将香烟熄灭了，说，“哦，如果你非要坚持的话，那么好吧。不过，它不会说话的。”她把客厅地上的一个垃圾袋翻了个底朝天，然后扯出一个不新鲜而又满是油腻的麦当劳薯条袋，说，“给，拿着。只要你有吃的，杰弗里就会喜欢你。”袋子里几乎没有薯条了，只有一些沾着番茄酱的水泡面包渣。

我没弄明白怎么回事儿，不过，我甚至还没有仔细去想杰弗里的状况，这个女人就站在前面的门廊上，扯着她那吸烟的嗓子尖声尖气地高叫着：“杰——弗——里！哎，杰——弗——里！动一动，到这边来。这儿有个美女有话和你说！”她站在那里，双手放在臀部：“杰——弗——里，我和你说话呢，警察来了，想和你说句话……你从下面出来嘛，在房间里活动活动嘛。”

在那下面？在那下面？这也太古怪了吧，感觉不是真的呢。

她继续喊着：“嗨，你听着，别装作没听到啊，杰弗里。你从那下面出来嘛，等这位女士和你说完话，你可以再回去的。”我耐心地等着杰弗里从他藏匿的地方走出来，而我的思绪则在飘散：如果它是在加油站里多年来近亲交配的半人半兽怎么办呢？我的脑海里想象会是什么东西从那扇门爬过来：是个驼背？一只眼睛的变异人？光着身子的小侏儒？长着人的脑袋的蜈蚣？然后，我便听到了它的声音。它的声音听起来很可怕。当它走近的时候，它发着哼哼声，穿过层层树叶发出沙沙的声音。听上去好像走得很慢的样子。这对我而言，还是不错的。

“杰弗里宝贝儿，现在不许咬这个女士啊，听到我说话没啊，宝贝儿？”她一边回身转向我，一边将一根儿没有点着的香烟塞进嘴里：“你准备好了吗？杰弗里要过来了，你最好把薯条准备好。”

我的心“怦怦”地跳着，我都能听到我心跳的声音。我一只手拿着薯条，另一只手放在无线话筒上面。我想走开，但是来不及了。我正好在杰弗里来的路上。

然后，我便看到了它。它肮脏不堪，比我想象的还要糟糕。它的鼻子内陷着，裸着身子，身上全是粪便。它的皮肤呈粉色，鳞状，后背上有几根粗毛竖立着。它非常肥胖，牙齿向外卷着，下巴上黏黏的口水往下滴着。它一看到我，就往前冲来，像个精神病人一样发出咕噜的声音。旁边长着凹陷脸庞的女人吼叫道：“薯条！它想吃薯条。把薯条给它，要不你就会受伤。”

真要命！我发狂地将手伸进那个脏兮兮的盒子里，拽出一把又蔫、又凉，还很油腻的薯条来。“好的，好的，赶快把它弄走，我不必和它说话了。”我把手伸了出去，但是又害怕杰弗里会咬到我的手指——它在哼哼着，还喷着鼻息。于是，我就把薯条扔在了地下，杰弗里狼吞虎咽地就给吃掉了。接着，它怒冲冲地看着我。

“我告诉过你了，它不喜欢人。你得继续喂它。”这个女人在垃圾物里翻找着另外的美味佳肴。

“拜托，把它弄走吧！”我在恳求她，“求你，把它从这儿弄走吧。”杰弗里往我这边挪动着，要我再给它一些薯条。我把整个盒子都抛到了地上。它在客厅的地上，来回地推着盒子，努力去想掏出里面的东西来，里面剩下的东西被番茄酱粘在了边儿上。这给了我脱身的机会。我飞奔出大门，看到了院子里的警员卡普卡。他弯着腰，歇斯底里地大笑着。他笑得几乎喘不过气来，笑得眼泪都从眼角流了出来。

“卡普卡，”我尖叫着，同时也不由得开怀大笑。“你得赔偿我。”就连那个长着凹陷脸庞的女人也在大笑。她在卡普卡的汽车边儿上站稳了身子，然后和他说：“我一直都在纳闷，她为什么这样坚持，非要询问一只农场上、不知道如何开口说话的两百二十二英磅的猪呢。”

我在工作的时候，经常被舔来舔去，拱来拱去。而这是违反部门规章制度的，在工作的时候，不该如此行事。但是，只要我是舔和拱的受动者，而不是主动者，我认为我或许没什么危险。有些人好像很招扁虱的喜欢，另一些人则很招蚊子，而我却很招好色的爱犬的喜爱，它们把我看成是一只吹大了的大型贵宾犬。在一次凶杀现场，一只小绒球似的小狗紧紧地揪着我的一只脚踝，兴奋地重击着，摇摆着它的屁股，那种方式肯定会让休·海夫纳[①]羡慕不已。然而，此时，摄像机把我的每一个动作都录了下来，知道后，我感觉有些尴尬。

脾气不好的不单单是他人的爱犬们，就连警察部门自己的K－9爱犬也会因为偶尔调皮捣蛋而为人所知。K－9部门由几个警察和作业犬组成。这些狗是警察的同事、伙伴和宠物。每每在一个漫长的班岗结束之时，四条腿的朋友就会和它们的驯化者回家去，在家里，它们一起尽情释放，直到重返工作岗位那一刻为止。

布鲁特斯就是一只K－9警犬，不过，它不像牧羊犬那样袭击死人，因为布鲁特斯受过训练，被告知过不要袭击死人。布鲁特斯做它想做的事情。你可以送一只狗去接受最好的训练，可以用水晶碗喂他肉汁列车牌（Gravy Train）狗粮，可以用飞行员的帽子和匹配的短夹克妆扮他，可以花上100美金为它理顺耳朵，不过，到紧要关头，它依旧是只撅起屁股、舔自己并且用鼻子闻其他爱犬屁股的狗。

我和布鲁特斯相识于一起工业爆炸案。我一直在处理案子，大概工作了十四个钟头，正准备好好休息。我把身子斜靠在车子上，呷着一杯热乎乎的咖啡，想着这一天多么让人作呕。先是在停尸房跑来跑去，为一具高度腐烂的尸体采集指纹，然后是一起可恶的非

① 休·海夫纳：美国成人畅销杂志《花花公子》创始人。

自然死亡案，而现在又是这个案子。我往下看了看衬衣袖子的袖口，发现上面沾着恶心的东西。我再次看了看我的双手，确保双手至少是干净的。正是这时候警员斯坦勒斯向我走了过来。

“这么说，他们都在了？”我以前从来没有见过他。他的德国牧羊犬跟在身侧。

我装作数着自己的手指：“看起来他们十个人都在那边了。”

他盯着我看了一会儿：“老天！你现在看起来狠多了。”我觉得这可不是赞扬的话。我就想，我看起来是否有那么差。

我转移了话题：“今天真是漫长，我准备睡觉了。”我又往下看了一眼衬衣袖口上的污迹。

“哦！”斯坦勒斯能言善辩：“那看起来可不好啊。”

我知道这是什么——它是不很美妙。有好几个死人，爆炸又导致尸体的毁灭，尸体的状态类似于你在飞机失事中见到的场景。现场到处堆满了金属残片和人的血肉。从 A 点走到 B 点几乎是不可能的，很容易就会踩上什么恶心的东西。当我被安排爬上一架消防爬梯，去接近可能有犯罪证据的相邻大厦的顶层时，就意识到这次爆炸的程度了。

问题是，我有恐高症，不过，我又不想让其他人知道。我脱下手套，这样就可以抓着梯子上的梯蹬了，向上攀登的时候，我紧紧地抱着它。我跟着大约十个消防员和警员往屋顶上爬去，爬到大概还有四分之一到顶的时候，我发现我的手掌汗涔涔、黏糊糊的。等到了屋顶时，我的双手和衬衣满是不明身份人的碎块儿、碎片，这些东西都是爬在我前面那些人靴子上沾到然后又留在梯蹬上的。这是我学到的另一个教训。

我向下看了看坐在斯坦勒斯脚下的那只大个头德国牧羊犬。“我能摸一下它吗？”我不知道布鲁特斯是否处于很低落的状态，或者它在休息，没有想要活活吃掉我的想法。

斯坦勒斯伸开他的手掌，好像在说“请自便”。

我伸出手来，让布鲁特斯去嗅。最开始，它很谨慎地从大概六英寸的地方闻，但是，当它专注于我衣袖上的脏物时，便越往前靠近了。它有了精神，两眼闪着亮光，它一边来回地抽动着鼻子，一边喷着鼻息，湿气从它的鼻孔吹了出来。

“布鲁特斯！”斯坦勒斯向后拉了拉它的衣领：“够了啊！”布鲁特斯一副失望的表情。

我拍着它的头，挠着它的耳朵：“嗯，你是一个帅呆了的孩子，是不是啊？”当我停止抚摸它的时候，它就用鼻子往我大腿里蹭。“噢？你喜欢这样？你在努力告诉我，你喜欢这样吗？”我抓挠着它的脖子，然后又去抓挠它的耳朵。我的语调甚是生动：“你要和你爸爸说你一直在工作，工作了好久，你想回家。”布鲁特斯喘着气，它的尾巴来回地抽打着。“噢，你现在还只是个大宝贝，对吧？你只是个年龄大些的大婴孩儿。”我用双手在它的下巴下抓挠着，它快乐地哼哼着。“你真的不是一个小气的爱犬，对吗？”我蹲下身子，继续抓挠它：“我需要让我的爱犬找份你这样的工作。”

斯坦勒斯嘲笑着我的声音：“你家里肯定养狗了。”我停止抓挠，不过，布鲁特斯不希望我停下来，它把它的爪子伸给我。当我没有立即把兴趣转回它身上时，它向前冲了过来，用舌头在我的脸上猛地扫了一下。“布鲁特斯！”斯坦勒斯一副很厌恶的腔调。

“哦，我不介意的。”我的确不介意。只要布鲁特斯一停止工作，这就会让我立刻转型到咬人的状态，它就和其他的狗没有什么两样了。我的一个好朋友，是佛罗里达州警局的一位K－9警员。他的搭档是一个叫波波的杜宾犬。这只狗接受的训练是，将罪犯撕成碎片，那些闯进它家的窃贼也是同样的宿命。问题是，波波害怕可折叠电视桌，它家闯入窃贼的那天，它不肯离开厨房去攻击窃贼，就是因为它看到了一个可折叠的托盘桌。于是窃贼将房间的东西洗劫一空。

在我开始起身站起来的时候，布鲁特斯发出了一声哀号，声音很大，在求我留下来。在我知道自己被什么碰撞上了之前，它那潮湿又胶黏的舌头顺着我的脖子滑上来，横穿过我的脸，越过我的眼睛和额头，当它够到我的头发时，停了下来。它把我压得紧贴着我的车子。不是，这才不算威胁呢，不过，没错，却很恶心。

“布鲁特斯。”斯坦勒斯的语气中有些威吓。他猛地往后拉布鲁特斯颈上的皮带。“布鲁特斯，不要舔了！”布鲁特斯停下来的时间很久，足够我重新站稳脚步，接着，它向前挪了挪。

我努力再次把它往一边推一推，动作很轻柔，因为我没有忘记它的牙齿是受过训练的、是用来干什么的：“好了，布鲁特斯，爸爸说了的，不要再舔了啊。”

斯坦勒斯大笑起来：“你到底和我的狗说什么了啊？”我从兜里抽出一张纸巾，擦了擦脸：“我觉得，布鲁这孩子恋爱了。”

我俯下身，抓挠着布鲁特斯的头顶，这时它又偷着舔了一下。“你要知道，”斯坦勒斯提了提裤子，摇着脑袋，“你要知道，这可不是个明智之举。”他努力不让自己笑出声来：“我不会让它那样舔你的。”

“我知道的，我会得坏死性溃疡性龈炎，知道。”

他看上去很不解的样子，“啊？”只用一个很小的手势，布鲁特斯就跳起来立在了斯坦勒斯的脚跟旁。斯坦勒斯从他的兜里摸出一大个KONG牌玩具，给了布鲁特斯让它嚼着玩。布鲁特斯一副激动的样子。

我能看出来斯坦勒斯想说什么，但是他又努力地克制着自己，一副欲言又止的神情。他看看我，又看看布鲁特斯，然后又看向我。

“怎么了啊？”我看不出什么有这么可笑。

他犹豫了一会儿：“你看到那边的脸了吗？”他向后点了点头。在爆炸发生之际，猛烈的冲击波像揭下万圣节面具一样，把受害者的脸就从他的头骨上掀了下来，他的脸就在停车场的正中间。

“没错，”我的声音听起来有些可疑：“我看到了啊，怎么这样问呢？”

“哦……”斯坦勒斯忍着不再笑出声来，“我们几分钟之前就在那边来着，嗯，布鲁特斯，”——他犹豫了一下——“布鲁特斯叼着它来着。”

他一定是在开玩笑吧！我就那么瞪着他看了一会儿，然后意识到他没开玩笑。我居然让一只吮吸人脸的狗在我的脸、脖子、眼睛、嘴、鼻子和手上流口水！

我只带着稳洁清洁剂呢。我开始往脸上喷，然后用纸巾擦洗。我不太在乎，毕竟，在死人的手进到我嘴里的时候，我用过外用酒精漱口呢。

尽管我们的传奇经历转瞬即逝，但是布鲁特斯的印象却一直存在于我的脑海之中。而且，有时候它会送一些“想你”，或者确切地说是“想舔你”的卡片给我。有些人说，狗的嘴比人的嘴干净得多。那些人是没有见过布鲁特斯啊。

尽管我对布鲁特斯的求爱真的是没有兴致，不过，我的的确确利用了这个机会，用我另外的追求者的消息让鲍勃上钩。并非县里所有猎犬都能让我产生好感——现在回想起来，犯罪受害人也一样，不是所有的受害人都能让我对其产生好感。当你把一个恶毒的狗和一个女人放在同一个屋檐下的时候，你便又有了在用餐时讲故事的素材了。

在一个周六之夜很晚的时候，或者说是一个周日的大清早，我赶到了现场，将会是我职业生涯中最可怕的一个现场。你想，凌晨三点是个什么概念。回应我敲门的是几只狗，我等了等、听了听，然后又是等，我在想我是否找对了地方。这不会是我第一次在午夜时分敲错门。我险些被一根撬胎棒打到，这时派遣员又意外在凌晨将我派到了错误的地点。

通过那鼻息和抓挠以及爪子发出的狂乱叩击声，我能听得出，有人走近了。“向后，向后。”门廊处的灯亮了。“坐下，我说了，坐下。”屋内男人的声音带着怒气：“滚开这儿，滚！走开！”

门把手在转动，大门开了，门的缝隙只够我瞥一眼这个男人的脸。他留着山羊胡子。“你先稍等一下，我得把它们处理好。”我猜，他指的是那几只狗。正在这时，一只黑色、湿乎乎的大鼻子从门缝处探出来，试图要闻一闻我。

“没有关系的。”看起来是只很好看的鼻子。“你不用管它们，只要它们好相处就行。”我往门缝里够去，挠了挠那只鼻子，这是一只有着灰色面孔的黑色布拉多犬的鼻子。在我溜进房间的时候，留着山羊胡子的男人按着这只狗的项圈。当向这四只形状、大小和品种不一的狗打招呼的时候，我禁不住注意到客厅的沙发上有什么东西在蠕动。留着山羊胡子的男人看到我在往沙发那边看，然后他也往那个方向盯视。

他试图转移话题：“看起来盗贼是从地下室进来的，不过，我还是想听听你的看法。”我看到他的目光看向沙发上的东西，那个东西还在动，动作很缓慢，就像是一条巨大的蛇。

“那是什么呀？”我从皮带里拿出手电筒，打开。那个东西可不喜欢我这样做。它发出了“哼哼”声，并抬起它丑陋的头来，而留着山羊胡子的男人命令它继续睡觉。

那个东西躺下去有那么一分钟的工夫，可是接着它又开始动来动去了，试图从毛毯里出来，毛毯像是陷阱一样。留着山羊胡子的男人朝地下室走去，并示意我跟着他。我不能动弹，我被沙发上的生物给吸住了。“那是什么啊？”我真的以为它是另一种动物。

他已经开始顺着地下室的台阶往下走了：“是我老婆。”

他老婆？我开始跟着他往楼下走。当我要路过沙发的时候，那个东西从陷阱里逃脱出来。她露出了她那张丑陋的脸——真的是一张丑陋的面孔。她环顾了一下房间，显然很迷惑的样子。接下来，她看到了我。上下打量了一下，然后又开始打量起来。她的头发都竖着，脸上还有着斑斑点点的旧妆容。沙发垫子上的编织痕迹印在她的脸上。这个东西就那么地盯着我看，不说一句话，然后去够沙发桌上面的一个空玻璃杯。她检查了一下杯子里面的东西，她把杯子举到嘴边，后仰头，但是杯子里什么都没有，她试图再多尝一尝酒精的味道。我看着她扫视桌子和沙发旁的地面，她在找酒瓶。没找到，于是她把身上穿的衣服扯了下去，抛到一边，她对她那两个乳房从吊带衫里掉出来、或是对她就穿了条丁字裤一点也不觉得难为情。她放弃了，含含糊糊小声地说着“混蛋”。我猜想，留有山羊胡子的男子把她的酒瓶藏起来了。她用一个没有过滤的骆驼牌香烟来满足自己。当我爱抚着溜达过来寻找另一些感情慰藉的老布拉多犬时，她瞪着我。

她深吸了口气，说话的时候烟从鼻子里飘了出来：“我们有五个。”她的声音是我所听到过的，烟民中最为粗重刺耳的一个。

我勉强地笑了笑，努力表现得很礼貌。她的声音如此混乱不清，我都难以确定自己是不是听错了。“不好意思，你说你们有五个？”我一头雾水，不知道她在说什么。

留着山羊胡子的男人向楼上喊着，要她不要打扰我，让她回到床上去。我觉得他不很爱他的老婆。这让她发疯。她扯着嗓门大喊：“别他妈让我做这做那的！”她挥舞着香烟，就指着地下室的台阶说：“我受够你这个垃圾了，不想再听你对我吆三喝四的了。”在陷入他们的家庭内战之前，我再次朝地下室走去，试图避开她，但是我还没有走过去，她就把我拦住了。

“嗨，姑娘。”我弄明白了她指的是我。“回到这儿来，我们认识认识，知道我在说什么吗？”她向后倾了倾身体，挠了挠她那裸露的屁股，又吸了一口烟，然后坐了下去。她吸了吸鼻子将一块黏液吸进嘴里，嘴里发出“嗖嗖”声，好像那口黏液是生牡蛎一般，然后吞了下去，这时我努力不让自己大声叫骂。“我在说，我们有五只狗。”她用前臂擦了下鼻子。“但是，你只看到了四只。”我尽全力地去辨别她说的话，她说话的时候，那口液体还在喉咙里。

我只是看着她，等着她告诉我第五只狗在哪里。她再次上上下下地打量我，不打算告诉我。

“那么，另一只狗在哪里?”事实上，我才不关心呢。

她把头发轻轻地弄到后面，然后从舌头上揪下了恶心的什么东西。她拿着那恶心的什么东西，往大腿上抹了抹。“另一只狗是只澳洲野狗，它一看到你就会把你撕个粉碎。”她的双腿还是坐着的姿势，上半身则向沙发垫上靠了下去，左胳膊肘挡住了眼睛。“它会把你撕烂，它是只澳洲野狗，澳洲野狗都很疯狂的，很要命。它就是一只要人命的狗。”她一边继续含糊地说着什么这只狗是她的保护者，一边又含糊地昏睡过去。我为她感到难为情，想用毛毯给她遮一下她裸露着的身子，可是，我又不敢太靠近她。看着那根香烟在烟灰缸里面燃着，我就在想，在这个地方处理一场大火得用多长时间呢。

我向下走进地下室。留着山羊胡子的男人正站在热水器旁边。地下室光线昏暗，有股发霉的味道。“这么说，这就是罪犯进入的地方，或是说这就是你打算拉住我，将我四等分，然后用我的皮做成舞会礼服的地方吗?”我一点儿都不喜欢地下室，但好像总是要和一些陌生人进到地下室里面。

留着山羊胡子的男人哈哈大笑：“有些女人，她们不和派遣员讲她们所在的确切位置，也不开带有自动车辆定位装置的车子，我只对这些女人下手哦。”我没有和他说过我们部门撤销了四辆犯罪试验室的自动车辆定位装置，因为管理层认为，徒手的平民不需要这些装置。

我看了看地下室墙壁上挂着的所有消防装备。他了解自动车辆定位装置以及派遣协定，原因也就明了了。

“嗯，事情原委是这样的。”他用平静的语调说着话，为了不吵醒她。他用手往楼上指了指“有很多问题，酒便是其一。她一直都是，在我上班的时候给我打电话，每天晚上都说，房子里进来人了，但是她却不打 911 报警。她一直坚持要我回家。等我回来了，却从未见到有人进来的迹象。”

他沉默了一会儿，仔细地听了听，确定她还在睡着。

“两个晚上前，她都故伎重演。她打电话过来，我就匆忙地赶回家，最后我就开始给她讲，这都是她自己想象的，或是说都是因为酒精的原因。这便惹怒了她。警察不得不过来调解。我之后告诉她，在她头脑清醒的时候，我是不会再从工作中抽身回来了。我还说，下次她再说屋里有什么人的话，最好能有证据。”他揉了揉眉毛，看上去像是智穷力竭的样子。“于是，她今晚上打电话给我说，她听到那些罪犯从地下室的大门闯进来了。”

我打断了他的故事：“她打 911 报警没有？”

“没有。”他张口就回答道：“她不会给警察打电话的，不过，她说那些盗贼从来都不上楼，她听到他们离开之后就走下来，发现地下室的大门被毁坏了。她还发现镜子上写着字。”他指向悬在洗衣槽上面一个陈旧的机柜。“你们的下一个”几个字横写在镜子上面，好像是用肥皂写上去的。

“我喜欢这种拼写。”我不得不用手指着镜子。

留着山羊胡子的男人面带微笑：“东西一点没少。”他指着那扇被弄坏了的大门。“我知道是她弄的，我就知道是她干的。我觉得这是为了引我注意……是她干的。”

我向那扇门走去，门关闭着，而且闩上了。“这事儿发生之后，你碰过什么东西没有呢？”

他举起上臂道：“没有，什么都没动过。”他把手伸到墙上挂着的一顶消防帽下面，然后将一把钥匙递给了我："你得用钥匙锁住和打开门闩。你告诉我，他们不把锁弄坏怎么进得来呢。还有，更好的是，你给我说说，他们出了这扇大门，在外面怎么从这扇门走出去，怎么从背后锁上门，然后又成功地把钥匙放回头盔下面呢?"

我打开门锁，检查了一下大门及门框。"门框或是锁舌片没有损伤，就是门边儿有点破损。"这是我所见过的最差劲儿的攻击了：在一个伪造的进入点进行攻击。"很显然，有人用钥匙开了这扇门，然后对着它猛砍，就是为了让它看上去受到了毁损。但是问题是，他们砍的是门，没有砍门框，他们破坏的不是正经地方。"

"你说得很对，你成功了!"留着山羊胡子的男人指着地上的一把斧子："现在更有趣了，那把斧子还是我的呢。"他把斧子拾了起来，然后给我看手柄上面刻着的他名字的缩写。这把斧子是在后面的带棚门廊处放着的，如果窃贼没有到楼上去的话，又如何拿到斧子的呢？门廊的外门还是锁着的，而且只能从里面锁，从里面开。

他来回地踱着步，而我这时则看着镜子上面的字。"哦，"他说："然后，最重要的是，他们知道我们把肥皂放在哪里了。"他从一个架子上拽出一摞象牙肥皂来，那个架子上凌乱地放着批量的日用品，我猜这些日用品都是他和那个东西从山姆会员商店或好市多超市买的。这是有着十二块儿肥皂包装，却少了一块儿肥皂。少的这一块儿带着包装纸待在旁边的垃圾桶里呢。这块儿肥皂的边角被磨平了，很明显是被用来写字了。

我还尚未开口说什么，这时听到了她赤着脚在我头顶上的地板上发出拍击声，她正在喊他："弗兰克！说话啊，该死！你在下面和那个淫妇乱搞吗?"她的声音听起来很愤怒："弗兰克!"

我看了看这个留着山羊胡子的男人："你是弗兰克?"他点了点头。"那我是那个淫妇?"他又点了点头。

"弗兰克，让那个淫妇滚出我的房间。"她使着劲儿地尖叫着。

弗兰克举起他的食指示意让我“等一下”，在走过我身旁的时候，请求我原谅他，然后三步并作两步地跑上楼去。

弗兰克痛斥着她，我努力去听他们之间的谈话。她哭着抱怨，说他在他们自己的房子里和我乱搞，以及我们怎么需要去旅馆之类的话。弗兰克努力安慰她，和她说我是来查清楚谁是一直潜步跟踪她的人。她不想听这些话。“那个婊子得和我谈谈，要么她得滚蛋。”

她磕磕绊绊地往地下室的台阶走来，开始往下走：“打扰你了，淫妇，我们需要聊一聊。”我没有吱声。“婊子，我们的麻烦大了。”她话里的愤怒让人觉得可怕。“好了，我刚才问你了，现在我要你滚出我的房子。”

我听到扭打的声音，然后是弗兰克吼叫着要她最好不要再碰他了。我听到了一声拍击声，接着又一声拍击声，什么东西掉地上然后摔碎了。他们两人正在打架，在撕扯，在拖曳。听起来打得很凶。我走上前，去那顶黄色的消防头盔下找钥匙，但是钥匙却没在那儿了。该死！我检查完大门就把钥匙递还给了弗兰克，而他把钥匙塞进了兜里。正在那时，弗兰克跑下台阶：“你最好走吧。”他的脸在流血，胳膊伤痕累累。

我去拿我的无线电：“把钥匙给我，出去时我要喊一个警员来。”

正在那时，我听到爪子抓进我头上硬木地板的声音，接着，我听到了号叫声，我和弗兰克同时意识到了发生着什么……澳洲野狗！我跑回到洗衣机那边，爬到洗衣机上面躲藏，就在这时，那只狗来了，飞奔下阶梯，跑过来，龇着牙齿，嚎叫着，准备攻击了。弗兰克忙着大声斥责她，而她则大声嚷嚷着：“宝贝，下口咬他们，下口咬他们。”弗兰克抓着那只狗的毛，把它往一边拉，这时，那只狗继续嚎叫，把牙齿咬得嘎吱响。那只狗咬了他的手和腿的时候，弗兰克咒骂着，完全乱了套。我被一只澳洲野狗和一个醉鬼困在了一个上了锁的地下室的洗衣机上面。

弗兰克控制了那个极可怕的东西后，我的无线电便发来了警报的声音："滴滴，滴滴滴滴。犯罪实验室的2215。"我还没来得及调节麦克风，她又呼叫了："派遣员呼叫犯罪实验室的2215。"

"我是2215。"我知道她能够听到我这边的咆哮声。"我是2215，请讲。"

"2215，你现在的20（位置）是多少？"

弗兰克正往楼上拖那只狗。"我是2215。我现在的位置是，雪佛兰大街盗窃案现场的一个洗衣机的上面。你能启动其他部门吗？我们这里正发生着一场家庭内战。"

"好的，2215。"我听到了她在敲击键盘："我需要你立即离开那里，我接到了一个女人的投诉，她说了些对你有威胁的话，我派了些76（警员）正赶往你那里。"

威胁？哪种威胁呢？我已经遭遇了一只澳洲野狗要把我当零食吃掉呢。"派遣员，10-4，分派任务。"

"派遣员建议所有的部门，犯罪试验室的2215的频道为10-3，其正在雪佛兰大街1416。"说我是10-3，意思是除非和我的事件有关，否则其他人不许在无线电上传达信息，或是有警员处于紧急的境况。呼叫一直在继续，为了保持通信畅通，直到确定我已经安全了为止。

我计划着怎么出去，这时我听到弗兰克和她在楼上又开始了激烈的争吵。他们叫喊着，扭打着，我听到更多的东西落在了地上摔碎的声音。当听上去他们在厨房的时候，我顺着台阶飞奔上去，跑向门口，祈祷着弗兰克已经控制了那只澳洲野狗。她听到了我，挣脱开弗兰克的束缚，追着我跑出大门。当我笨拙地去掏钥匙，试图打开车锁的时候，她马上就要靠近我了，这时我感觉我就像是身处一场B级恐怖电影之中。正当她靠近的时候，我听到车锁发出咔嚓一声，我爬进车子，快速地随手将车门锁上。她一边用力地用拳头砸着我车子旁边的窗子，一边大声骂着各种淫秽的词语。我试图掉转车子，但是震动如此厉害，以致我一直笨拙地不能按到那个换挡杆板上的R钮。她在流血，她胳膊上好像有个伤口，或许是因为在碎玻璃碴上面滚动扎的。她有一把手枪，这让我吓得要死，尽管我不知道她在哪儿藏着这把枪来着，或许是藏在了她的丁字裤里面。就在那时，换挡一下子进入了掉转的状态，我将车子开出车道。瞬间，现场因为车子的顶灯闪着红色和蓝色的光芒。

我一直没有弄清楚她到底怎么了。接下来的几年里，当我驾车驶过那同一街道的时候，我就在想，她是否还依然睡在沙发上，只有当她觉得有人想把她的爱人抢走的时候，才会抬起那个奇丑无比的脑袋来。极有可能动物控制那边已经出面，让她安乐死了。如果那只狗撕咬了我，我很希望我能够活得久一些，能够看到我母亲努力超越梅丽尔·斯特里普的精彩表演，喊叫着："一只澳洲野狗要了我孩子的命，一只澳洲野狗要了我孩子的命！"

尽管我觉得我的狗是完美型的，不过，我仍然得去面对残酷的现实，那就是他们也会有使我感到忧伤的时候，甚至是我在工作的时候。对这种类型的事儿进行假设，只会多多少少地带来些不幸，灾难已经伴我而行了。

当时，我换班有点晚了。所以部门让我提前好几个小时来值班。鲍勃出城了，我知道我的爱犬也需要出去。在两个案子的空当，我很快回到了家。在两个案子的空当时间里，是不被允许往家跑的，因为据推测，有些技术人员在停工时间里一直在互助"处理中"。可是，我的情况差不多算是例外吧，我认为是。另外，我知道的，如果我申请了，我也会得到批准的。有谣传说，我们的上司在两个案子的间隙会跟踪我们，看看我们在干什么，都去哪些地方。当我确定没有人监视我的时候，我把车迅速地打了个弯儿，拐进了我的车道。

我们的无线电都配备了一个应急按钮。这个红色的小按钮就在无线电外壳的顶端工具槽的边上，工具槽是为了防止那个应急按钮被不小心按下而安装的。倘若我们发现自己处于紧急状况，不能或是来不及打开麦克风，只要按下这个按钮，就能显示出我们正处于“紧急状态”。这条信息会显示在派遣员的屏幕上面，频道上的所有警员也会被警示我们的状态，然后接到当前所处的位置。如果没有在处理案子，那么派遣员就会从自动车辆定位抄表上得到我们的精确位置。此外，她还能判断出车是否在行驶，车门是打开的还是关闭的。也就是说，假定犯罪实验室还有自动车辆定位器。

我走进房间，发现我的三只英国史宾格犬正在进行着它们被要求做的事情——跳跃！萨沙，专横的家伙，把杰德和曼迪推到了一边，乞求我的全部注意力。爱抚我，爱抚我，爱抚我，爱抚我！

我俯下身子，抓挠它的脑袋，而它则将爪子勾在了我的腰带上面。不要停，不要停，不要停，不要停。另外两只努力想进前多闻一闻，但是，没一会儿，它们就退后排队等着了。它们知道萨沙很野蛮，等我爱抚完萨沙，它们两个会得到双倍的爱抚。

“噢，萨沙，我的宝贝儿萨沙！”我用儿语音说着话：“萨沙宝贝今天想妈咪没有啊？”我挠挠它的脑袋，然后把它按了下去，我不想让头发挡住它。萨沙又跳了起来，爪子勾住了我的腰带。“好吧，你好萨沙，我的宝贝儿萨沙。”它激动得舞动起来，双爪抓着我的腰带，还想要我再多给些呵护。“我敢肯定，你要尿尿了。你和妹妹们要尿尿还是要便便啊？”萨沙回到地上，然后开始打滚儿。“妈咪要挠你的肚子了！我来了——我要挠你肥嘟嘟的厚肚皮了啊。”萨沙打着滚儿，滚来滚去，杰德和曼迪走了过来，开始舔我，用鼻子蹭我。“哦，你们要亲妈咪吗？妈咪也要亲你们噢。妈咪要亲遍你们的全身。”正在此时，曼迪开始舔杰德的屁股。“曼迪，不许舔，不要舔，杰德不想要它的屁股干干净净的。这，我得灌你两下子。”我俯下身，轻轻地往曼迪的下巴里灌了灌。我们把这个游戏称作“往嘴巴里灌灌”。把双手放一起，作杯子状，然后变换着轻微地往嘴里灌。这个动作让它们很激动。我灌了几下，它们就异常欢快地蹦跳起来。“哦，我灌你们的时候，你们很喜欢呀……这让你们都很激动开心是吗？”

我被很粗鲁地打断了。派遣员在笑，我听得很清楚。“派遣员呼叫 2215，请查看你的状态。”

我的状态？“派遣员，我在紧急状态吗？”

“10－4，2215。”

派遣员几乎有些控制不住情绪了：“2215，你还好吧？”

我示意要我的爱犬们安静，好像它们能够懂我的意思一样。我走开了几步，离它们远一些，这样我就可以静静地通过无线电发射信号了。

“2215，10－4，出了点意外。你能告诉我怎么复位吗？”

她试了两三次，想要说出来，但是完全中断了。“2215，”她的声音中断了，她关上了麦克风，一秒钟后，又开始试：“2215，按着红色按钮……”她的话开始变得有些难以理解，我能听到她那边各种的混乱声音。

“2215，按下那个应急按钮持续大概五秒钟然后复位。”我在复位的时候，向我的爱犬看去，它们还准备要我多给些爱抚呢。我把爱犬放出去之后，回到车上，发现我的移动式数据终端上面有大约三十条信息，都在问谁在叫我“妈咪”，我在灌谁，谁又在舔我。没错，就在萨沙疯狂地吸引我的注意期间，它的爪子按下了应急按钮。结果，我和我的爱犬之间的对话就在整个辖区广播开来了。我不求其他，只希望他们能够相信我当时是在和我的爱犬说话。而事实上，当时我也确实是在和爱犬说话。

动物磁性说最后证明了一件荒唐可笑的事。动物们正将我确凿无疑地送上了这样的人生：患有坏死性溃疡性龈炎、离婚及失业。不过接着，我就踩上了粪便，一切都不同了。

你要确定犯罪嫌疑人可能会从犯罪现场带走了什么东西，可能会在犯罪现场落下什么东西，有时候需要有创新思维。我是在“鞋上沾狗屎”的案件中知道这一点的。在这起凶杀案中，受害人被杀死在一座大楼前的草地上。就在这块儿草地里面，到处是居住在那个模糊的、有四根桅樯的大楼里的住户扔掉的粪便——臭气冲天。我和同事艾普丽尔（就是那个同事：有一个很酷的老妈，她的老妈来自新泽西州）离开那个现场好久了，然后我们发现了鞋底儿上的粪便，所以往下蹭的时候，我们刻意躲避着电视摄像机。电视新闻摄像机好像总是会拍到我最囧的时刻，譬如：我在处理肯塔基消化不良（我父亲对“把你的内裤扯掉，露出你的屁股来”的另一个说法）事件时，被在整点十一点播放的节目中直播了出去。

在电视剧《犯罪现场调查》中，没有人会踩上粪便。不过，沾到我们脚上的粪便会让我们去思考：我们知道了，受害人是在近距离内被射杀的，如果我们踩到了粪便，那么极有可能那个罪犯也踩到了粪便。

大约一个小时后，犯罪嫌疑人就被挖掘出来了。办理凶死案的探员看了一眼嫌疑人的鞋，发现经过胃部蠕动之后的 Kibbles'n Bits[①] 牌儿狗粮。我们很激动，狗的排泄物恰恰是另一位探员的宝贝。但是，因为犯罪实验室不久又被要求去收集那座大楼前草地上的所有粪便。随后，一位兽医被请来给大楼里所有的狗进行口腔黏膜测试，想要通过 DNA 把每堆粪便与特定的狗进行匹配，然后再将犯罪嫌疑人鞋上沾的粪便和特定的狗相匹配。这就会证明嫌疑人声称未曾到过犯罪现场的说法是假的。最后，粪便、鞋子和擦拭狗口腔的拭纸都将被送到加利福尼亚的一个人那里，这个人通过狮子的粪便来追踪美洲狮的迁徙习性，尽管他的检测结果不是很确定，但是他们还是提供了充足的间接证据，诱出了犯罪嫌疑人，并使其后来认罪伏法。

这起案件一定会让埃德蒙·罗卡[②]博士引以为豪的。

---

① Kibbles'n Bits：美国著名的狗粮品牌。

② 埃德蒙·罗卡：有着“微物证据大师”之称的法国刑事科学家。

第六章　厄运转轮

关于死亡这个问题——关于我自己的死亡问题，我思考了很多很多。我担心自己会死于肺部疾病，或是心脏病。这可不是一种让人兴奋的告别人世的方式。我希望，能有什么更加令人振奋的事情发生在我身上，或许是从字面上看很让人振奋。如果我被一只大的北极海生物给狼吞虎咽地吃掉，然后吃完我不久后它也死去的话，我会非常兴奋；如果在五百年之后，我被发现时，我的尸体还很完整地保存着，蜷缩在这个家伙肚子的胎位位置，这又会是何等让人激动疯狂的事情呢？我想像冰人那样，当他们发现我的时候，有人说“哇，好酷啊，快过来看啊”；我想要好多国家为了“拥有”我的权利而兵刃相向；我希望我的最后一餐饭食能够登载在《国家地理杂志》的封面上；我还希望布拉德·皮特为探索频道的节目作解说，而解说的内容便是我的遗骸。我此生还从来没有这么酷过，或许我会从死亡中开辟一片新天地呢。

如若几百年或是几千年后，不能从为我而制作的卡片中发现的话，我知道，我将会被发现于浴室之中：赤裸着身子、嘴里满是苍蝇卵。这是事情经常发生的方式，人们裸着身子死去，姿势恐怖吓人，眼睛大睁着。他们似乎从来就没有用吸尘器清扫、除尘，甚或是整理过床铺，以做好等着一群不速之客停留在床边进行检查的准备。我觉得坐在马桶上，洗淋浴是最容易死翘翘的。我一穿上衣服，我就知道我还能撑过一天。

当真的离开人世的时候，我不希望自己的身体里被放入防腐的香料。以前，我总以为所有虔诚的天主教徒在死之前，都会把自己打扮得让自己最满意。但是，后来，我遭遇了高度腐烂的尸体。没有任何东西能够恢复这些人的美丽，我脑海中会生出一种想法，就是，圣·彼得[①]不会仅仅根据这些人的外表就拒绝他们进入天堂。此外，进行防腐的过程也实在很恶心。我曾经有机会去挖掘两具经过防腐处理的尸体以及一些其它的器官。第一具被腌制的尸体已经腐烂，殡仪馆只是给这个女人的腐尸穿上了一件紫色的睡衣，然后给她外面裱上了一层粉色晶体，这些晶体闻起来很像樟脑球。我们不得不在她的棺材里摸爬，以收集骨头、毛发和指甲的样本，就为了通过同位素分析来证明她是被饿死的。接下来，就是那个死于糖尿病的家伙了。他的尸体进行了防腐处理，而且已经埋在地下大概七年之久了。证据显示，他可能背负着在全国范围内发生的一系列的强奸案和凶杀案。因此，把他刨了出来，进行 DNA 样本采集，然后与那些从受害人身上采集的 DNA 进行比对。这个家伙闻起来就像是烂奶酪，他的皮肤湿乎乎的，起了褶皱。这让我想起了长时间泡在湿袜子里的脚丫子。他的脸黑黑的，发霉长了毛，他的毛发颜色已经变得和棺材里衬颜色一样了。我得采集他的指纹，但是鉴于他双手的状况，我认为，使用一种叫作米克柔丝尔（Mikrosil）的药剂为他的指尖做个三位铸模，是最好的办法了。当发现我把硬硬的硅胶从他的指尖上往下剥的时候，他的指尖也跟着掉了下来，我被恶心坏了。他的头发和牙齿很轻易地就掉落了。我从来就没有想过这一天我会站在一个墓地里，身体盘旋在一个打开了的、装有毛茸茸死

---

① 圣·彼得：耶稣的门徒。

人的棺材上面，用一片硅酮为棺材里的死人提取指纹。

我在一个公共墓地或者说是在社会贫民墓地遭遇到了那些加了防腐剂的尸首器官。显然，公墓主管正在“重新使用”土地：他在为更多的尸体刨坑的时候，就会弄碎那个墓穴和棺材，结果，到处都扔满了大块肉块儿。那可不是什么美景，这使我确信，人生中总会有这么样的时刻：你和你身体的器官需要离去，而只有你的记忆会永存下去。

在死去的时候，殡仪馆的工作人员会给你穿上尿布，给你插上肛栓，以及其他类似的古怪小东西，以防止在玛撒姑姑[①]探过身子和你作最后的告别时，你的体液渗漏出来。为了让你的眼睑闭合，殡仪馆的人会往里面放置一些装置，然后还要缝上你的嘴巴。我可不想在我死了之后，让谁往我的屁股里塞什么东西。我也不希望在我还活着的时候，这种事情发生在我的身上。我甚至不会戴隐形眼镜或是牙套——如此一来，殡仪馆的工作人员该去哪儿凉快就去哪儿凉快去吧，不要碰我的眼睛和我的嘴。我只想到时候被火葬。

教皇约翰·保罗二世离世的时候，我就在想，他的尸体是否采取了防腐措施。他必须要采取防腐措施，毕竟，他的尸体要安放在那里许多天。对这件事情我询问了母亲，母亲说你不该想这类的事情。我和母亲讲，得有人给教皇的尸体进行防腐处理，因为他会慢慢地分解，然后发臭。但是，母亲告诉我说，他是教皇，教皇是不会腐烂的，当然就更不会发臭了。我想，如果我儿子问起我，死去的教皇会不会发臭，那么我就会告诉他，发臭和有气味儿可不是一个概念。发臭有着负面的含义，而气味儿则是股香气——不是很好，也不是特别坏。

死亡天使不会总是在最好的时间降临的。我不确定最佳的死亡

① 玛撒姑姑：《新约圣经》中，拉撒路和玛丽之姊，耶稣之友。

时间该是何时。我想，这种事儿会因人而异吧。我希望自己不要在周三的晚上一命呜呼，因为为此鲍勃就会错过电视剧《迷失》了——他最喜爱的电视节目，他会疯掉的。他或许会先暂停录像机，然后再拨打 911 报警吧。在一个正在播放《法律与秩序》节目的夜晚，或是金莺队打主场的夜晚咽了气也不是很理想。不过，真的就有人四平八稳地坐在那里，不愿意错过一场愚蠢的游戏节目——哪怕是他们的亲人在隔壁房间死翘翘了。

在一个酷热的夏日，快到傍晚的时候，我被派往一个可疑死因案现场。我就知道，我会接到一起处理死尸的案子的，因为当时我在制服里面穿着那件“死亡 T 恤”呢。不管什么时候，只要我穿着这件特别的衬衣，或是，如果收音机里播放的是加思·布鲁克斯歌曲的时候，我就肯定会和一具死尸打交道。凑巧的事情往往就是这么不可思议。

我要赶往的地方地处县里一个比较贫寒的区域，这也就意味着，那里不会有空调，而这又意味着，尸体会臭得厉害。即便是还没有腐臭，也会很快就变臭的。反正居住在那里的人，大多数都有着让人讨厌的味道吧，所以我对此也就不太以为然了。我看了一眼案子的地址，心里再清楚不过要去哪里了，因此就把地图册丢到一边。当我不用看地图就能够赶到一个犯罪现场的时候，我总会产生一种极大的满足感。而这对犯罪统计来说可是不无遗憾的事儿了。

几分钟之内，我开着车子沿街下行，一路上看到了：一些推着折叠式婴儿车的少女妈妈、修理旧福特车的年轻人、聚集在便利商店停车场内成群的小孩子、向过往车辆打着响指希望搭便车的流氓混混，以及偶尔想用比特犬吓唬路人的少年。大街两旁是普通的小型载货卡车、埃尔卡米诺以及加了马力的福特护卫赛车。每户人家都在展示更加精心制作的风车、粉色火烈鸟、凝视球、供鸟戏水的盆和圣母雕像，他们都试图去超过别家。我最喜爱这样的房子——

其主人在每一个节日里，都会装扮他们前院百货商店的人体模特。退伍军人节的时候是最棒的，他们会模仿战争场面，把一些人体模特固定起来，当作是藏在树木后面的狙击手，运气稍差点的则受了重伤躺倒在地面上。不论什么时候巡行，我都坚持开车从这些人家旁边驶过。

当到达山顶看到警车并排地停在大街上的时候，我便知道马上就快接近案子的现场了。那儿只有一辆车，那可不是什么好兆头。正常的情况下，至少有两辆车的，包括上司的车辆在内。我的反应是相当迅速的，到目前为止还没有人超越过我呢。形单影只的警车告诉我，尽管这起案子当时是作为可疑因死亡案件分派的，但是实际上它并不是那么可疑。如果警员对当事人丧失他/她生命的环境很警惕的话，那么现场就应该有更多的人。即便这是起自然死亡或是明显为自杀，那么警员会和我们这些人一样爱刨根问底，喜欢开车跑到他们兄弟的案件现场一窥究竟。只有一个警员在那里的事实告诉我，犯罪现场可能一片狼藉。

我把车并排停在了那辆警车的后面，告知派遣员我 10－23（已经到达）。

案件地点是一个中等联排住宅。房子看上去很脏。汽车零件撒满了前面的院落，房前的几株灌木生长得很高，或许已经有十年没有修剪过篱笆了。篱笆后面的地儿充当了杂物堆积处和垃圾桶的用途，有腐烂的食物、鸡骨头、瓶瓶罐罐和一些废物为证。其他街坊的前面门廊上都有一块儿木制条凳，或是几把塑料椅子，而对于这户人家，一把破旧敞篷车的车座也能起到同样的效果。排在便道上的车用机油塑料锅，平添了几分亲切的格调；装满了陈旧雨水和烟蒂的红色土陶花槽让人觉得这像是一个家。前面的外门用一个装牛奶的板条箱支撑打开着。

我把觉得用得上的所有设备都放在了两个胳膊上，然后朝前门走去。正当要进门的时候，我在两周之前见过的警员戈尔曼——急匆匆地从门里走了出来。他看起来很热的样子，一副不开心的神情。他示意我从门廊里撤出，回到院子里。在随他走之前，我开始往下放相机套，但是在相机套还没有挨着地面之前，他抢步向前从我手里把它夺了过去。“过来。”戈尔曼一边把脑袋摇向一侧，一边悄声地说道，示意我跟着他往便道下走。他看起来很不耐烦。显然，他连说些类似“你好”或是“最近怎么样”这样简单的招呼的心情都没有。

因为戈尔曼拿相机套的时候撞得我有些没站稳，所以我把怀里的设备重新作了下调整。我跟着他往小路上走。“有什么事儿吗？”

他的语调很平静：“就是有些过量。死者在楼上的马桶上面，胳膊上还带着注射器。”

“哦，他有臭味儿了没有？”不知道什么原因，我小声地问道。

“还没有，那个家伙死了没多长时间，身上还热乎呢。我怀疑他也就死了一个多小时吧。”戈尔曼回头往房子那边看了看，然后双眼朝下看了看我手里的设备。“你不是要把这些家什都拿进去吧，是不是？”

我低头看了看我怀里的设备：一个记事本、笔记板、橡胶手套、证据袋儿、手电筒和卷尺，还有他手里的相机。“噢，要拿，这些我都得用。怎么了？”

戈尔曼摇了摇脑袋：“你有必要把那些烂东西插你兜里，要么给我拿一些。你就在这儿把相机装上胶卷吧，把相机套放回你车里去。”

“我没有搞明白。”我把卷尺和记事本挪进我的裤兜里，然后开始往相机里装胶卷。“我们为什么要小声说话，我为什么不能把相机套拿进去呢？”

“除非你想要那些超大个的蟑螂跳进相机套里面，在那里产卵。

你一会儿肯定什么都不想往里面带。”他用大拇哥和食指比画着，拉开两英寸的距离。“我和你说啊，那些东西很大的！”

我讨厌死蟑螂了。

“那个死者哥哥在里面，现在在那扇窗户旁边坐着呢。”戈尔曼用手指向前门廊后面的窗户。那扇窗户半开着，上面没有玻璃。我看见一个人坐在那里，听到电视的声音。“等会儿你就看到他了。”

我看了一眼篱笆上面排着的旧汽车轮胎和汽车轮毂。无疑，这是玛莎·斯图尔特的一个构思。“呀，真郁闷，我已经是已婚人士了。我喜欢富有创造力的男人。”我给相机装上胶卷。

“你会爱上这个的。”戈尔曼点燃一支香烟，长长地吸了一口。“厨房里的兄弟自己一个人住在这儿，不过，他哥经常过来。”我看着烟雾从他的鼻孔里翻腾而出。他留着光头，很性感。他又吸了口烟，却不着急把烟吐出来；“他回到家，看到他弟弟的车在门前停着，但是找不到人，就上楼了，在那儿他发现了弟弟，但是人已经死了。”戈尔曼说话的时候，烟雾从他嘴里慢慢地溢出来。“他做了一个哥哥该做的事情：走到拐角处的商店买了一只烤鸡和一袋儿薯条，然后去酒店买了些啤酒。回到家，往他的排骨上抹上油，然后开始拨打 911 报警。实际上，他现在脖子上还戴着吃的呢。”

“这让我想起了去年处理的一起自杀案件。”我和戈尔曼往房子那边走去。“这家伙发现他老婆死在了卧室里，胸口有枪伤。在打 911 报警之前，他先订了一份披萨，吃完后，修理草坪。一点儿都不骗你。”

“嗯，”戈尔曼难以置信地摇摇头。“这个家伙吃的是鸡肉和薯条。”

我走到前门廊，看到了第一只蟑螂。它个头不很大，可能还是个幼崽。不过，某个地方只要有一只蟑螂，那么那里就会有很多蟑螂。戈尔曼先迈进了大厅，他用手指巧妙地向墙角里蜷缩着的三只蟑螂指了指。我浑身直发抖。厨房在大厅左边，一段通往二楼的台阶就在面前。戈尔曼转身进到厨房里面，和那个在餐桌旁坐着的胖得让人无法相信的人说话。如果我以前碰到过一个的话，这个人就是吃玉米长大的白人男孩儿。“这位是犯罪试验室来的姑娘。”我极讨厌被人这么介绍。这让我有种把手放在屁股上，来回扭动脑袋的想法。“她要进行调查工作，然后我们会让验尸官过来。她这边一完，我和你就可以谈一谈殡仪馆的事儿了。”那个两倍于常人身材的家伙压根儿就没往我们这边看过。他正忙着大嚼大咬着抓在手里的一块儿油乎乎的肉。一臂之遥处是一根燃着的香烟和一罐百威啤酒。他两只眼睛盯着橱柜上面放置的电视机，在为电视节目《幸运轮盘》中的各种事件配乐的同时，好像是被电视节目的主持人帕特·萨亚克给迷住了一般。

我盯着这个人看了一会儿，在他用牙齿在鸡腿末端的软骨上撕咬的时候，我一直看着他。他一点儿打招呼的意思都没有。我转身往楼上走，刚走上第一个台阶时，前面一只巨大的蟑螂匆匆爬出来。我不想踩到它，不想听到我脚下发出的那种讨厌的嘎吱声。我喊叫着往后跳，猛地撞到了戈尔曼身上。我喘不过气来。“噢，我的天，你看到了吗？”在意识到自己的尖叫声有多大的时候，我回头往厨房那边看了看，我不想冒犯到那个大块头的家伙，或是不想说些让他没胃口的话。戈尔曼似乎不太在意。他借着手电筒的光亮跟着那只蟑螂，但它跑到厨房里装满了垃圾的垃圾桶后面不见了。那个肚皮像个小锅似的家伙用手里的遥控器对着电视机，调大了音量。现在，我能够很好地端详他了，他肥胖得不得不伸展分开双腿以把腹部的脂肪垂放下来。我把这种身材称为“前面的臀部”，因为像这样的人在起身站立的时候，你分辨不出来哪边是前面哪边是后面。他们两边都长了个屁股。

我让戈尔曼先上楼。他用手电筒照着每一个台阶，来让现场的情况变得轻松一些。他把手放在枪托上面，随时准备抽出枪来。那些台阶脏极了，我知道，那些台阶从来就没有用吸尘器清理过，或是清扫过。堆在台阶上的唯一一些家什就是那些啤酒罐、信件、没有洗的盘子、烟灰缸和脏衣物了。我都担心如果动一动这些东西的话，就会有什么生物跳出来。我在想，“前臀”男是如何走过这些台阶而又不会碰到这些杂物的。当我到了楼上时，眼前的场景就更糟糕了。脏衣服堆得齐膝高，快餐袋儿、啤酒罐、汽水瓶和其他垃圾杂乱地堆放在过道里面。空气里弥漫着一股酸味儿，这种味道明显是活人而非死人的味道。“真恶心。”我嘀咕着，不在乎“前臀”男是否能够听到我说的话。“人怎么能这样生活呢?”

“他在这里面。”戈尔曼用胳膊肘轻轻敲了下洗手间半闭的房门。“我打开门之前要拍照吗?”显然，他已经来过这里，他是知道规则的。

我伸手去拿相机：“在进入洗手间之前，我来拍儿张顶层和那些通往这里的台阶的照片吧。”我往下走向大厅，只听到那个男人啧啧喝啤酒的声音，接着，他打了个饱嗝，声音很大，可能都能震动到地板块儿了。电视上的女人想要求救兵。我快速地拍了张从大厅开始的楼梯，来展现这个房子的环境，然后就跑步回到了戈尔曼身边，以求安全。“你听到那声饱嗝声没有?”

戈尔曼大声笑了：“我当时都不知道那声音从哪边传来的。”

我笑不出来了：“嗯，我猜的，我以为是饱嗝声。如果那不是打饱嗝的声音，我们可就麻烦了，因为气温在升高。”

戈尔曼抢先我一步说道：“不，如果那声不是饱嗝的声音，那么我们陷入的麻烦是这个地方只有一个洗手间，马桶上面是一个死人。”

我又拍了些楼上的照片。两个卧室都装满了垃圾、汽车零部件、废物和脏衣服。两间卧室里面都没有床，我估计，这对兄弟肯定要在楼下的客厅里数着绵羊入睡了。

“好的。”戈尔曼正在听着无线电里面发出的什么声音。“可以，我们开工吧。”我只想赶快处理完这个现场。戈尔曼把无线电的音量调低，然后走向洗手间。门开了一点儿缝隙，在戈尔曼推开门之前我拍了张照片。

洗手间的设备是那种芥末黄色，看着很脏。我在想，是谁觉得这种芥末黄和淡蓝色的瓷砖地板搭配起来很不错的呢。毫无疑问，马桶上面有一个死人——嗯，多少算是啦。他正坐在马桶盖儿上面。这算是一个惊喜了，因为我处理过许多的死亡案子，在这些案子中，人们在大便的时候接到了死神的传呼，他们甚至都没有机会冲厕所。

我又从门口处拍了张照片。

死者穿着一条牛仔裤和一件曾经是白色的T恤衫，T恤衫上面有一只秃鹰，鹰爪抓着联邦旗帜。他脚下穿着一双皮靴，右手臂上绑着一个蓝白相间的印花大手帕，把这块儿手帕当成止血带，针头还在他的前臂里面呢。我能看得出来，他是从他的头上拽下这块儿手帕的，因为他的头发被压得很平整。洗手台上面放着一个打火机和一把沾有什么残渣的勺子，水槽里是一个空的小药瓶。在我给那个药瓶拍照的时候，一只蟑螂突然从排水管里跑了出来。这更加强了我对排水管的厌恶程度。我讨厌死排水管了。我一直都很不喜欢排水管。从小到大，都有蠹虫喜欢在我们浴盆的排水管里出没。

我在洗手间拍了更多的照片，等着听那种尖锐的呜呜声，这种呜呜声标志着闪光灯在循环，这样我就可以又一次地拍摄了。等的时候，我注意到那个死人的头部向后曲着，躺在了马桶水箱上面。他的双眼还睁着。我处理过的案子，死者就没有合着眼睛的。我很不喜欢这一点。曾经有一次我试图像在电视里看到的那样为那些死者合上眼睛，我轻轻地将我的手从死者的脸上拂过，可是，死者的眼睛太冰冷、太僵硬了，眼睫毛弄得我的手掌痒痒的。我一点儿都不喜欢这种感觉，等我的手拂过后，死者的眼睛还是睁着的。以后我就再也没试着去给死人合过眼睛了。在看着那个死者的脸的时候，一只蟑螂跌跌撞撞地从他的嘴里跑出来，惊惶地爬过他的脸颊、眼珠子，然后消失在头发里。

洗手间实在是没多大，我需要站到浴盆边上才能拍到房间的全貌，可是，一个粗糙的、尽是发霉污迹的浴帘挡住了我。在我碰到了那个死去的家伙，并请求他原谅的时候，他好像不是很介意，我自制了一个约有六层厚的手套，用卫生纸包裹起手去揭掉那个让人作呕的浴帘，然后踩上浴盆的边沿进行拍照，这样让我感觉足够安全了。我刚抓住浴帘，把它滑开，就感觉有什么滴到了我的头顶上。一滴接一滴的。我认为是帘子上面的水在渗漏，就没有管它，继续调节相机的焦距，拍我的照片，可是水滴滴得越来越厉害了。我听到我下面的浴盆有抓挠的声音，与此同时，戈尔曼从走廊那边开始尖叫道："犯罪实验室，赶快离开那里。"

我愣了一会儿——不知道该做什么或是怎么做。继续感觉着头顶上的水滴，我向上伸手去擦拭刚刚滴落的水滴。当去擦的时候，我感觉到小小的腿跳到了我的前臂上，然后跳到脖子上，然后急匆匆地跑向我的衬衣。我突然明白过来，那些往下滴的东西根本就不是水——而是跳向我头顶的蟑螂。意识到这一点，足以让我飞奔下浴盆的边沿，大声尖叫着！我跃身往地上跳，却被死者的脚绊倒，跌倒在淡蓝色的瓷砖上面，却只看到受到冲击掉到地上的三只蟑螂。"啊啊啊——，噢，我的天。"我尖声地喊叫着："戈尔曼，快来帮我。"我疯狂地摇着头，就像是刚刚洗完澡的狗甩着耳朵上的水一样。"戈尔曼！"我求他过来。"快打911。"我呼吸十分困难："它们要吃了我。"

戈尔曼冲了进来，把我扶了起来。"哦，我的天啊。"我摇着脑袋。"该死，混账，可恶！"他用笔记板使劲地在身上拍着蟑螂，然后用脚去踩那些掉到地上找地方藏身的蟑螂。戈尔曼拍打的时候，我把衬衣从裤子里抻出来，把那只困在里面的蟑螂抖了出来。他帮我拍打着，我要他多拍几下。“拍走它们，拍走它们。”两分钟后，戈尔曼向我保证我身上已经没有那些小混账东西了。但是，我还是感觉浑身直发抖。“你要务必保证它们没在我身上产卵。”他看了看，或是说假装看了看，向我的头发里、我的衣服上看了一会儿，然后认为我已安全了。

“哦，我的老天。”我喘了口气，努力让自己平静下来。“谢谢你。”我浑身都很痒，那种感觉就像是一个瘾君子抓挠着根本不存在的虫子。我产生了幻觉。

我一边挠着，一边和戈尔曼往洗手间里面看，看到许许多多的蟑螂急匆匆地往墙壁、排水管里跑着，然后消失在洗手台下面。在大部分蟑螂都抽身藏匿起来的时候，我恢复了勇气，把衬衣塞进裤子里，然后朝里面走去。戈尔曼的表情甚是惊异。

我努力不去理会偶尔与我脚下的靴子相遇时发出的那种嘎吱的声音：“我要简单测量一下，收起可控的危险物，然后就离开这里。”我把记事本递给了戈尔曼：“我说测量结果，你帮我记下来。”我开始快速测量，测量完了，抓起小药瓶、打火机和那把小勺，就匆忙地走出洗手间的房门。我把小勺用塑料裹起来，保存好还残留在勺子上面的少量残渣。

戈尔曼把记着测量结果的记事本递还给我，然后我们开始走下楼梯。“我去车里把验尸那边的到达大概时间的计划书拿来，然后你把工作做完?”我跟着他往下走，走进厨房。“前臀”男人还坐在同样的地方没动，看着电视。

戈尔曼向他打招呼，他没有理会：“嗨，打扰一下，嗨。”

“前臀”男喝了口啤酒，接着往嘴里塞了一大把薯片。他已经把鸡肉都吃了，有桌子中间的那堆鸡骨头为证。我们打包起来的骨头很干净，看上去就好像是秃鹰享用过的饕餮美餐。

“先生，我不是有意打扰你看电视节目或是什么的，不过，我们这边的工作差不多完成了。”对方还是没有反应。“犯罪试验室的姑娘只是还得再拍些照片，然后我们就等着验尸的那边过来，或许你得考虑一下，找哪家殡仪馆了，因为我觉得你弟弟得送进太平间了。”

“前臂”男只是盯着电视上那个正在旋动转轮的人看，然后伸手去够他的香烟，吸了一口。戈尔曼耸了耸肩膀，走出了房门，剩下我单独和“友好先生”在一起，“友好先生”显然已经将注意力从电视上转移开来，然后他用食指把一只蟑螂压进了厨房的餐桌里。我看着他用指甲把那个东西碾碎，然后往烟灰缸上擦，接着用打火机将它点着。

“哦，犯罪试验室。”戈尔曼出现在那个家伙旁边的厨窗里：“柜子上的那些，是弟弟的钥匙和上衣。”他的声音特别大，为的就是吸引“前臂”男的注意力，这招果然有效。“我们离开之前，要先搜查一下那件上衣，看看有没有可控的危险物品。”

我又拍了一些房间一楼的照片。身处报纸、垃圾、脏衣服和盘碟之间——再加上那些喝过的啤酒散发的味道、汗味儿、烟草味儿和发霉的垃圾味儿——我快受不了了，我要赶快离开那里。我不想去碰肮脏柜台上面那件恶心的上衣，也不想把相机放下来，于是一边把相机挂在肩上，一边戴上从衣兜里面找到的橡胶手套，然后伸手去拿那件上衣。“前臂”男大声地叹了口气，因为我挡住了他看电视的视线。我才不管呢。那个柜子是唯一一个算是整洁的工作场所，如果“前臂”男看不到那个大声叫着“快，快，巨款、巨款”的女人，那世界末日就不会来。我先顺着那件上衣往下拍打着检查，摸索着可能会割伤或是刺到我的东西，然后小心地打开侧面的衣兜，把兜里的东西都掏了出来。

然后，他开口说话了。开始我不确定是什么声音，以为是他的肚子在轰轰响，或者更糟的是肠子在轰轰地响，我就努力让自己礼貌一些，不去理会。我继续戳拔着装在那件上衣里的火柴、零钱、指甲刀、橡皮筋和收据。然后，又一次听到了那种声音。这一次，我知道是声音。“闪——开。”我停了下来，静静地站了一会儿，在想那个男人是否是在让我闪开。我听到了开启另一罐啤酒的声音，我听着他喝了一大口，我默默地数到三。恰好在这个时候，他发出了一声巨大的吞咽声，接着再次对我说“闪——开”。他的声音如此低沉，听起来更像是狂吠声，而不是人的声音。我慢慢地转过头，害怕可能会看到什么。我和他之间的距离很近，比我想的还要近，我能够看到鸡肉的油脂在他的脸上闪耀，薯条的碎末在他的脸上挂着。我再也看不下去了。我转过头去看电视，感觉安全些。

“我马上就好了。”我尽力让自己听起来很友好，并迅即去摸索那件上衣的其他口袋，找寻其他任何的药物或是相关用品。他一边看电视，一边转动椅子，椅子在地上发出刺耳的声音。我应该给他把电视转个角度的，不过，我担心会有什么东西从电视下面爬出来。戈尔曼出现在过道里面。“没有 CD 吗？”

“没有。”我松了一口气。“好了，我完工了。”我向大门走去，然后回转身送上我的慰问：“先生，我对你失去亲人表示很难过。如果你想要我们叫个牧师或是心理开导医师，戈尔曼警员会很荣幸给予帮助的。”

“啊！”他用拳头重重地捶了下桌子：“是‘阳光下的乐趣’，你个傻帽，‘阳光下的乐趣’里没有 R。”显然，他是在对着电视而不是和我说话。

戈尔曼带着我回到我的车子那边，用口哨吹着电视节目《幸运轮盘》的主题歌曲“我是一名观看转轮的人”——我们忍不住笑出声来，这时，我们听到厨房的窗子砰地关上了。

当死亡干扰了家庭成员的生活计划时，感到很烦恼的并不仅仅是这些家庭成员，街坊四邻可能也会受连累。

“我不能在我的地方停车，你是什么意思?”那个女人盛怒不已，她直接开车冲上在犯罪现场拉起的警戒带子，想要我在她开车穿行现场把车开到她的地盘的时候为她抬起警戒带子。

“女士。”我不敢相信自己在和她进行这次的谈话，“女士，”我在冲她喊叫：“今晚你得把车停到别的地方，好吗?”

她来来回回地踱着步，冲我晃动着钥匙，情绪激昂地说那个地盘她是付钱了的，大厦的规定写明了你只能把车停到指定的位置等。

“女士，”为了盖过头顶上飞旋斩波器发出的嗡嗡声，我大声叫喊道。“看看我身后。”我指向停车场中间的一辆车子：“那辆车里有个死人。”我向另一个警员看去，他正在笑我试图与那个女人讲理却失败了的事实。“我想，如果你和大厦那边说一下有一个死人挡了你去停车场的路，那么他们就会理解了。”我在她继续叫嚷的时候走开了。简直不可思议!

我没有时间或是精力去应付她。我还处在十五分钟前事件的惊吓中，惊魂未定，去应付大自然中怪物的停车需要不是犯罪实验室的职责。几分钟前，我一直在处理拐角处的另外一个枪杀现场。一伙人在停车场掷骰子赌博时，某个罪犯开车停在了他们旁边，并开了几枪。没有人被射中，但是我说什么也要去拍些照片，收集弹壳。正常情况下，犯罪实验室派人去处理现场，就可能有人受伤，我当时没有案子，但是我对曾经要求我帮忙的警员感觉很好。他过去曾经帮过我很多忙，该是我回报他的时候了。

在警员维斯珀尔坐在车里处理文书工作的时候，我快速地记录了犯罪现场的概况，拍了一些照片。从弹壳在停车场的散布状态，我能看出开枪的人在扫射的时候车子是动着的。我正要开始测量的时候，听到了很大的砰、砰、砰、砰的声音，然后是停顿的声音，接着从停车场周边的灌木丛里又传出了三声砰砰的声音。我转身，正对着灌木丛，担心开枪的人会从灌木中钻出来，和我面对面。如是的夜晚让我感恩我身上穿着的凯夫拉尔防弹背心。我站在那里，被吓呆了，动弹不得。我最终鼓足勇气撒腿跑向维斯珀尔。因为乡村音乐声、警察无线电的咔哒声以及空调发出的嗖嗖声，他没有听到枪击的声音。

“你听到了没有?”我上气不接下气，连珠炮似地说着：“那些枪声，你听到那些枪声了没有?”

“枪声?”他关掉了收音机和空调，调低了无线电音量，专心地看着我，同时紧张地听我说话。

“好像有八声，就从那边传来的。”我指向灌木丛。“我现在想好像是有五声，然后是一声停顿，接着又是三声。”维斯珀尔从他的车里走了出来，撤出他的枪来。我无能为力地看着：“不要一个人去那里。”我感觉自己就像是一位母亲，担心他会消失在那边的灌木丛中。他开启了无线电：“派遣员，我是1336，你接到我现在这个位置有枪声的电话没有?”

“1336待命，现在电话正在转入。”

我抓起一个袋子，把地上所有的弹壳都捧起来扔进去，我都没有费力去做测量工作。通常情况下，我们是要对每一个弹壳进行精确记录后再分别包装起来。我确定我的上司会理解我的。

派遣员发出了急呼，以此来引起每个人的注意力。“1333、1334、1335、1337以及其他可出动人员，请处理穿越沃辛顿大街和萨姆纳大街萨瑟兰郡辖区的枪击现场。打电话爆料的人称，至少有一个人被射伤。”我听得到她敲键盘的声音。“911已经接到好几个电话了。”维斯珀尔跑回他的车子。

“1336，我是76（正在路上）。”

我从他身后的停车场跑了出来。我知道会有人要求我去那个现场的，因此，我就把车停在了拐角处的一家7—11便利店旁，听着事件的处理进展。大概三十秒钟后，几个人员赶到了现场。各种命令声四起：封堵道路、留住目击者和察看飞机是否到了，接着，我就听到了一直都在等待的声音："我是派遣员，请犯罪实验室和处理凶杀现场的部门动身。"

我在几秒的时间里，就赶到了现场。现场真是混乱不堪。通常情况下，恢复了一定秩序后，犯罪实验室人员才会赶到现场进行处理，可是这个现场此时还是很混乱。就我所知，开枪的人就在看热闹的人当中。"戴娜。"一名警员喊道："你带警戒线了吗？"我抓起一卷警戒带子，将停车场中间的车辆围了起来。驾驶座旁的车门和车子的机罩都是敞开着的，发动机还在响，车头灯也都亮着。一个死人身上系着安全带坐在前座里面，但是却不见了司机。我注意到司机车门外的地上有几个弹壳。另一位警员用黄色交通锥标为弹壳的位置做了标记。

那个女人还在抱怨着她的停车位。"听着，"她再次向我喊叫道："我要你做的就是把那条带子解开一会儿，让我把车开过去。我就离开你的视线或是说，你就不会再听我牢骚了，好吗？"

现场的一个警员决定替我搞定她。"听着，"他用手指指着她，严厉道："你必须把车从车道中间移开。"那个女人试图和他说指定停车的事儿，但是那个警员没有给她任何插话的机会："女士，你没有注意到这是犯罪现场，我们有一些紧急设备需要从这儿过，这条路整晚上都要被封起来吗。如果您不把您的车挪走，我们就帮您把它拖走。明白了吗？"

她很不开心地道："好吧，那你能告诉我，我能在哪儿停车吗？"

这座公寓大楼有两组建筑，每一组建筑又有其独自的路径可以通往。那个警员顺着那个斜坡往下指向另一组大楼："为什么不把你的车停在那边呢，然后往上走就到你住的公寓了。那是离你最近的路了，怎么样？去吧。”

那个警员便走开了。“你能相信这些胡扯吗？”她并没有和某个特定的人说话。“杀人犯就在我住的大楼里，该死的警察却要我把车停在大街上，然后让我一个人独自走那条漆黑的路。”我往四下里看了看。犯罪现场大概有五十个警察，再加上医护人员，挤在一起看热闹的人，一架亮着灯光的斩波器，现场就和国庆日一样热闹。很讽刺的是，这座公寓大楼现在是最安全的地方了。

我拍了几张现场的照片，忙匆匆往弹壳上打着证据号码做标记。我担心这些弹壳会被踢到，或者更糟糕的是，会被来回走动的脚步给压碎了。最后，警察开始着手处理现场，让傻看着的路人向后走开，这样他们就不会直接看到车辆里面的那具血肉模糊的尸体了。我开始做记录，其他人都在寻找车子的司机的时候，我收听着无线电。我很确信司机也中枪了，因为我发现了地上和车子旁侧溅洒的血迹。斩波器用探照灯扫视现场四周，寻找受害人，这时 K－9 团队和其他的警员步行进行着搜索工作。

我刚忘记那个女人，她就又回来了。

“噢，嗨，打扰一下。”我努力不去理会她。“你好，我要和你谈谈。”我装作没有听到她说话。这招管用了，因为她找到了别人去烦了。“警员，打扰一下，我得和你说件事儿。”

一个刚刚赶到的警员朝她走去，显然是不知道几分钟前那个女人的刁蛮行为。“嗯，大概十分钟之前有一个警察在这儿，他叫我把车停到那边去。”她用手指着那边较低的设施：“我就住在那边，不过，他说我不能把车停在我平日停的地方。”哦——又来这一套了。我抬头看到那个警员正在努力听她的讲述。“嗯，好吧，我就照着他说的把车停到那边去了。我和他说，我不喜欢他要我一个人回来的主意。因为发生这事情，我可不想冒险。我有孩子，我是他们的全部。如果发生了什么事儿，嗯，那么——”

那个警员试图打断她的话。“女士，你回去把车停在那里，我会处理的，我找个人送你回你的住处。”

“不，等等。”我真想给她一拳，不过她好像有回我个破伤风的可能。“我照着那个警察的话做了，因为他说他要把我的车拖走，总之，我把车开进了停车场，但是灌木丛里有个男人，我被吓到了。你们谁能去那边看看他在那儿在干嘛呢？”

那个警员有些困惑。“你说灌木丛里有个人什么意思？”

她似乎真的是吓坏了：“我把车开进了前面，停车的时候，我的车头灯正好照到了他，他就躺在那儿要拿什么东西似的。或许他就是开枪的人，或是个色狼或什么人吧。你们谁能在他跑掉之前跑过去看看吗？”

那个警员用无线电传达这个消息，几分钟之后，我被派去处理第二个地点。司机的尸首已经确定了——不是斩波器、警犬或是警察的功劳，而是那个只想着把车停靠下来的啰唆女人的功劳。

我对那些因为他人的死亡而受到不便连累的人，很武断地就作出了评价，但是，很快，我便发现我对这起案件有了负罪感，让我觉得自己很自私，很可怕。有点像自己遇到了一场交通事故，却跑着去赴那个晚点了的美发预约一样的感受。一个家庭正陷入混乱之时，而我所关心的就只是去打理修饰我的头发。

现在还记得自己第一次产生这种感觉的时候。从事这份工作还不到一年的光景，我便接到了一起一个年轻人被杀的案子。那个年轻人在他人的地盘兜售毒品快客可卡因，最后为此付出了沉重的代价。我和鲍勃定于我休假的时候去康涅狄格州旅行，因为这样我们就可以在新年的时候探访他的家人了。但是我在部门的地位最低，要最后一个休假，所以我没有时间在圣诞节期间实现这个计划了。不幸的是，这起凶杀案需要加班，现在我必须坐在另一个司法辖区处理凶杀案的侦探车子里，等待反恐特警小组清理犯罪嫌疑人公寓后我们好执行搜查令，想到这些我便怒火丛生。

我和鲍勃本该在六个小时前就在路上了。我才不关心什么搜查令呢，我也不关心那个死去的家伙——我只在乎我的计划泡汤了。

从我接受犯罪实验室工作之日起，我就该看到墙上写着的东西了。培训学校要开课的那周，我正要去西雅图参加一个美国法医学院的会议，于是不得不在最后的时刻取消旅程。加班、法院以及日程安排问题使我错过了无数婚礼、婴儿洗礼、退休和年庆、婚宴、生日派对、医生预约、美发预约、午餐约会、家庭聚餐，甚至是我想要主持的野餐。不过，我已经习惯了。我也必须习惯。只有一次我的态度很坚决。某个周日，我很坦白地拒绝上班，那天是我的休息日。那周我已经超时工作了七个小时，我必须去参加我教女的洗礼。但是我还是得到了书面警告。

也有麻烦事到最后很划得来的时刻。我是从一起抢劫联邦快递仓库案中学到这一点的。案件的嫌疑人很明显早就对现场有所了解了，因为他是从一套分离舱的门，而不是主要入口进入仓库的，然后径直走向装有邮递费用的办公室，那个时间很精确，正是点钞的时间。而且很巧的是，当时外部的摄像头被毛巾盖住了。

抢劫案的受害人称，劫匪戴着手套和滑雪面罩，除了办公室的门和一个金属书架，没有碰其他的什么东西。我要做的事情不多，不过，因为受害人可能在说谎，她可能和犯罪有关，所以我还是清理了办公室，采集了指纹。

其后不久，我就把现场清理完毕了，这个过程中，呼叫了一辆警车，然后就折回了总部，因为下班时间到了。我刚把车开进犯罪实验室停车场，被派至现场的警员就在无线电上呼叫我了。他要我再回到联邦快递公司的库房，因为找到了新的证据。我都气晕了。我本打算下班后去参加一个朋友的圣诞聚会。

加班真是烦人，我掉转车头，半个小时后到达犯罪现场。等赶到的时候，我得知一只 K－9 警犬闻到了什么味道，那股味道把它带到了联邦快递仓库的后面，一个暗黑的停车场的边上。就是在那里，K—9 警员留意到耷拉在围栏上面的一条毛巾，那个围栏由两个钢丝网组成，毛巾垂在第一个钢丝链上，而围栏将洲际公路与后面的空地分隔开来。那条毛巾正好搭在了最里面那个围栏上的一个划破了的洞口上面，仔细察看，发现那个洞后面的围栏上有一个相似的洞。一辆运货挂车遮住了这个地方，从外面看不到它的全貌。

差不多可以想象事情的大概经过了。似乎在盗取钱财之后，犯罪嫌疑人跑过暗黑的停车场，跑向仓库后面，他知道不用担心自己被监控器追踪到，因为在黑暗的掩盖下不太容易看到围栏洞口的位置。然后，他朝着他事先放在那里的浅色毛巾跑去。他从那两个洞口蹦了出去，逃进了等在洲际高速公路边上的逃亡车辆。

我希望能喝点蛋奶酒，于是很快地拍了些这个地方的照片，包括那片一直延伸到洲际公路被践踏了的植被，以及围栏上面尚未被氧化的新切口。我抓起那条毛巾，把它放在了证据袋里，可是，在开车离开前我还是犹豫了。

我不想很麻烦地去收集围栏里面的证据。我收集起来的东西越多，加班多干活的时间就会越长。但是，良心占了上风，没多久我就发现自己在齐膝的植被里面剪着被那个坏家伙割断的围栏。我这样做呢，以防万一警员锁定嫌疑犯，想用其特有的工具来验证围栏上面的工具印记，这种情况不太可能发生。我确保我所剪下来的钢丝和犯罪嫌疑人剪断的端头明显不同，然后，我把证据包装起来，迅速下班走人。等我赶到朋友家的时候，聚会就要结束了。

大约一年之后，我接到了一个州副检察官的电话，这让我大感意外，那个检察官想在联邦快递调查案开审之前，安排见个面，和我探讨一下我在那起案子中的功劳。我都不知道犯罪嫌疑人已经被逮捕，而且自己也早就忘记了这个案子。于是，我就和那位检察官说，我只不过是收集了一些不太清晰的印记，拍了一些照片，拿到一条毛巾而已。她似乎很吃惊于我对联邦快递案件的后续工作毫不知情。“戴娜，你决定收集那个围栏的样本，成为了我们最重要的证据之一，它将嫌犯和犯罪现场联系到了一起。”她继续给我讲述，说抢劫案发生的那个夜晚，另一个管辖区进行例行路检，认为那辆车上的面具、手套以及放在车子后座上面的断线钳很可疑。因为怀疑这些物件可能和联邦快递失窃案有关，于是便将那辆车拖到了犯罪实验室，在那儿，我的一位同事对那辆车进行了处理，此外收集了断线钳。随后，我们机构的枪弹和工具痕迹检查员取了一些我收集的围栏碎屑，和断线钳留下的印痕进行了比对。在排除罪犯使用其他工具的情况下，我的那个同事确定那些断线钳就是用于切割围栏的工具。不像是电视剧《犯罪实验室》，所有的调查员都知道各自处理的案件的详情细节，我们犯罪实验室的人都太忙了，没有时间跟进案子，通常，我们对自己在给定的调查中起到的作用都没有什么意识。

在接下来的几年里，我对这件案子想得比较多，特别是在我感觉疲劳、懒散，或是疲劳和懒散感汇集在一起的时候，就会想起这起案子。我不得不接受这样的事实：牢骚是我工作的一个组成部分，但是，懒散却不是。有些滑稽可笑的是，现在回想起往事的时候，联邦快递失窃案的每一个细节我都记忆犹新，而对不顾一切非要去参加的那场圣诞聚会却没有任何的印象了。我接受了犯罪现场调查员这份工作所带来的诸多不便之处，但是像联邦快递公司失窃案一样的案子却让这种不便变得很值。

第七章

他们的脑子里都是什么乱七八糟的东西啊

我母亲总是说五十步不应该笑百步，所以，在我向你们讲述工作中遇到的一些难对付的人之前，先说一下，自己的阁楼里也飞旋着几个蝙蝠，这也很古怪。很确信，那些蝙蝠已经在那里盘旋若干年了。只要我过活的地方，汽车还在运行，我觉得我的精神就没有失常。

我的解释是，我几乎就不是按照正常方式成长起来的。我弟弟克里斯和我一样，也不是很正常地长大成人的。这种情况在我们很小的时候就开始了。母亲对我和弟弟说，她就是一个茶壶，她一面倾着身体，装作往外倒茶，一面让我和弟弟看着她。我和弟弟充满好奇地看着母亲：她用冰箱里的牛奶清洗那些花草的叶子，她说这样可以让那些叶子光泽闪耀；她往百吉饼上喷洒虫胶漆，那些百吉饼最后便成了餐桌中间奇形怪状的装饰物。母亲给我和弟弟讲大灰狼的故事，那些大灰狼会把房子掀翻，它们知道房子里面住着三只小猪；母亲还给我们讲一对被丢弃在树林里面的兄妹的故事，这对兄妹就为了记得来时的路，一路上撒面包屑，却遇到了姜饼屋里面的女巫，那个女巫打算把男孩儿煮了，把女孩儿烤了。

在我和弟弟还很小的时候，我们就被引入了母亲的“家道”了。这是一张看似没有止境的清单，清单上面是奇怪的规矩和对日常事件的古怪解释，而这些都是与我同龄的孩子所未曾经历的。我认为，这些稀奇古怪的规矩大多数都是因为母亲西西里岛血统的缘故，还和古代的那些封建迷信有关。

在每个月的第一天，中午之前，母亲都要拔掉我们几根头顶上的头发，然后把拔下来的头发从左肩扔掉，同时嘴上还要喊着“兔子、兔子、兔子”。接着要在某个人的身上打一下，至于往谁身上打没有特殊规定，只要是旁边的人就可以。尽管很是不解，还是很想去拔头发，然后在他人身上打一下，我算了算，到目前为止我已经失去了大概有438根头发了。现在，就连鲍勃也有拔头发的习惯了。我们嘴上也还说着“兔子、兔子、兔子”，然后把外溢的盐从我们的左肩膀扔出去。梳子掉在地上，我们就得用左脚踩一踩，数三个数，否则，母亲说我们会碰到让人失望的事情。不过，我发现，让我们失望的事情就是，因为多年来每个月都要拔头发，到了三十岁的时候我们就要变成秃顶了。叉子掉在地上，说明要有女人来访，而如果刀子掉下来，则说明要有男人到来。东西掉地上的时刻到访客到来的时间段不是固定的，不过，即便是耶和华教徒敲门发放杂志《守望台》的免费样书，也算是有客人来访了。我问过母亲，他们都不是真的来做客的，怎么可以算是访客呢？母亲回答时她的逻辑，就和我们生病时往我们的袜子里塞洋葱一样有理有据：“因为是我说的。”

如果母亲将梳子、叉子，或是刀子掉在了地上，父亲就能够继续活命。而如果母亲将剪刀掉在了地上，那么父亲在日落之前就会没命，因为剪刀掉到地上的话就意味着父亲和其他女人有染。我和克里斯都明白，是不能将桌布从餐桌上弄掉下来的，否则就会将好运气抖落——克里斯往他的新球棒上吐口水，他的好运就会到来；而我在房间里发现蟋蟀，我的好运便会降临。虽然有许多事物能够带来霉运，我至今也从来没有考虑过在房间里打开雨伞；我得配戴猫眼石，因为我的生日不在十月份；将衣服挂在门把手上面；反穿衬衣；把帽子放在床上；或是将面包反面朝下储藏起来；而且，如果吸烟的话，绝对不能用同一根火柴点三根香烟的。我和克里斯在扔掉发了霉的面包之前，都会一遍又一遍地亲吻那些面包片，在新年的前一天，我们还会往嘴里塞满腌制的鲱鱼，确定父亲在新年那天第一个进入家门，鞋里没有一分钱就坚持不去任何地方。当掉了根睫毛的时候，我们要把它放在手背上，然后许个愿望，再将睫毛吹走。

当我们咬了舌头的时候，不管舌头是多么地疼，也从来不告诉母亲，因为她会说那是因为准备好了要说谎——即便根本没有打算撒谎。如果母亲认为我们在说谎话，或是认为撒谎说没有打算撒谎的话，她会让看着她的眼睛。她会长时间、使劲地盯着，然后声称能够看到事情的真相。这让我和弟弟感觉很害怕，就像耶稣要把我们的灵魂刻上黑色印记一样可怕。

当母亲的朋友搬家的时候，她让留下旧扫把，然后给人家买把新的，还要买盒盐巴，清除恶魔。我们要去赞美他人，除非想患上头痛的疾病。不能把鞋子放在餐桌上面，否则双脚就会被火烧了。收鞋子的时候，绝对不能把鞋子放在高过头顶的架子上面；如果我的裙子褶边翘起来了，我得弯下腰，然后在整理裙子之前要往裙子上面吐口水。这在做礼拜的时候是不太雅观的。

还有更疯狂的事情呢：在离开的时候，必须从进入的门走出去，否则，就破坏了“进入家门”的重要规则；我想，每天也总要从床的同一侧下床，这样就不会违反了另外的一个规则了——或许叫作什么“跨越睡床”的规则。在前门的头顶，有一块儿辟邪的红丝带包裹的倒置马蹄铁；门框的头顶两端用红色丝带系着守护神圣·克里斯托弗的像章，防止恶鬼近身。为防止邪恶的东西进入房间，要在棕枝主日那天在垫子下面放些棕榈，换句话说呢，垫子下面全是这一生所收到的棕榈。倘若一个公主能在她的垫子下面发现一颗豌豆的话，那么我肯定是个穷鬼，因为我的垫子下面是放了三十六年的棕榈，我就像是僵尸一样安睡在那里。

我逐渐意识到，我这个年龄的孩子，不是所有人都知道手发痒就代表着要有钱；耳鸣则意味着有人在谈论你；而在怀孕期间感觉胃灼热则说明肚子里的孩子头发浓密。上高中的时候，我的行为很疯狂：合上打开的雨伞、拔头发、在梳子上面踩踏、坚持要求餐馆服务员把长面包正面朝上放置。大多数人都觉得我和他人有些“格格不入”。

我至今还记着许多这样的繁文缛节，不过，我要告诉你的是，进入一个房间，离开的时候从同一个门走出的规矩是很让人讨厌的——尤其是在犯罪现场！我对那个规矩作了修正，结果也没有什么不好的事情发生到我的身上。如今，如果我从前门走进朋友的家，看到人们正聚集在另一侧的玻璃拉门的后门处，我就再也不会折回身从前门走出，绕房子走一圈了。我现在为自己已经克服了这个小障碍而自豪不已。

因此，我的举止可能一直都有些笨拙，不过，我至少可以把这归罪于我的母亲和她的那些用制作方形披萨饼来做赌注的亲戚们，正是她的那些亲戚给她脑子里灌输了那些荒谬、无聊的思想。但是，在犯罪实验室，我遇到了一群人，他们的脑子都出了问题。有些人是我偶然遇到的，有些是受害人，有些是警员，有些是死了的人（他们的大脑真的是进水了）。我倒愿意听一听他们的理由呢。

在一个寒冷的、落着雨的冬夜，我近距离地遭遇了一次这类的古怪事情，我经历过很多此类古怪事情。对犯罪实验室而言，那一夜的班过得相当漫长。我希望那些罪犯在我下班之前都不要外出。对犯罪而言，在这样的夜晚犯罪可不太舒服，不过，如果真的发生的话，我祈祷，希望犯罪是在室内进行的。我才给我的那辆客货车加完油，正赶往 7—11 便利店，想喝杯咖啡。

周六晚上的大街如此静谧，有些反常。我离一所大学校园只有两个街区之距，看到醉醺醺的学生深夜在校外聚会后，摇摇晃晃地返回宿舍的情景实属正常。在夜晚的这个时间，通常会很闹，大学的骄子们装备了用电量为 500 瓦特的凯伍德牌子的音响系统——配有重低音喇叭及足够个数的扬声器，能够发出环绕立体声来。但是，在如此寒冷、潮湿、刮风的夜晚，没有人外出。没错，几乎没有一个人。

在开车沿着暗黑的路下行的时候，我很惊讶地看到一男一女正沿着黄色中心线走着。我以为他们是喝醉了酒的学生，恰巧没有留意到和马路两边平行的水泥人行道。天正下着雨，路面结了冰。两人身上穿着黑色的衣服——肯定会出问题。男的就像是一匹驮马，身上负重很多。他拿着一些袋子、肩背包，脖子、肩膀和双臂都挂着购物包，身后还拖着两只全尺寸的皮箱。女人则什么都没有拿。当我开车从他们身旁经过时，我减慢速度，看着他们两人。他们回头盯着我看了看，然后沿着中心线继续徒步之旅。

究竟是怎么回事儿呢？这是我在工作的时候常走的路线。我掉转车头，向他们开去。因为是赤手空拳，所以我明白，我不能停下来，可是我也不想在那一晚再晚些的时候被派去应对两个无精打采的人，拉着皮箱站在大街的黄色中心线上。我是不太介意在温暖的夏夜接受这种案子的，但是，在严寒的雨夜就不行了。此外，我就是想弄清楚两人想干什么。

我发现他们还在行军，排着纵队，行走在大街的中间。那个女的带头走在前面，走得速度很快，而“那匹驮马”则在努力地跟着，每走几步就要重新整理一下背负的包啊、袋子等，还要整理那两个要歪倒的皮箱。他们看起来不像是无家可归的人，也不像是学生，或是带着值钱的东西匆匆逃离的盗窃犯——但是他们看着就是不对劲。两人看起来很疯狂！附近没有旅店、没有汽车站或是火车站，这些可以说明他们是怎么来的，或是要赶往哪里。这条路到这儿就到头了，真的是解释不通。

我在他们身边停下车，按了下车上的闪烁器。“搞什么搞?”他们看着我，神情恶狠狠的。有那么一会儿，我生出那种“哦，该死”的感觉，这时我想，没准我真的会卷入什么犯罪事件。可是，这两个人看着不像是坏人。但是，话又得说回来，恶棍往往都不怎么能够看得出来。

“你俩没问题吧?”那个女人只是在那里站着，看着我，男的则利用这个机会重新整理了下挂在肩头的包。“嗨!”她毫不畏惧。“你们不能在马路中间走，会被车撞到的。得走人行道。”

那个女人又看了我一会儿，然后敬了个礼后，接着对那个男的说道：“吉米，没事儿，她就是那个警察。”我想着和他们解释说我是犯罪实验室的工作人员，而且是恶棍，不过，最好还是不要说了吧。那个女人和吉米从马路中间向人行道挪去。吉米使劲地把皮箱往马路边上搬。我看着他们，尽力不笑出声来，因为吉米刚刚很小心重新调整的购物包和袋子又从他的肩上滑了下来。这使得他的身子晃了一下，将两只皮箱撞到了一个水坑里。女的就在他旁边站着，看着，却没有伸手帮忙。

我随他们把车子开了过去。“没什么事儿吧？拉着箱子在大街上走，这样的夜晚太冷了。”

女的四下里看了看，往身后看了看，然后往我的车前凑了凑。她看上去有五十五六岁的样子，相貌平平。她一靠近车窗，就往车里前前后后地看了看，看是否还有其他人在我的车里。她给我的印象就是，她害怕见到某个人。她的身体在打颤。当确定就我一个人的时候，那个女人悄声道：“我们要去约克。”

我不太明白怎么回事儿。我调高了空调的温度，调了下送风口，让送风口对着她："宾夕法尼亚州的约克？"

她打断我的话。"嘘！"我惹恼了她，她从我的车旁蹦了开去，再次四下里看了看，确保没有人听到我的话。"不是。"她小声说道。她把脑袋伸了进来，这样，她的脸离我大概有六英寸。她的话音很轻，我几乎听不到她说什么。"我们要上行，去纽约。要进到……"她停顿下来，再次四处瞭望了一番，然后对我咬着耳朵说："证人保护。"显然，她有些神志不清。

"哦，这样啊。"我看了看吉米，此时他正忙着检查黄色餐盘，以确定餐盘在其中一只皮箱倾斜的时候没有摔坏。"嗯，你不能在马路上走。"她又敬了个礼。"现在你们往哪儿走呢？要去见什么人吗？"我确定自己压低了说话的声音。

"不是。"她看着我，就好像我是人群中的一个弱智一样："嗯，我已经和你说过了，我们要去纽约。"

这的确不关我的事儿，可是不知为什么我还是问了："那么，你们又怎么去那里呢？"

"我们在走路啊，我早就想到了，如果在半夜动身，就不会碰到交通拥堵的情况。"她的表情极其严肃，我拼着命不让自己笑出声来。

"哦，确实。"我点点头："我听说走着去纽约的人很多，特别是在平时，所以呢，你们在周末动身很明智。"

"听到了没有？"她朝吉米大声喊道："连这个女警员也说白天路上太堵呢。"那个男的又在忙着把那些包包袋袋往身上驮呢。

"不过，你不觉得今晚走着去纽约有点冷吗？"我是不想这两人到时候走到一个前不着村后不着店的地方，然后被冻死。根据天气预报，真有这种可能呢。

女人用双手搓着脸，她的牙上下直打架，她被雨淋成了落汤鸡。"天气是冷得刺骨，不过，我们不会走太远。"

“不远?”她真是神志不清了。“女士，你如果从这里开车到纽约的话，还要花上个两个半钟头呢，还得是道路不拥堵的情况。”她又瞪着我看了看，眼睛在转动，但很明显，她的思维是不动的。“说真的，你们如果去纽约，得搭车去那里。还有，你知道吗?你们拉着皮箱在洲际公路边上走，这是不允许的。”

女人用她的手指着我：“难道你在警察学校时没学过吗，行人是有优先权的?我知道自己都有哪些权利。”

我转变了话题。“女士，如果你告诉我，你们从哪儿来，我就会考虑开车把你们送回那里，怎么样?或许，我可以安排人早晨开车送你们呢?”

她的脸泛起了光亮。“成交。”她转身对吉米喊道：“儿子，上车，她要载我们一程。”

吉米看上去很兴奋，不用拎着那些乱七八糟的东西了，稍停顿了一会儿，他便朝着车子的拉门跑过来。吉米打开车门，把那些行李扔了进来，这时那个女人则爬进车，坐在了前面乘客的座位上。我还没有来得及插话，车上便上来了两个糊涂虫。一个在前面，另一个则趴在了车厢后面地上。我那时便发誓，再也不会不锁车门就四处开车了。

“等一下，等一下。”他们完全不理会我。“我不会开车带任何人到任何地方的。”

我不知道说什么好，可是那个女人却和我不一样。她用弗兰克·辛纳特拉[①]的调调说“纽约，纽约”。她哼着“这些小镇的忧郁”时，我打断了她的话。“女士，我们不会去纽约的，你和吉米得从我的车上下去。”

“没有关系啊，只要你开车带着我们就行啊。”她俨然一副电话

---

① 弗兰克·辛纳特拉：爵士乐大师。

销售员的样子——非要得到肯定的答复，安排时间接受一份免费的水沟防护评估，否则你就不能挂掉电话。“拜托，我想听收音机。”

“女士，你们从哪儿来啊？”我当时想，他们可能是从不到一英里外的滑稽农场逃出来的。“我会考虑把你们送回去，但是，我不能开车送，因为我的车后面没有座位给吉米坐，这是违背法律的。”我不知道这是否违法，不过，听起来倒很讲得通。“你们究竟从哪儿来呢？”

她只是向窗外看着，不打算告诉我他们是从哪儿来的。

“我开车把你们送到加油站那边，加油站离这儿大概有四分之三英里远吧，就这样。你可以打电话让人来接，或者我打电话也行。但是不管怎么着，我就能把你们送到那里了，好不好？”我开始开车向加油站走。

“我们不用走着了。”她来了精神，拍着说：“吉米，坚持住啊，我们现在搭上车了。”哦，我的老天，我对自己说着，我怎么就把自己给搅到一团糟里面了呢？

我尽量转移了话题。“这么说，吉米是你儿子了？”

“没错，他是我儿子。他这个孩子很笨，而且根本听不到别人说话。”她回头看向吉米，接着把脑袋转了过来。“吉米，你耳朵不好使，对吧？告诉这位小姐，你从来就没有听到过声音。”

吉米坐了起来。“我从来就没听到过声音。”我当时很希望随身带着录音机了，因为我的那些实验室的朋友是不会相信这件事情的。

我只好问道：“那么，你们为什么要去纽约呢，那里有什么啊？”

“我正要跟你说这事儿呢。”她又开始耳语道：“不是纽约有什么，而是纽约没有什么。”

“噢，”我也和她耳语说：“那么，纽约没有什么呢？”

她把身子斜过来，靠近我，声音低低的，一字一顿地说：“鲁桑·阿伦。”

“鲁桑·阿伦？”我只是看着她：“鲁桑·阿伦又和你要去纽约有

什么关系呢?”

鲁桑·阿伦是美国参议员候选人，是个房地产开发商，于1997年被指控犯有合谋杀害她丈夫以及一位危害到她政治生涯的律师，被判三年有期徒刑。这曾经是地方的大新闻。

“鲁桑·阿伦一直跟着我们，我们有必要去纽约，躲着她。”她将脸贴靠在车窗上面，窝起两只手放在眼睛上，好像在寻找着某个人或是什么特别的东西一样。她回头看向我：“她现在还派了密探跟踪我们，所以，我和吉米必须小心谨慎，我们都逃亡好多年了。”

不到一分钟的工夫，我们就到了加油站，我把车停下来，按下空调。“那么，鲁桑·阿伦到现在都已经被关到监狱一年多了，她又是怎么跟踪你们的呢?”

“没有!”这让她急躁起来。“没有的！她一天牢都没他妈坐！他们找了个替身，假装是她，而她自己逍遥法外，在找我们两个人呢。”她又往窗外看了看。“这是政府的另一个阴谋诡计，就像刺杀肯尼迪和登陆月球一样。”

我不想知道鲁桑·阿伦为什么要花费这么多精力去追踪这个女人和吉米，而且吉米还是个双耳失聪的人。女人却自己说给我了：“鲁桑·阿伦知道我了解关于辣椒的事情。”

“辣椒?”

她转了一下眼珠：“别告诉我，你不知道辣椒的事儿啊。”

我真的没有特别仔细关注过这起案件。我想，我大概记得一些事情，鲁桑·阿伦企图往她丈夫的辣椒里下毒，阴谋没得逞时，她又雇用了杀手。但是，她从来没有被指控过——或是说，至少就我所知，没有相关指控。

女人抓着我的胳膊，悄声说道：“我知道有关辣椒的真相，她也知道我知道一切，这就是我们要寻求证人保护的原因，她想封我们的口。”

正在那时，一位女警员按起了无线电键，要求出动一起交通检查。那个女人变得很狂暴。“吉米，”她尖叫着：“吉米，下车，是她!”吉米，那个从来没有听到过声音的男孩听从了他母亲的话，仓促地在车子后面手忙脚乱起来，他本来才在车子后面找了个舒服的姿势，开始抓起装着他们全部家当的行李。“吉米，是她。她的声音，我在哪儿都能听出来，是鲁桑!”她万分惊恐，从车里跳了出去，沿着大街往下跑。

“不对，”我朝着窗外大吼：“纽约在另一个方向。”

“吉米，相反方向，相反方向。”他们两个人在我的车前面掉过脸向着相反的方向跑去。我都给笑翻了。等我笑得能够喘过气来之后，我给派遣员通话，告诉她，或许她想拟订一起“核对某一主题”的案子。几分钟之后，一位警员接手了这个案子，我坐在大街上，看着他采访那对古怪的人。其后不久，那个警员就开车离开了。吉米——那个什么都听不到的男孩儿，让那些袋子压得直不起腰来，滑行在结满冰的路上，努力地加快步伐跟着他的母亲，同时又拖着装满了黄色餐具的皮箱，那两只皮箱已经被雨水浸湿了，朝着北面的纽约方向走去，这时，我在心里暗笑不已。他目前精神失常，可是，可怜的吉米，如果他再傻呆一些，他就得和植物一样，需要浇水了。

我也碰到过许多精神混乱的人，这些人，我很确信，他们也希望能找到相应的借口，作为其行为异常原因的替罪羊。佛罗多就是这些人中的一分子。

我在暮色很晚的时候，赶到了他所在的大街上。当发现那些联排住宅的前廊连灯都没有开，这样无法看到门牌号（换言之，假设这些房子上面还有门牌号的话）时，我立即就动身了。这个社区是那种社区中的一个。我前后倒了几次车，但是，没能搞清楚自己是否找对了街区。

“派遣员，我是2215，你能请辖区给我现在处理的盗窃案的原告通电话，让他们打开前廊的灯吗?”我已经忙了一个晚上了，警员早就离开了，这便意味着我无法找辆警车帮忙找到案子的现场。我就是不能理解，人们怎么就不开着灯呢？这让我感到愤怒。

几分钟之后，辖区用无线电呼叫我：“2215，原告通知说，门廊上的灯已经烧坏了一年多了，他一直没想起来买灯泡。”我能听得出来，他们正在忍着不笑出声来。

什么？我就知道，我将要好好地“享受”一下了。我先把车停了，然后沿着漆黑的人行道前行找案发地址，身上是摇来晃去的工具箱。我可不喜欢在午夜时分用手电筒在人家的房子上照来照去。否则，我会在某一天挨枪子的。

终于，我弄清楚了要去哪里了，在我沿着前面的小路往上走的时候，一个胖乎乎的小个子家伙从前面的外门冲了出来，停在了门廊台阶的顶上。他一头下垂的卷发卷曲在他脸的周围。尽管我离他只有大约二十五英尺的距离，还正往他那边走，这个家伙还是缺心眼地举着胳膊在头顶上面向我挥手，就像是在指引着飞机进入门道一样，然后他用一个硬纸板卷成的筒喊着：“犯罪实验室的人，这边呢，我在这儿，走这边。”

不会又来了吧！当走近的时候，我用手电筒照了照他，确保他手里拿的是一个纸巾卷成的筒。我看到他是这样的：一双似乎和他那短小身材不搭配的脚板，又大、又丑，还长满了毛。他就是《指环王》里面的佛罗多。现在他在指挥交通。当我爬上三个台阶的时候，佛罗多让开路，用一只胳膊向我挥动，而用另一只胳膊假装在阻止着车辆。我成功又平安地来到了十字路口，站到了他的旁边，而他对我不加理会，继续指挥、吹哨，还对那些偶尔不听从他指示的车辆骂骂咧咧。

当我最后引起他的注意时，佛罗多蹦蹦跳跳，拍着双手。“你来了，我是如此、如此、如此地开心。”他把纸巾卷成的筒放进了嘴里，对着门廊吼叫着：“我这样、这样、这样地开心啊。”在他吵醒邻居之前，我哄着他往屋里走，虽然邻居们可能都习惯了他的这些情绪的爆发。

佛罗多打开门，然后鞠了一躬，请我先进去。客厅很脏，不过，在灯光下我能够更好地看一看他的两只脚。我就从来没有特别地关注过脚的样子，可是这些东西看起来着实让人觉得恐怖。它们看着就好像是该长在大脚野人脚踝上的，或是说长在没有理由不灭绝的其他野兽身上。他需要待在马戏团里，他需要找一位优秀的美容师，就是差一点的美容师也没有关系。

“那么，”我努力让自己不喊他佛罗多。“你知道罪犯是从哪里进来的吗？”

“从厨房门进来的。”他像个击剑手一样，用纸巾卷成的筒（假装纸筒是一把剑）指向我想该是厨房的地方。“那边。”我看着他把他的T恤衫往他的脑袋上面拽。“警察说你会提取我的指纹。”他把双臂举到了空中，头仰向后面。“不会疼吧，啊？”我看到，他的肚子和后背上还盖着一个厚厚的黑色粗毛地毯。

“嗯？”我将目光从他身体的粗毛游移到了他的那双霍比特双脚上面。我只好将眼睛移开。“你把衬衣重新穿上吧，我不会提取你的指纹的，我来这里是采集留在你房间上面的指纹的。”

佛罗多带着一身的粗毛躺在了沙发里，用双手埋着脸：“可是，如果别人碰了我呢，怎么办？你就不能从我身上采集指纹吗？”

显然，他这个人不是一般地蠢。我自己更加厌恶采集人身上潜指纹时需要进行的所有细节，不过还好，在犯罪发生的数个小时候之后，在佛罗多那长满毛的身上采集指纹的机会为零……不，是零。活人的皮肤有汗液生成，它分泌油脂，会把潜在的残留物给吸掉。不过，犯罪发生后数个小时，有时候数日后，都能在凶杀受害人的身上采集到犯罪嫌疑人的指纹。这是我一直以来在相当一段时间内都比较感兴趣的地方，我甚至还在几个案件现场跃跃欲试——不过从来没有过这样的机会。最常见的技术就是，用万能胶往尸体上沾，然后用磁粉清理尸体。当被加热时，万能胶（也叫氰基丙烯酸盐黏合剂）产生的蒸汽就会生成带有潜在残留物的聚合物，特别是指纹里面的氨基酸。证据会被放置于滴有几滴氰基丙烯酸盐黏合剂的小室里，由此产生的潜指纹不但能够显现出来，还会附着在目标表面上。随后，可以用粉末、染色点，以及其他的加强手段。

“不行，我不能从你身上采集指纹。”佛罗多坐了起来，往身上拉衬衣，却给穿反了。“你的衬衣穿反了。”他只是看着我。“真是倒霉，难道你今天还不够倒霉吗?”他弄了下衬衣，接着坐到了沙发上面，将一只大脚支在了另一个膝盖上面，抚摸着他身上的那些毛，样子很猥琐。“嗯，能帮个忙吗?”

佛罗多跳了起来，鞠了一躬：“你的愿望就是给我的命令。”哦，我的老天，让我赶紧离开这儿吧。“这么说嫌犯是从厨房门进来的，然后呢?”

佛罗多搓着两只手：“我给你大概说说吧。”我装作很专心地听着他说话。如果他不开门见山直奔主题，他就得尝尝指纹粉末的味道，他别无选择。“我当时就像现在这样坐在这个沙发上。”他重新坐了下去，给我演示他当时所在的精确位置：“然后，我听到厨房的门发出了轻轻的敲击声。”他把手窝起来放到耳朵上，身子前倾，假装在听。“然后我就想，‘这会儿会是谁在敲门呢?’”他将手指放到了下巴上，作出一副沉思的样子。

“先生!”我不得不让自己保持镇定，否则我就会一拳打到他的鼻子上了。“先生，你能不能说说事情的经过呢?”

他又从沙发上跳了起来，开始在空中抖着他的拳头：“又一个《天罗地网》的粉丝。”他抓着用纸巾卷成的筒，冲着楼上吼叫道：

“维罗妮卡，她是《天罗地网》的粉丝！听到没有，维罗妮卡？她就想了解事实。”接着，他转向我，把手指放在了嘴唇上面：“嘘!”他悄声说道：“维罗妮卡睡觉呢。”

“好吧，就是说有人敲门，你去开门，敲门的是……”我等着他接下我的话：“是……”

他的脸色为之一亮。“好啊，我们就来表演《天罗地网》吧。我演证人，你演周五警员乔伊，怎么样?”他连珠炮似地说个不停。我怒视着他。“好，好，敲门的是比尔。”

这时，我们有些进展了。“嗯，然后呢?”

佛罗多开始踱起步来，真的就扮演起来。“嗯，周五警员，介意我吸烟吗?”我示意继续讲下去。“比尔说，他听说我有一台很不错的电视机，他想知道是否可以进来看看。”我匆匆地看了一眼那台有着二十年年头的电视，天线上垂着兔子耳朵一样的铝箔。“我就邀请比尔进屋来了，然后我们一起看电视。”

佛罗多又开始用他那纸巾卷筒朝着楼上喊了：“维罗妮卡，你要错过了啊。你也可以一起来演嘛。”他转向我，悄声地说道：“我们应该小点声音，她正在睡觉。”

“没问题，比尔在这之前来过你家吗，他又是如何背着你拿走你的东西的呢?”如果比尔以前经过许可到过这个房子，尤其是进过那些丢了物品的房间的话，那么，他的指纹就能够很容易地解释得通了。“能请你坐下来吗?”

他来回走动得太频繁了，让我感觉眼晕。他坐到了沙发上。“比尔以前从来没有来过我家，他也没有顺手拿走我的东西。”

“哦，那是谁，谁——拿的呢?”我提高了嗓门，我才不管是否会吵醒维罗妮卡呢。“天啊，哎，你能明白我话的意思吗?”

佛罗多往沙发前倾了倾身子：“哦，周五警察官，你忘了你到这里来的原因了吗？你的职责难道不是找到线索，告诉我是谁拿走了我的电脑吗?”就在这个地方，将会有另一起犯罪现场出现，因为有那么一会儿，我想拿起我那莱泽曼牌多功能的组合刀具，用我的小刀切断他那毛茸茸的双脚，然后把那双脚塞进他的喉咙里。这正是我为什么不带枪的原因。

在还没有其他不好的想法之前，我赶紧开始朝厨房方向走去，但是，佛罗多跳到了我的前面。他推搡着我，对我吹着哨子，责备我擅自闯入。厨房里很恶心，油布毯因为多年堆积到那里的厚厚油脂而黏糊糊的，维罗妮卡真的不擅持家过日子。当我拂去门上的灰土，收集指纹的时候，听到佛罗多在客厅里说着话。我想，是我们吵醒了她。佛罗多和她讲述《天罗地网》的游戏，而维罗妮卡听上去好像对错过这场游戏很是失望。她的嗓音很平淡，让我想起了依迪斯·邦克和电影《冰雪暴》中女警察混合的声音。“哦哦，天天，我，我没没玩上这个游戏，真伤心。”她的声音听起来也不太正常，他们真是天设地造的一对。

我继续除尘，连自己正用着那把不干净的刷子都没有在意。这是备着用来处理那些恶心事物用的刷子，比如往厕所的坐便上抹粉。我是不愿意在麦当劳的柜台或是他人的室内使用这个污秽又满是细菌的东西的，不过，是佛罗多要求我用的。我超想在他的电话听筒和发话筒上撒上指纹粉末，这样他就会满脸黑乎乎地在镇上来回走动了，就是因为他把我给惹恼了。我在厨房里来回走动，听着靴子下面黏糊糊的脏东西掉落的声音。我担心，如果在一个地方站得时间久了，我就会被粘住走不动了，就会变成这个房间里面永远的固定装置，每天要忍受佛罗多和他那古怪的重要的另一半儿的发火。我会先自杀。大概一分钟后，我就放弃往厨房门上撒粉末了，因为真的是太油腻了。如果佛罗多不在乎，那么我也不在乎。

佛罗多躲在门口处，通过那个纸巾卷筒看着我，好像那个卷筒就是望远镜一样。我一边收拾工具箱，它实际就是一个带有可调空间的双层渔具箱子，一边努力不去理会他。“好了，我完工了。”

佛罗多迈步走进厨房，还是用他的“望远镜”观看着，再多半分钟，我就用灌肠剂往他屁股里塞了。“维罗妮卡说，她想玩《天罗地网》的游戏，不过她觉得有些不好意思。”他打开地下室的大门。“难道你想看看被盗走的电脑原来在哪里吗？”我还真的不想看。不过，我等着佛罗多指挥交通，然后让我知道红灯什么时候变成绿灯，我什么时候能安全地通过。

地下室又脏又乱，堆成堆的脏衣服发出阵阵酸味儿，洗涤槽回弯处漏水，地面很潮湿。佛罗多看上去很不在意这些。台阶下面的地面上是一块儿污秽、湿潮又退了色的床垫子，上面是几个退色的枕头和一个污秽不堪的毛毯。我在想，是什么样的生物睡在下面这儿呢。或许是大部分时间都生活在森林的树洞里的什么东西吧。

“电脑原来就放这里。”佛罗多指着一张空的塑料露台餐桌，桌子上盖了四分之一英尺的灰尘。我没理他，因为我正忙着看其他的东西呢。地下室的后面，还有一个门，这个门朝着室外的楼梯井开着。这扇门已经完全地坏掉了，碎片堆在地下室的地上。我一时不知道说什么了。佛罗多看着不慌不忙，用一种很得意的语调对我说道：“不管是谁拿走了电脑，他不久都会发现那个电脑不能用。”我很想问问他，他是否试着按下了“开机”按钮。我在想，半身的霍比特人是否会使用电脑呢？

“哦，”我指着那扇破门：“不好意思，请问你注意到这没有？你想过没有，你告诉我这扇门碎成了十五块儿可能会很重要吗？”我又提高了嗓门。不过，我觉得没什么关系的，因为维罗妮卡已经醒了。

佛罗多正忙着对我说，盗贼忘记了装有电脑程序的软盘，是那些很古董、很厚的玩意儿。他似乎很得意自己知道，即便电脑能够运行，也还是用不了，因为电脑没有软件。“哦，这个啊，是的，这扇门两个月之前碎掉的，我还没有修理呢。”这个事儿，正好在他的日程表上排在购买前廊灯泡计划后面。

我往塑料餐桌上面撒指纹粉的时候，佛罗多用他那纸巾卷筒看着我，接着，他又把那个卷筒变成了麦克风："先生们，女士们，我们今晚节目的嘉宾是——一位犯罪实验室的人员。"他用一种很活泼的语调说着："所——以，就让我们开始吧。你干这一行有多长时间了？"他努力把麦克风往我嘴上靠，但是我把身子扭开了。他和他那张满是斑块儿的嘴一整晚上都对着那个纸筒说话了，我可不想那个东西碰到我身上任何地方。我没有心情，不想应声。

"你能重新说一遍吗，请大点声音好吗？我们这儿有好多人对你的工作感兴趣呢。"

我真的想杀了他。"六年了，六个漫长而又让人痛苦的年头。"

"先生们，女士们，听到没有，她已经做清理工作有六个漫长的年头了。我们的听众想知道，之前你是否曾经看到过枪击的场面？"

我点了点头。"好的，我们得到了肯定的回答。你能给我们的粉丝说一说看到过多少次吗？"

我和鲍勃一直都玩射击游戏。他甚至还在我们两人第一次过圣诞节的时候，为我买了把手枪。我的母亲说，这不太符合节日的气氛，不过，我想到，如若约瑟夫手里有把手枪的话，那么玛丽或许就不会在马厩里生孩子了。

我就回了他几个字："上百次。"

佛罗多显出很惊讶的样子："上百次？那么，你家人怎么看待这件事情的？"

麦克风又放到我嘴边了。"他们不在乎。"

佛罗多瞪了我一会儿，然后转身，迅速地顺着台阶往上跑去，一路上他的那双毛茸茸的大脚发出了"得得"的声音，他边跑边喊着维罗妮卡。"哦哦，维罗妮卡，维罗妮卡。"我听得出来他在我头顶上面的地上横穿了过去。"维罗妮卡！"他听起来有些上气不接下气。“我得小点声，这样她就听不到了，不过你知道吗，楼下那个犯罪试验室的女士被枪射中过好几百次，但她的家人根本不在意这些。”他的声音已经不能再大了。

“哦——，天——。”维罗妮卡听起来很担心：“那——她——就——是——你——说——的——勇——敢——女——士——了，她太——有——胆——儿了。”毫无疑问，她也疯疯癫癫，不太正常。

我又开始收拾起来，然后走上台阶，跨出门去。维罗妮卡肯定是又害羞不好意思了，因为我一上楼来，她就不见影了。

当我回到车里时，用无线电呼叫了那位要我帮忙的警员，然后得知了事情的真相。比尔敲厨房的门并走了进去，他分散了佛罗多的注意力，然后他和佛罗多一起到客厅看电视，而比尔的朋友则进入了那个没有门的地下室，拿走了佛罗多那台1986年的电脑。当我问到那个难以捉摸的维罗妮卡的时候，我得知，和魔戒不同的是，维罗妮卡只活在佛罗多的想象中。是的，根本就没有维罗尼卡这个人，只是佛罗多和他自己在说话。

吉米、他母亲，还有佛罗多都确实是精神错乱，不过，他们并不孤单，还有各种各样的神经不正常的人呢。比如，怀疑有人在夜里开走了他的车的家伙，会不断醒来，发现车没有停在他用粉笔做的记号里面——他在他的车道四周用粉笔画了线。然后是受到窃贼之苦的人拒绝走前门，而更愿意从卫生间的窗户进出家门，因为她非要说有人正闯进她家要重新调她的闹钟。我至今还清晰地记得的这样的盗贼，当警察人员到达的时候，他开始吃沙发垫的泡沫，结果被噎死。还有在镇上不期而遇的怪人，像那个开车驶过我的住所的女人，她每天清晨都会很准确地在两点三十分开车经过，每个肩膀上放一只鹦鹉，为流浪猫喂食。此外，我还有着美好的回忆——在一个布满砾石的停车场，只戴着安全帽，穿着一条配套内裤的男人向我求婚。还有一些人，本意很好，但是，由于神经不对头，搞砸了良好的意图。譬如那个为一具浮肿、爬满蛆虫而又黏滑的腐尸做心脏复苏术的伙计，因为911让他这样做的；还有那个不信任医院的女人，她用凡士林和婴儿用的爽身粉为患有糖尿病的丈夫治疗下肢溃疡，最后她丈夫也没有保住性命。

如果说我在犯罪实验室学到了什么的话，就是，坏事儿不单单发生在好人身上。坏事儿发生在所有人的身上，无论老与少、穷与富、黑人和白人、高个和矮个、胖或瘦、聪明或笨拙，以及癫狂或神志清醒。你是谁、你住在哪儿，或是你从事什么工作，这都不重要，你都逃脱不掉倒霉的一天，逃脱不掉犯罪实验室的探访。然而，对许多人而言，缺乏常识和受害两者真的是密切不可分的。这就是说，无辜的受害人虽然不多，但还是有的。但是，当你和一个完全陌生的人一起搭车、决定和一个以前从未谋面八竿子戳不着的亲戚在树林里吸食强效可卡因、邀请完全不认识的人进入你家客厅进行毒品交易，或是出现在一直与你的男人有暧昧关系的女孩儿家门口儿使劲地敲她房门的时候，你不可能想不到会有不好的事儿发生呢。如果有更多的人多有那么一点点常识的话，犯罪实验室接到服务电话的数量势必会有所减少。

我们谈到常识这个话题，或者非常识的话题，我不能不公不道地只将矛头指向我们部门之外的那些人，而我遭遇的一些最怪异的人都是戴着徽章并且挎着手枪的人。尽管与我一起共事的警员中，有99.6%的人都很聪明、理性、客观冷静、通晓事理，但是脑子缺根弦的还是不乏其人的。在那段时间里，这些人让我的人生变得痛苦不堪。事后想来，他们又让我的工作变得妙趣横生。拿火箭专家为例，被提升为中士军衔，却说不出牲畜和人类的区别。

在今年这个阳光明媚的春日里，我恰好在白天的时段工作，要藏身于一个有些与世隔绝的停车场里，县的校车都停在这儿过夜。值夜班的时候，我把这个地方称作爱情场地，因为你总是在停车的时候，能看到情侣在那里亲热，或是至少是为亲热热身。我不得其解，黄色的大型校车没有帮到我什么忙，我都看到了。

我刚刚打开笔记本电脑，着手写一份凶杀搜查令报告，这起搜查是本周初处理的案子。尽管大多数报告都是手写，但是凶手方面的报告就得用电脑生成。一些人所有的报告都在电脑上完成，不过，由于我不再喜欢待在总部，而又必须待在总部，在车里操作电脑有些不方便，因为车座不能伸平——车座后面有设备箱。大多数报告，我更喜欢用手写来完成。只是在受到侵犯的受害人受伤严重、快要不行了的时候，我才会上前用电脑写报告。那样，如果他们没有了呼吸，我就用不着回去，用电脑做一份手写版本的报告了。

就在 Windows 操作系统出现在电脑桌面上的时候，我被打断了。

“2215”，是派遣员。“我派发给你一个普莱赞特德尔（Pleasantdell）巷的一起他杀案子。”这个名字有些误导性，普莱赞特德尔（Pleasantdell）（愉悦）巷可一点都不让人愉悦。“请注意，附在案子上的便条上写着，你需要去处理 64－26 号大楼前人行道上的垃圾桶。”

我困惑不已。“派遣员，你刚才是说‘垃圾桶’吗?”普莱赞特德尔巷的大楼都是垃圾场，但是，我之前从来就没有在广播里听过这些大楼被叫作垃圾桶。

“没错，上面就是这样写的。”我能听到她为我寻找更多的信息努力打字的声音。“2215”，她一边在监视器上检测着屏幕，一边慢慢地和我说道：“看上去，你被请求去处理的是垃圾桶里的胎儿。想要切换到策划频道吗？我让发出请求的人员和你沟通。”

我片刻都没有犹豫：“好，10－4。”我把无线电切换到了策划频道。我很想知道发生了什么事儿，是流产、堕胎还是谋杀呢？除了这起案子，我最近处理的是一起妇女在脱衣舞俱乐部的卫生间里生孩子的案子。那个妇女称，她觉得胃部痉挛，于是就去洗手间了，往身下看时却有些吃惊地看到抽水马桶里有个孩子。她说，她不知道自己怀孕了。显然，她不是脱衣女郎。因为孩子一动不动，所以她就像其他的好妈妈要做的那样，把孩子扔掉，然后去忙她自己的事情去了。

“犯罪实验室，我是 1932，你在吗？”我没有听出来那个警员的声音。

“1932，我是犯罪实验室，我需要带什么装备吗？”尽管我们的车子上已经装满了，但是还是有些设备在路上是不带的。在重要的现场，如果需要交替光源（英文简称为 ALS）、聚光灯或是奇特的化学药品的话，我们就得从总部拿，或是让人派送。这些物品是不放在车里面的，因为对热很敏感，对光也敏感，保质期短（比如化学药品），价格高昂（比如上千美金的刑侦多波段交替光源），供应有限（比如聚光灯）。

“不用。我觉得你车子后面的设备就足够了。”我很想知道，他是如何知道我车子后面装了什么设备的。我是不知道他的警车后面都有什么设备。我一边和他说话，一边关掉了笔记本电脑。

“嗯，”他犹豫了一下：“好象我们要处理一起可能的胎儿案件了。”警察使用可能一词作为警示，以防某事儿并不是其看上去的样子。我们从可能的血液中取样，收集含有可能的精液的床上织物，打包含有可能的钻石的金色耳环——但是，我就从来没有听说过叫作可能的胎儿的东西。

“你不知道它是不是胎儿吗？”我想，或许它太小了，还无法辨别吧。

“哦，”他的声音有些发抖，他关掉了麦克风，过了一会儿，又打开了麦克风回到了无线电上：“不知道，我不清楚。”

我发动了车子。“我猜医护人员已经去过那边了吧，他们怎么说的?”

他过了一会儿才回答我:“他们认为是——”他又关掉了麦克风,当他重新打开麦克风的时候,正对着什么东西发笑。“他们认为是……他们认为是只鸡!”他那边有人发出了咯咯的声音。咯咯,咯咯咯咯!

是只鸡???“你能10-9(再说一遍)吗?你刚才是说一只鸡了吗?”

实际上,他回答我的语调就好像在向我报时一样。他又说道,医护人员觉得那个胎儿实际上是只鸡。“好吧,嗯……那么,你还是想要犯罪实验室的人员出动,去处理这个鸡一样的婴儿吗?”我说话的强调意思很明白:我觉得他就是个彻头彻尾的笨蛋。又有谁会把鸡当成胎儿呢?

“没错,我们的上司希望你过来一趟,因为他说它是只鸡的可能还是有的。”他在推卸责任。这时,有人发出了类似公鸡喔喔的叫声。

我不知道我是应该笑还是应该哭。“那么,你检查黄色羽毛和鸟嘴没有?”如果走路像鸭子,叫出嘎嘎的声音,那么它可能就说鸭子,你个笨蛋!“你觉得它是什么呢?”

他毫不犹豫地回答说:“鸡。”他改变了话题:“那么,你什么时候赶到这边呢?”

“给我二十分钟吧。”我将无线电轻轻弹回了主频道,驱车赶往普莱赞特德尔(Pleasantdell)巷。普莱赞特德尔(Pleasantdell)巷社区垃圾桶里的那个东西,或许是什么突变体——两个静脉是流淌了过多的化学药剂的人,感到焦虑不安的时候造就的突变体。

我在大约半个小时后赶到了现场,看到那情景我只得笑了。沿着马路停了大概有六辆警车,而斩波器则飞旋在头顶上面。我怀疑斩波器就是这个地方的,而不是被分派到这个案子的,但是,它的存在让当地人以为什么严重的事情正在发生呢。如果这个斩波器是分派到这个犯罪现场的，我很想退税，因为我可不想为了鸟瞰被丢弃了的家禽支付油钱。黄色警戒线后面聚集了一大群人，而这条警戒线围着的是人行道中间的一个圆形的锈迹斑斑的破旧金属垃圾桶，除此之外什么都没有。有的人把草坪上的躺椅拔了下去，有一个人甚至在附近支起了烧烤架，边看我们工作边烧烤起了维也纳香肠。许多人从塑料水杯里小口地啜着，而我则明白，那些杯子里就没有酷爱饮料——或者最起码是直接饮用的那种饮料。孩子们则忙着骑着自行车互相追逐，对我们视而不见。那是一个春日，警察们正在假装给别人看，这是值得庆祝的。

我从车里走了出来，和巴斯警员碰头，他正在垃圾桶上面守夜，当看到我时，他咧着嘴笑了。“听着啊，是我们上司要我呼你的。”从他的声音，我就能听得出来了，他就是在无线电波中和我谈话的那个警员。“所以呢，当你看到里面的东西时，可不要冲我发火啊，好不好？”看到我到了，又有几个警员走了过来。我觉得，他们才不是喜欢看到我呢，他们更喜欢看到我脸上的表情：当我看到装在垃圾桶里的什么东西时，脸上呈现的表情。

我戴上手套，把带有铰链的垃圾桶桶盖轻轻地翻向后面，忽略了“触碰之前要拍照”的规定。我得看一看，是否有必要在这个东西上浪费胶卷。四周静得连一根针掉到地上都能听见。垃圾桶里有尿布、柯尔特45啤酒瓶、鸡翅骨头、可乐罐、一副沾有红色染发剂的橡胶手套、一只鞋、一些塑料袋子、纸板箱、几个子弹壳（我都不想知道它们是干什么用的）、装快餐的袋子和其他一些垃圾——但是就是没有死了的鸡宝宝。

我看了看旁边的警员们：“它飞走了吗？”

巴斯双臂抱在胸前说：“那么，你说你是犯罪实验室的？我在这儿都能看到它呢。”其他的警员忍不住大笑起来。我现在很确信的是，当时听说垃圾桶里有个死婴的看热闹的人们很想知道，到底有什么让那些警员们感到那么地可笑。

“埋在这儿吗？”我将身子俯在垃圾桶上面，努力不去理会那里的恶臭，以便看得更清楚些。“我需要拨开什么吗？因为如果我要动里面的东西的话，我得先拍些照片。”

“不用，一目了然啊。”巴斯走向前一步来，往里看去。“它就在我们丢开的地方啊。”其中一个警员又学着鸡咯咯叫上了，同时他的伙伴发出了公鸡喔喔的叫声。我希望他们不是要交配吧。在我继续仔细察看垃圾桶找着死了的鸡宝宝时，巴斯把事情的原委告诉了我：“一个邻居给警察打电话，说住在隔壁的女孩儿几天前怀了孕，今天早晨呢，她发现那个女孩儿不再有怀孕的迹象了。女孩儿的脸色很差，她蜷缩着身体，收着肚子，拿着一个塑料袋走向垃圾桶。在女孩儿把那个袋子扔掉后，那个邻居就偷偷地溜出来，打开袋子，发现了胎儿。”

“嗯，除非它是隐形人的孩子，我才放弃。”我把头从垃圾桶里抬了起来：“我没看到什么鸡呢，我闻到了老鼠味儿。”他们吃吃地笑着。“给我看看啊，指给我看啊。”

巴斯将他的手伸进垃圾桶里，用手指着一个三明治大小的塑料袋儿。我之前就看到这个袋子了。“这个吗？”我戳了戳那个袋子。巴斯没有回答我。“就是这个吗？”他往相反的方向看去，但是我看得出来他的身体在抖动，他捧腹大笑起来。有没有搞错？“你在开玩笑，是不是？”我把那个袋子捡了起来，压根儿就没想着为它拍照的事儿。

“这个？”我把袋子举着放到了灯光下，仔细检查，确定里面是我所认为的东西。看热闹的人发出“噢”和“啊”的声音。“说真的，你开玩笑呢，对吧？”

巴斯大口地喝了口水，但是又开始大笑起来，喝的水喷在了他的衬衣前面。“现在你明白为什么医护人员认为它是只鸡了吧?”我望向里面，看到了血淋淋的蛋黄和几小片的蛋壳。

我难以置信地摇了摇头，将装有鸡蛋的袋子重新丢到了垃圾桶里。这时，我们都大笑起来。我走向车子，抓起相机回来，把垃圾桶盖儿关上，拍了照片，接着打开盖子，又拍了照片。“好了，我完工了。下次见。”我正打算离开，不过，又转身面向巴斯，对他说：“哦，抱歉，不过，我需要知道这只鸡的名字。”我拽出了记事本。“我还需要它的 DOB（出生日期）。”

巴斯第一次露出了严肃的表情。他没有理会我对名字和出生日期的请求。“你离开之前，还有一件事儿。”

我怒目看着他。“哦，是吗？是什么事儿呢?”巴斯跟着我走向我的车子。“你的上司在街对面的垃圾桶里面发现了一加仑牛奶没有？让他继续留意着，或许他会找到一些熏肉啊、饼干啊，可以在清晨给你做顿美式早餐。”我跳进车子的驾驶位置，“砰”地关上门，然后发动引擎。

“别，等等!”巴斯很认真的样子。“我们的军士说，你这边完工了，你要把袋子送到停尸房。”

我无语了。“什么?”我看着他，就好像他长了三个脑袋一样。“你刚才说什么?”

“我千真万确没开玩笑。我的军士说，让犯罪实验室完成工作时，把那个袋子运送到停尸房。”他用手抓着麦克风：“要我呼他吗？这样你就可以亲自听他说了。”

我快被气炸了：“直说吧，他让你告诉我把一只破碎的鸡蛋送到停尸房去吗?”

他只是点了点头。

“我才不会呢。”我难以置信地叫喊道：“他知道我们是犯罪实验室的工作人员吗?”我在说 crime（犯罪）一词的时候语速很慢，严肃强调着每一个字母来进一步阐明我的观点："这就意味着，当有crime（犯罪）产生的时候，我们才会出动。除非法律已经变了，不然，扔掉一只鸡蛋可不算是crime（犯罪）!"

巴斯将双手举了起来，就好像他要努力挡住我一样。"听着，我只是服从命令而已。"我知道他说得没错，如果他的上司是个傻帽的话，他对此真是无能为力呢。鲍勃总是说，上司通常会把他们最不称职的一面发挥得淋漓尽致。很明显，这个军士在这方面发挥得不错。

"就只是因为一个女人曾经怀了身孕，也并不意味着她的婴儿就是一个煎蛋卷啊。"我多么想知道他的军士是谁啊。

"这个嘛，他让我这样要求你，因为他说，人从蛋里面来，而我们又不是医生，没有资格确定那个东西是否是人呢。"巴斯又笑了笑，"看了吗，我和你的想法一样，那个东西就是只鸡蛋。"

"你听我说!"我大笑起来，同时我大喊道："你告诉他，人可不是从有着深色卵黄的椭圆形的白壳里出来的，而且，除了你们的军士，大多数的人都不会孵化。"

我激动不已："如果他还不相信，那么你就跟他说，他可以亲自把那个该死的东西送到停尸房，因为我直接拒绝他的请求，我可以依靠犯罪实验室不允许运送尸体的事实来说事儿。完毕。"

"可是，"巴斯现在笑了。他知道这是最后一个理由了。"可是，它不是尸体，是鸡蛋啊。"

"那么，究竟为什么非要把它送到停尸房呢?"我向他做了个胜利完成任务的手势，然后便加速开车离开了。几分钟后，我听到巴斯在策划频道上呼叫他的军士。我把无线电转换到了窃听的模式。

"犯罪实验室的人员刚完毕——没带——尸体。"我不想在巴斯和他的军士谈话的中途打断他。"她说他们部门不负责尸体的运输。"

“好的，我会和她的上司说一说这件事儿，同时啊，我需要你把它带到市中心。”

很长时间的沉默后是：“收到。”

在巴斯带着那只鸡蛋走进停尸房，要求停尸房的人员进行尸检的时候，我真想自己就是地上的一只蛆虫。他们要在哪儿贴标签呢？我所要说的就是，犯罪实验室没有外面传说得那么美好。

第八章　墓地事件

我母亲和那些她盲信的“家道”使我在六岁的时候，就变得异常地规规矩矩了。但是，还是有些事情，母亲拿我没有办法，我说什么和其他的小女孩儿都不太一样。首先，母亲通过给我买洋娃娃，邀请邻居小姑娘过来和我一起玩耍使我安生。可是，像珍妮·克鲁斯、朱莉·米拉尔齐和其他的那些小女孩儿是不喜欢往芭比娃娃的头发上放火、把巫毒娃娃当作老师，或是培养独特标本录制术的，这些事情对她们而言一点意思都没有。最终，我的母亲认识到，她的所有努力都落空了，就不得不接受如此残酷的事实：她唯一的女儿一点也不像她。我在用左脚去踩踏掉在地上的木梳时，在以吻别的方式扔掉那些发霉的面包时，或许也让自己数了三个数以保持慎重，但还是养成了自我的个性，与母亲的个性不同的个性。

到了上初中的时候，母亲便不再试图去改变我了，不过，她希望我在自己的兴趣选择方面要谨慎，特别是在那些涉及挖掘和死亡的兴趣上面。母亲在房间里追着我喊着其他母亲不会叫嚷的事情，像“大自然不干净”、“不要让左邻右舍看到你在我的花圃里埋那些东西啊”和“我还要和你说多少遍，不要往回带那些路毙的动物回来啊?”母亲警告我说，如果我被那些挖掘、戳开或是刺开的东西给感染上了坏死性溃疡性龈炎、口蹄疫或是一些其他的传染病的话，她是不会带我去急诊室的，因为卡罗尔·巴特隆的母亲在那里工作。她会把这事儿告诉卡罗尔，卡罗尔又会将事情在公交车站讲述给其他的孩子听，接下来，我的高中生活就会很痛苦。总之，卡罗尔肯定是四处打听到了，因为我的高中时光很糟糕。

我父亲则泰然自若，实际上，他在考古方面和我有着相同的爱好。有时候，我和父亲一起在屋后的小溪里淘金，花上个把小时在邻居车道里的碎石中寻找箭头状物。随着年龄的增长，我的兴趣爱好一点儿也没有动摇过，我收集骨头，把骨头堆在木柴旁边、在森林里进行垃圾场考古调查，还在马路边上戳刺动物死尸，这些使我成为了父亲的开心之源，但对于母亲，我则是她头疼的病根。母亲的抑制性头疼在我打起包袱、结婚成家，成为其他人的头疼源时，也便消失不再了。

第一次让鲍勃感觉头疼，是在 1990 年的 9 月 7 日。我刚刚开始在马里兰州高速公路管理局工作，担任野外考古技术人员，我的上司将我引见给了她的一个好朋友。就在第一次约会见面期间，我就知道找到了我的白马王子。鲍勃喜欢我所喜欢的一切。我们站在灼热的阳光下，在一块儿犁过的田地里挖着洞，谈论着对动物的喜爱、最喜欢去的潜泳的地方、所旅游过的异地风光，以及对未来的展望。我们还发现，两个人都知道同一个人，这个人曾经是马里兰州一连串凶杀案的嫌疑犯，我们一起挖土装桶时交换着关于他的故事。那之后不久，马里兰州公安局重新开展了关于那个嫌疑犯的调查工作，处理凶杀案的警员联系我和鲍勃找寻可能的信息。我们两人从这件事儿中获得了很大的乐趣。

最后，我开始在鲍勃就职的同一家工程公司工作，之后几年一直在那里工作，直到我们结婚。我们两人带着十足的热情挖遍了整个东海岸以及加拿大，带薪进行考古冒险活动。鲍勃是老板，是考古方面的大人物，拥有博士学位，而我，则刚刚走出大学的校门，只能在野外进行挖掘工作，毫无地位。没错，就连在玉米地当中，也是存在等级的。但是，尽管我们的等级不同，却过得很开心，对于成为河滨流言飞语的焦点毫不介意。

完完全全是偶然，我凑巧被分派到一个公墓迁移工程，这个工程需要对许多将会受到污水管道冲击的公墓进行挖掘和迁移。那个工程是我一生的转折点，很明显，我创造了我人生的新天地。最后，在一个地点，履行一项职责，我发现我对考古学、法医学、死亡调查，以及骨骼生物学的兴趣都是为同一个目标而来。不到一个星期，我汽车旅馆的地上便堆满了购买来的书，即关于法医考古学、法医人类学和犯罪现场调查的书。我对书上的那些信息有些不知所措。我决定，在回学校之前，需要和那些事实上受雇于法医领域的人交流交流。我和一个人聊了聊，这个人是联邦调查局的探员，名叫威廉姆·波迪扎克。在我们谈话的十五年之后，我发现我们庆祝鞋印证据培训课程结业的地方正在他位于佛罗里达州的后院。尽管，我和自然人类学家和法医学家交流后得知，他们认为这一专业的就业前景不很理想，但是，我没有因此而受挫，这反而增强了我实践自己决定的想法。我决定申请乔治华盛顿大学法医学课程的博士学位。我想，这样一来，我还是可以上自然人类学的课，也还有资格从事执法单位的工作。

加起来，大概是五年之后吧，鲍勃在一次游览新墨西哥州遗迹的时候，向我求婚了，翌年的五月份，我拔掉了智齿，拿下了我的博士学位，结了婚。那年的五月，真是一个忙碌的月份。如今，我很不赞成人刚刚拔掉四颗牙齿就结婚。我们在当地的大教堂举行了天主教婚礼，这是我父母结婚的地方，是我和克里斯接受洗礼的地方，但是，在没有“家道”的情况下，什么样的婚礼又会是完满的呢?

在这个巨大盛典的前一夜，我被抻胶带、撕胶带的声音吵醒。“嘶啦、嘶啦、嘶啦”，当再也不能忍受的时候，就摇摇晃晃地下了床，发现我的母亲正坐在餐桌旁，她的面前铺散着圣徒卡片，她正忙着用胶带往厨房门的玻璃上粘这些卡片。圣露西、圣彼得、圣伯尔纳德、圣多明尼各、圣克里斯托弗、圣瓦伦丁等卡片已经被贴到了玻璃上。我问她到底在干什么，她告诉我说，你必须在婚礼前一天晚上，把圣徒的卡片粘到门上，这样就不会下雨了。我当时没有告诉母亲，我和鲍勃不介意下雨，毕竟，我和他一直都会在雨中工作的。不过，母亲一定是把圣徒的卡片给贴反了，因为我在闪电和惊雷声中醒来。母亲热诚地给那些圣徒道歉，焦急地将圣徒的卡片翻转过来，这样他们就面向另一个方向了。但是，已经来不及了，他们不高兴了，让大雨下了整整一天。

现在，自我们初次见面以来，十五个年头已经过去了，我逐渐意识到，我和鲍勃有着许多共同的爱好，不过，我们也有着诸多的不同之处。如今，我不喜欢鲍勃在洗碗机里清洗他的矿物质，就像当年他不喜欢我将自己粗糙的制服和他的内裤一起洗一样。不过，我们一直都是互相支持的，我会尽力不去嘲笑他的埃尔卡米诺牌汽车，而他则会在我忙着做让人反胃的事情的时候，答应我装作没看见。这一点，在我读研究生的时候尤为突出，那时候看上去我总是在忙着多少有些让人毛骨悚然的课题。

鲍勃母亲第一次来我们家里时，比我所预想的要早一些到达。当时，我正在后院里，身上穿着血腥的黄色雨衣，俯身在一个新鲜、黏糊糊的牛皮上面，手里拿着匕首、剃刀，拎着一桶刮胡膏，我在为学校的一系列炮火试验刮皮。我四周的雪上盖满了血液和毛发，看着就像是遭到了屠宰一样。当鲍勃在客厅里引开他母亲注意力的时候，我使劲用刚刚下的雪来掩盖我弄的那团脏乱的东西，并把皮和雨衣丢进了灌木里面。我很成功，至少直到我的爱犬发现了藏匿在杜鹃花下面、比最好的浓香奶味牛皮咬胶[1]还要好的东西时，我都很成功。

---

① 牛皮咬胶：Milk-Bones 美国品牌的爱犬零食。

我只是进行了低速、中速和高速的喷溅鲜血的试验便完成了那个课题。这个课题需要一根棒球棒、一把弩、几把手枪和一趟屠宰场收集牛血之旅。站在熟食店柜台旁的我，感觉自己就像是一个怪人：要两坛子血，指导着对方如何往血里加肝磷脂，以防止血凝固，而我身边的人，此时则点着香肠和烤肉。当其中一个顾客要了一超大保险袋儿的眼珠子的时候，我的感觉就好多了。他的车上有一个医学院校的车尾贴，这似乎承认了他订购三十个大眼珠子的行为正当，我也希望自己的行为能够被证实是正当的。

喷溅鲜血的课题很不干净，所有的东西都沾满了鲜血。我担心，如果警察在我们回家的路上让靠边停下来，就要做很多的解释。鲍勃很快便意识到，和我称之为"产卵"的蛆虫课题相比，这便算不了什么了。

在我进行蛆虫课题的那个时段里，还没有很多记载苍蝇在夜间产卵，或称下蛋所需条件的相关记录文献。在法医学上，蝇幼虫（蛆虫）可以磨成粉，进行药品测试，看看这些蛆虫将之当作美餐食用的人，在死亡的时刻里是否受到了什么古怪东西的影响。然而，更常见的是，它们被用于计算一个人已经死亡的时间。倘若，苍蝇的确在夜里产卵的话，那么，死亡的间隔时间便有可能偏离十二个小时之多。因此，在接下来的几个月里，我便亲力亲为，努力让苍蝇感觉烦躁不安，这样一来，它们就会在黑夜里产卵了。太阳刚一落下去，我就在街区来回地闲逛，把那些腐烂的猪蹄子藏到黑暗、半黑暗以及人工照明的区域里。我把那些猪蹄藏到了路灯下面、开着灯的棚屋里，以及庭院的黑暗角落里。每一小时，我都会走到外面，对热量水平和光照强度进行监控，并去察看产卵的猪蹄。没有什么比凌晨三点在闹铃声中醒来，穿着带有母牛和圣诞帽图案的睡衣，到附近察看令人作呕的腐肉之上的苍蝇卵更让人痛苦的事儿了。但是，当我得到苍蝇卵的那一刻，一切都是那么地值得。在某个夜晚，那些苍蝇卵在棚屋里诞生了，当时棚屋开着灯。我一往情深地照看着这些可爱的小幼虫，直到它们变成苍蝇，接下来，我便悉心地往上面喷洒雷达蚊香液，如此一来，我就可以进行种类鉴定了。虽然这个课题让人感觉反胃，但是却也趣味横生，美国法医学学会年度会议上，提交的论文中引用了我的发现，此时，我的死苍蝇很享受那种众人瞩目的时刻。

然而，牛皮也好，血罐也好，蛆虫也罢，都要比这样的课题要好些：这种课题需要我收集手指甲和脚指甲。指甲上表面和下表面垂直条纹的宽度和间距，是由真皮乳头决定的。相同的结构生成了指纹中的摩擦嵴真皮嵴。每个人的指纹都不相同，这便使得此种方法具有了可行性：将犯罪现场查获的破损指甲与案犯联系起来。我很想知道：甲沟菌对这些条纹有多大程度的影响；一旦真菌生成，条纹是否会发生完全的改变。有好几个星期，我收到了很多信封，里面装有不同破损程度的指甲，这些指甲来自美国各地的陌生人。倘若“真菌”确实存在，那么条纹便受到了影响。还是让我们继续研究吧。

研究那些课题的日子已成为记忆。如今，我从事的唯一恶心的事情，是我和鲍勃两人共同积攒马路边的死动物，然后把它们埋在门外的树篱里。母亲还是像我在八岁时候那样不喜欢这种事情，现在，她似乎也不太在意我和鲍勃打着科学的旗号做这种事情了。她就是觉得这种事儿不太好。她说，我们应当让长眠的爱犬躺在那里，不要动它们。我就说，如果爱犬们不能再醒过来，就没有什么理由不会安眠在灌木丛里。我们也确实在从事一项有价值的事业——至少，我是这么认为的。在考古现场，动物遗体这一信息源很丰富，却没有得到充分的利用。它们为史前生态学和具有历史意义的生态学、狩猎实践、饮食和饮食偏好、加工和屠宰技巧、事物储藏和保存方法、食品供应的季节性变动、动物驯养等方面提供了线索。为了开发这些动物遗体的潜能，能够从我们在现场收集的骨头辨别其种类尤为重要。也就是说，我和鲍勃一直都忙于进行比较性的收集工作。我们靠收集被车轧死的动物尸体、埋掉那些遗体，然后在它们成为白骨的时候再挖出来研究。如今，我和鲍勃对这项工作已经很精通了，卡车上装载的都是防水布的大袋子，以防我们发现好看的东西。接着，便将散发着恶臭的东西带回家，用窗纱裹起来，然后埋在前院的树篱中。（我们通过艰难困苦得知，如果把它埋到后院，爱犬们会把它当夜宵吃掉。）我们用旗子做记号，在旗子上面写下物种的名字以及掩埋日期，接下来，在四到八个月不等的时间后再把它挖出来，将其骨头收集起来。其中有鹿、狐狸、兔子、老鼠、鸟儿、鱼、蛇、松鼠、花栗鼠和马。给那匹马挖坑的时候费了不少事儿，不过，它现在就剩一堆骨头了，这才是关键之所在。鲍勃的一个朋友拉了点关系，为我们提供了一头被汽车撞死的黑熊。那头黑熊没有那匹马的块儿头大，但是掩埋的时候也没省多少力气。

暂且抛开发生在我家院子的事情不说，必须要说的是，我们生活在一个新奇而有趣的社区——遍布着樱桃树、白色的尖桩篱栅、板岩顶板和许多的卷毛小狗。这周围的邻居会用手去采摘草坪里的苜蓿、在春季的第一个温暖的日子里重新铺车道、打扫门前的路面、用手电筒在前门的挂帘上晃来照去。他们会来我家附近参加周末的庭院旧货出售，带着孩子来这里“不招待就使坏”（虽然大多数人会避开灌木丛中带有标着“松鼠”、“乌鸦”、“狗”、“花栗鼠”旗子的屋子）。我们这边的镇上，犯罪程度要轻得多。但在上周，当地报纸报道了大概三英里远的地方发生了一起盗窃案。文章还说，疑犯进入室内，拿走了一条冷冻比目鱼。不过，通常情况下，我们这一片儿还是很安全的。

我刚进警校一个星期，两个负责凶杀案的探员走进教室，把我喊了出去。最开始，我以为自己碰上了什么麻烦，就像我上高中的时候，校长一度总是来教室找我，让我去他的办公室“谈话”。不过，我没有碰到什么麻烦，我听着那两个探员开始很详尽地给我讲述一起案子。一个年轻的姑娘和她的叔叔一同驾车，女孩儿称她的叔叔把车开到了一个购物广场后面，就下了车，然后让她等着，他有事儿。叔叔却消失在林子里。二十分钟过去了，叔叔还没有回来，女孩儿走进林子，去找叔叔。远远地，她看到叔叔正跪着大哭，在一堆松散的地面上祈祷。女孩儿被吓住了，跑回到了车上等叔叔。当最后回到家的时候，她把发生的事情告诉了父母，然后，他们报了警。不知出于何种原因，这两位负责凶杀案的探员担心那个叔叔当时是在坟墓上祈祷。得知部门聘请了一位具有公墓和墓穴挖掘经验的考古学家，于是他们就把我喊了出来。我举目四顾，很明显，犯罪现场的家伙在过去的两个小时里一直在挖动原状土壤。

在内心里我是一个考古学家，但最让我激动不已的犯罪现场却是涉及使用铁铲和泥铲的现场。我的希望是，如果他们杀害了一个人，至少要把他掩埋起来。我可不希望有人死亡，但是我真的是喜欢去动用部门应我之邀而购买来的挖掘装备。此装备里有两个分离筛。这些精巧的设计由两个腿儿支撑着，分离筛槽周围有把手。抓住那几个把手，来回用力摇动或摇晃分离筛，泥土就会从网眼儿落下，可能的证据就会显露出来。主分离筛的网眼有四分之一英寸大小，还有一个八分之一英寸大小的网眼嵌件，用于找到哪怕是最细小的毛发、纤维和抛射碎片。

此设备还包括泥铲。这些泥铲可不是普通意义上的泥铲，它们是马绍尔品牌的。出现在挖掘现场，手里拿的不是马绍尔品牌或是布拉特品牌的泥铲的考古学家，很可能会发现他/她的挖掘单元地处沼泽深处，而且还充斥着西尼罗河的毒蚊子。不过，比这更糟糕的是，现身在第一个挖掘现场，身上却没有配带这两种品牌的泥铲，而是带着一个有曲头的大个园艺泥铲。这让我想起了当年母亲带着羽毛球拍儿送我去网球集训营的时光。她说，没有关系的，差不多都一样。她还说，如果我的宠物青蛙饿得不行了的话，它就用胡萝卜和莴笋喂它。最后，羽毛球拍儿折了，青蛙也死了。

没有管形抽样螺旋钻和探头的挖掘设备不是完整的设备。螺旋钻和探头这两个工具用于测定地下土壤的物理干扰（好像有人挖了洞、掩埋了尸体，然后再重新填上土。）螺旋钻为检测土壤提供可视化方法，而探头可以用来监控土壤的密度。使用这些工具的理论即：土壤会自然地形成一种排列的夹层。暗黑的高有机土层通常为最上面的区域。它的下面是颜色较浅，似橙色的密集的下层土。紧挨着下层土的是更往下的沙砾，最后便是基岩了。一个嫌犯挖掘土壤，掩埋尸体的时候，便会把大自然仔细设计的土壤地层和那些土层搞得一团糟，在重新填土的时候，特别是那层较浅的黑色表层土和下面的底土就会掺和或混合到一起。螺旋钻被用来移除一塞子的土壤，这是为了检测，看看黑色的表层土是否跑到了底土之上，或是说，看看它们是否混到了一起。如果出现了前一种情况，那么就需要抓起马绍尔牌儿泥铲，进一步调查了。如果出现的是后一种情况，就需要大量挖掘了。

前一种挖掘不仅会破坏土壤层，还会永久性地改变土壤压实的程度。被翻动，又重新填满的土壤，将永远、永远、永远都不会恢复到其周围没有被翻动过土壤所具有的密度。探头，是一个不锈钢管，身长大概有四英尺半，是测量土壤密度时所使用的工具。焊接在中心管顶端的垂直钢筋是把手，位于中心管底部的小球体，用于防止对可能存于地面之下的东西造成重大损害。每隔一段时间，就把探头往地里面压进一下，操作探头的人会感觉到未被翻动的土壤所给予的阻力程度。

我很自豪地说，我用探头挖出的尸体，多到我都数不清了。我希望，频繁使用探头并不代表我的工作没有什么难度可言。有一个特别的例子可以说明这一点。有一次邻近的辖区呼叫我，要我出动。调查员说，一个女子失踪，可能是一个不正当行为的受害人，她很可能会被埋在几英亩大的一个小墓穴里，因为这块儿地中有一间废弃了的屋子。我手里拿着探头赶到现场，开始工作。我用好几个钟头检测那里的土壤，标记出“可疑”区域。之后，又用铁铲对这些区域进行调查。尽管没能发现有那个失踪女子的迹象，但是，却找到了这家住宅宠物公墓以前的居住者。在我作为一个研究小组成员去克罗地亚旅游的时候，探头也派上了用场。我们的旅程是护照局、国家自然历史博物馆和克罗地亚艺术与科学学院发起安排的。此次行程的目的是通过对鉴定、发掘并分析人类遗骸中所使用的技术、器械和方法进行指导和说明以促进克罗地亚法医人类学的发展。我们搜查并随后进行检验的人体遗骸，是在 1991 年开始的巴尔干冲突中遇害人的遗体，这些遗体被掩埋在集体墓地中。尽管证人证言提供了很强的指示器，指明这些墓地的所在地，我们这一组人，还是留意了表面的塌陷、暴露的底土和秘密埋葬地符合的植被反常现象，并对看起来很可疑的地方，使用探头进行了更进一步的调查。在任何情况下，我们都能够记录土壤的压实差异，这样我们不仅能够确定墓地，还可以确定横向边界。

我发现，植被或许是可能掩埋有尸体的场地最为明显的标志，通常也是最容易被忽略的标志。与周边区域的植被相比，长势迅猛、长势缓慢，或是没有植被生长，或者生长有外来植被，通常都暗示了地面之下发生的事情。海拔航空测量这些变化尤为明显。众所周知，埋葬行为发生得相当频繁——每几天就发生一次，在这种情况下，埋葬场的标志就是，没有或是鲜有新的植物生长。掩埋场周围的植被会因为踩踏、使用油布防止留有挖掘的泥土以及在挖掘过程中，堆积后面的泥土，而受到破坏或是碾压。在地表上，可能还会有松散的泥土，和附近的植被混合到了一起。

还能用植物来确定老坟墓的位置。在这种情况下，调查人员就要留意与周边地区不同的植被生长。假设一具尸体被安置在一个浅坟里，或是在埋葬之前被包裹在能渗透的东西，比如床单或是毛毯之中，那么，腐化尸体的液体便具有“神奇的助长”效果，通常会致使植被的高度和密度增加。相比之下，如果尸体包裹在不渗透的东西里面，比如浴帘或垃圾袋儿，或是尸体被放置在容器，如冷却器中，然后进行掩埋，从腐烂尸体中流出的养分不会渗出为上面的植被供应营养。从而，坟墓之上的植物实际上可能会比附近区域的植物矮小，特别是植被的根部生长受到了包裹尸体不渗透及无法击穿表面的抑制。我努力要强调的一点是，调查员不一定要去留意植物迅猛生长或是生长减弱的现象——他们要留意的是，植被这样的生长现象：相对于周边植被的生长迥然有异。

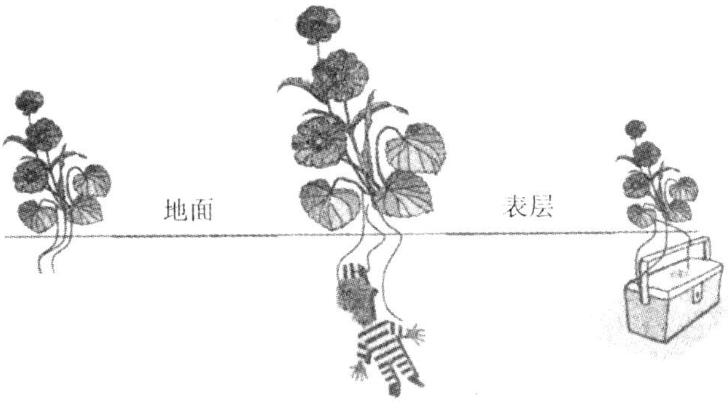

正常的植被生长　在腐烂尸体养分的供养下迅猛生长的植被生长　根部受到阻碍而致使植物生长受阻的植被生长

两件特殊的事件让我对植被指数有了新的兴趣。几年前，我在一个县级公园和规划部门担任考古技术员，我陪同上司去森林中的一个地方，在那里，调查小组得到了可能的人类遗骸。在我们疲惫地穿过荆棘，接近那些骨头的地点时，我的上司指着一丛丝兰植物说他确定那附近有个历史时代的公墓。我们走到森林的正中间，那恰巧处于延巴克图中间，因此，任何观赏性植物无疑都是不协调的，但是，那次是我第一次听说丝兰属植物与历史遗迹埋藏地有关联。在确定了那些骨头不是人类的骨头之后，我们决定再到处走走。没几分钟时间，我们便找出了两个已经变质了的小墓石，这两块墓石来自先前没有被记载历史时期的家族公墓，它离那丛丝兰植物大概有十五英尺远。就连克里奥[1]女士都没有预测得如此精准。

在另一个事件中，一个年轻的女孩被杀死，警察得到消息，说她被埋在了远离公路的一个树林里。搜查队伍和寻尸犬彻底搜查了好几个星期，结果也没有找到尸体。最后，一位探员接到了埋尸地点的补充信息，然后便返回现场进行初步的挖掘和埋尸定位工作。当我赶到现场发掘时，植被线索的重要性尽显无遗。时值四月，森林地表还相当缺乏植被，然而，你完全可以通过生长在上面苍翠繁茂、绿油油的厚垫子似的野草勾勒出墓地的轮廓来。我当即确信墓地就在那里。

毫无疑问，精致的遥感设备，包括探地雷达、磁强计以及阻抗仪，还有航空摄影法和彩色红外摄影在内，在搜索埋尸地点方面都有着实用价值。但是有时候，从不太复杂的调查方法着手，看看它能往哪里引导你，会更简便。这是奥卡姆剃刀原理，如果你有两个类似的解决方案，选择最简单的。需要最少假设的解释最有可能是正确的——的附带利益。

我和鲍勃在许多考古现场一起工作过，但是只有一次两人一起进行过墓地发掘工作。一天下午，鲍勃接到一个电话，建筑工人在挖沟渠时，一不小心碰到了一个没有标记历史时期的公墓。那些墓地所在地正被规划为拟建工程的过程当中，在警察、医护人员以及州检察官确定那些公墓在性质上不属于法庭来解决的墓地之后，获得相关发掘许可。鲍勃拿到合约并受理此事。我同意帮鲍勃去挖棺

---

① 克里奥：20 世纪 90 年代到本世纪初，电话算命兴起时美国电视中出现的算命人物。

木的残余物，对里面的骨骼进行分析。对其研究后表明，是附近救济院的管理人员在这个地点埋葬的这些残骸。该救济院从1771年建立直到1965年才关闭。

我们结束犯罪实验室的工作时，我和艾普丽尔，就是其老妈来自新泽西州的同事，前往那个墓地去帮鲍勃，三个人一起发掘那些受到建筑威胁的墓地。接着，十六具几近完整的尸骨被运回到我的房子，用以进行骨骼分析。此时此刻，我已经接受了许多年的体质人类学培训，想到要对那些骨骼进行检测，我就兴奋不已。

困难差不多当即就产生。所有的骨头上都覆盖着沙子，在进行分析工作之前，需要清理掉这些沙子。但挖掘天气恶劣，这些骨头很湿潮，为防止发霉，必须风干。有一天碰巧天气很温暖、很明媚，我在两个案子的间隙抽身开车溜回家里，把装有那些人类残骸的啤酒箱搬到了外面，这样就可以风干了。我的目的就只是让它们透透气，可是好事一做不可收拾，很快，我便拿出了画笔去清理那些骨头。考虑到一个人的体内一共有206块儿骨头，而我这里有16个人，粗略计算共有3296块儿脏骨头要清理，512颗脏牙齿要用刷子刷。我很高兴拥有拔得头筹的机会。

时间过得飞快，不久，我身边就围满了成堆的沙子和骨头。正在那时，我听到了嘶嘶的声音。起初，我不知道那是什么，也没太在意它。但是接着，那种声音越来越大，还伴随着一声噼啪的声音。我当时正坐在露天平台上，于是站起身来，用刷子掸掸膝盖上的沙子，然后四下里看了看。当看到邻居家院子里发生的事情时，我惊呆了。我们后面的人家没有露台或是露天平台，所以呢，他们就把烧烤架支在了屋后一个小凹室的车道里。我惊恐地看到，一条十英尺的火舌正从烤架丙烷气罐处喷射而出，烧到了他们的房子。后门已是一片火海，我面前的铝墙板像蜡烛一样在融化。顶棚马上就要跟着遭殃了。

需要打911报警，我去按无线电麦克风，但是，就在我往下按按钮的时候，我停了下来。该死，我不能用无线电报警，不然，他们就会知道我没在单位了。我跑进房间，用座机拨打911报警。把失火的相关情况报给派遣员之后，箭步回到外面的尸骨旁。那边的火势更加凶猛了。我开始疯狂地把那些骨头往盒子里装。我知道，消防部门几分钟之内就会赶到，警察也会赶过来。我最不想看到的就是，警察看到在我的露台的啤酒箱里面，躺着16个死人。我也不想他们看到我。我火急火燎地从院子往车库来回地跑着，努力地把每一具骸骨都收起来，但是，我却听到警笛的声音越来越近了。我回头看向身后的大火，这时，大火即将要烧到邻居家院子里的一棵大橡树了。我的目光顺着那些树枝看去，它们和我家院子的一棵树的树枝纠结在一起，而我家的那棵树的枝杈正悬在我家屋顶上。该死！这时，我担心邻居家的树会把我家的树给引燃，反回来，就会引燃我家的房子，然后，消防部门就会发现这十六具尸骨，他们会认为这些人是被活活烧死的。我看了看我的敞篷车，想着，是否可以在警察赶到之前把3296块儿骨头和512颗牙齿装进车里。但是，来不及了。正当我打开车库大门的时候，一辆警车沿着街道飞驰而下。是戈尔曼，那个在“幸运轮盘”现场的警员。我看到他的头正转向那辆白色大敞篷车（车上写着“法务服务”）。他大概很想知道，为什么犯罪实验室也在附近。几分钟之后，戈尔曼往我的车道走来，走进了我的车库：“戴娜？”

我有点不知所措。“哦，嗨。”我用眼角偷偷看了看他，努力确保没有头盖骨从箱子里凸出来，或是松散的牙齿落到地上。“你怎么在这儿呢？”

他看着我，好像我长了六个脑袋一样。“哦，火灾啊，你知道啊，你家后院失火了。”我看了看那好几辆消防卡车和消防员，他们正往街上拖曳大水管。“哦，这个啊，我想我刚才听到警笛声了。”

警笛的声音很刺耳，我刚才那样说听起来都傻死了。戈尔曼或许知道我就是那个打进电话报警的人了，因为我的名字和电话号码将会作为诉求人而显示在移动式数据终端上面。

他环顾了一下我的车库："这么说，你在这里有案子？"

我不想让他知道我在工作期间往家里跑。"嗯，哦，没有，我家就在这边。"我希望他不要问起灌木丛里插着的那些旗子。他身后正好有一个旗子，上面写着"松鼠"。他的眼睛盯着我的裤子看着。我低下头，心想，是不是我的拉链开了，我看到我身上还有沙子。我紧张地把沙子掸了下去。"我路过这里，顺便去趟洗手间。"

戈尔曼好像被逗乐的样子。"在车库方便？"我开始往外走："嗯，我就是想打个招呼。"媒体可能会到场。我现在想，戈尔曼那时候欲言又止："所以……下次的现场见吧。"他走着回到了邻居的房子那边。

那一次是我第一次最先感知，我车库的16具死尸会招致很多麻烦。在接下来的日子里，我完成了骨骼分析工作，不久，接到项目负责人的电话，对方想把那些残骸收回进行重新埋葬。鲍勃告诉我说，地方社区知道了发行公墓的事情，正计划着一场正式的落土仪式。媒体可能会到场。

我对此很关注："你可知道那些骨头在啤酒箱里装着吗？当我出现在晚间新闻上时，新闻里同时还播放着墓地里堆积的圣泡利女士啤酒和巴德啤酒箱看上去又会是什么样呢？"

鲍勃笑了笑："对，有道理。我忘了这回事儿了。"那些骸骨之所以被放进了啤酒箱里，因为我们在挖掘现场时，手头已经没有耐久品质的霍林格箱了。在走投无路之际，我走到现场对面的酒店，要了一些箱子。"嗯，你能用好看点的什么东西来装那些骨头吗？"

我没预算过什么奢华的东西："我可以再弄点霍林格箱子来。"

"我打几个电话，过会儿给你打过来。"鲍勃打算尽量攒点多余的钱呢。

我在等他回电话的时候，上网搜索，浏览上面的棺材了。上面有不锈钢棺材、军用棺材、木质棺材、青铜棺材和红铜棺材，价格在600美元到7000美元之间。有些棺材是僧侣制作的，另一些产自中国，有些则为我所在的城镇生产。可选设置包括丝绸衬垫、垫圈、标牌、防水剂，以及刻印在棺材外部表面的主题。棺材的盖顶上面写着大大的红色大写字“查无此人——限时专送”。我把那个网页放入了收藏夹，我希望自己将来进行火化，但是我还是想要那个棺材。

大概一个小时过后，鲍勃给我回了电话：“不错，我给你筹集了1200美元，买棺材钱。”

“嗯，我有些坏消息要跟你说。”我清了清嗓子，在和他明说之前，我做了个深呼吸：“看起来，1200美元可以给我们买到两个价格便宜的棺材，还得说我们走运的话。”

他在电话那头听起来倒是没有很意外的样子。我能听得到他的大脑在飞速地转着：“能不能把所有的都挤在这两个棺材里面呢？”

我想了一会儿。“或许吧。”我不知道他是不是在开玩笑。“你觉得当地社区的人会对此表示不赞成吗？还有，那些死者又会怎么样呢？——和一群陌生人共用一个板条箱，他们可能会不开心哦。”

鲍勃叹气道：“哦，他们要么就和平相处，共用一个，要么就躺在啤酒箱子里入土。你来打几个电话怎么样？试试看1200块钱能买到什么。”

我打开电话簿黄页，翻到葬礼服务板块，开始打电话。我是计划着多问些价位的，但是没有多大必要了。我打一个电话就能把事情搞定了。接电话的女人，声音听起来很年轻，就她所从事的工作而言，她有些过于活泼了。“摩尔兰德殡仪馆，需要什么帮忙吗？”她听起来好像准备着要下一份披萨的订单一样。

我学着她那种活泼的山谷女郎的声音说：“你好！请——帮我订

一份棺材。”

我的话让她有些措手不及。她沉默了一会儿。“哦，好的，女士。”我听到她那边在找着钢笔：“您要不要进我们的展厅看一看?”

“不。”

“不?”她似乎感到很惊讶。

“不，我就是想买个棺材。我不介意它的样子如何。”

她犹豫了一下。“哦，那好吧，我记一下您的名字和电话号码，然后让负责人给您回个电话怎么样?”她的声音太甜美了，让人反感，听着像是一个彻头彻尾的傻帽。“你可以和他讨论一下相应的安排。”她说每一句话，都将最后一个字的语调抬得比其他字的语调要高。或许她长着一头金发，一对儿假乳房，我敢肯定，在和我通话的时候，她肯定在修着她那涂了丙烯酸的指甲，然后欣赏着自己那假里假气的褐色皮肤。

她这样一来，好像我在询问汽车的价格一样。“我不需要什么安排。我就是需要买一口棺材而已，也可能是两口。”

我让她有些迷惑不解了，真是有趣。“你不只是要买一口棺材?”

我紧跟节奏：“的确如此。实际上，我需要十六口，不过呢，或许钱太多了，所以，一两口就可以了。你们那里最便宜的是哪种呢?”

“女士，嗯，您什么时候方便，亲自过来，见见我们的负责人，和他聊聊您的要求，这样最好不过了。”我听得出她在嚼口香糖。

我尽力控制自己的情绪：“嗯，我真的不需要进你们的展厅。我真的没有什么特定的要求，我不介意它的样子。我所关心的就是这个事实，我只有1200大钞，我只想知道，这些钱买一两口棺材是否够用。”我用手盖住听筒，这样她就听不到我在大笑了。

她在努力让自己的声音更甜美，但是，很明显，没有在接电话院校学习过如何应付我这样的消费者。她就想把我推给其他的人。

“好的，女士，这就是您需要进我们展厅的原因哦，我们的负责人会给您说说我们的服务，您会超出预算的。”

“服务？”我豪不留情。“我不需要什么服务！我就要口棺材！”

她努力转换话题：“女士，是你身边深爱的人需要我们这里的服务吗？”

“别再叫我女士了。没有，他们不是要你们的服务。”我说话的语气听起来，就好像刚才听了一个最愚蠢的问题。“而且，不是我深爱的人，是我根本不认识的人。如果你想要我如实告诉你的话，我要告诉你，是16个完全陌生的人。”

她一下子不知道说什么了，用了一分钟才恢复过来。“哦，比如——”我就知道，她在准备着问什么问题，我已经想到了。“现在，这十六个陌生人在哪里啊？”

我的声音越来越大：“他们在我车库的啤酒箱子里。”

现在，她认为我打电话是恶意捣乱的。“女士，不好意思，我们无法帮您。”

在那边挂掉我的电话前，我赶紧说道：“听我说，我没开玩笑。我想用1200美元买棺材，能买多少就买多少。”

现在，她在学我说话的语气了：“给您装在车库啤酒箱的十六个人买棺材，对吗？”

“没错。”

“那么，这些人，不是假人了？”

这叫什么问题嘛。“他们当然是真人了，是真实的死人。”我的嘴巴笑得有些疼了。

“那么，他们怎么跑到您的车库里了呢？”

“因为车库是我把他们从墓里挖出来之后存放的地方，现在呢，我得把他们放回去。”

这句话可能把她给吓懵了，因为我这边的电话一下子就没动静了。我擦去眼角的泪水，真希望当时录下了这段对话。几秒钟后，一个和蔼的男士拿起了话筒："您好，女士，我听说您很想买一些棺材，对吗？"

"是的。"我尽力让自己很严肃。"我需要买许多，能买多少就买多少，不过，我手头有些紧。"

他的声音听起来充满了怀疑："哦，我们的接待人员说，您不需要其他服务了？"他在尽力要我把对那个山谷女郎说的话和他再说一遍。她可能也带着脐环，还有个好莱坞的名字，比如苏瑞或是希洛。

"不需要。我就要几口棺材。"

我听得出来，他不太确定我是在开玩笑还是认真的。"哦，你可以来我们的展厅看看，然后我们讨论一下灵柩和价格——"他犹豫了一下说"不过，在我们预约之前，我需要问一问，这些灵柩是用来干什么的呢？"

我不想要灵柩，我要的是棺材。灵柩是葬礼上装饰用的矩形容器，而棺材的用途则很多。换句话说，棺材更便宜些。"不好意思，先生，你刚才问我灵柩用来干什么吗？"他没有应声。"我用来掩埋死人哦。"

那个男人也把我的电话给搁置一边了。几秒钟后，他又拿起了话筒。"我们的接待说，你和她说你的车库里有十六具尸体，说你是从墓地挖出来的，是真的吗？"

"先生，一点儿不假，千真万确。那么现在我需要做的就是把这些人装到一个大的棺材里面，把他们重新埋了。我在努力做些正确的事儿。"

他听上去被我的直言不讳给吓了一跳："女士，你从墓地挖死尸，你犯罪了。"他有些气恼。"我不打算帮你什么，我必须给当局打电话。拜托，你最起码告诉我这些人是从哪个墓地挖出来的吧？"

在他打电话前，我该把事情讲清楚了。我在想，殡仪馆是不是有来电显示呢。"先生，让我来解释一下吧。"

“请讲。”我想象着他将身体向后仰到椅子里，将双脚支到了桌子上面。

我用了大概20分钟作了解释后，又往县的考古学家和州律师那边打了个电话，证实我的诚实无欺，他才开始说正事儿了。他说服我要我买一个大棺材，这让我不由得想知道，他们是怎么处理超大块头的死者的，比如那个“前臀”男。我现在想，他们对那些超大块头的人会用特别的棺材。这便是我所需要的——“前臀”男棺材。

“听我说啊，”这时，他的整个态度已经发生了改变，他确信我不是什么连环杀手，或是什么怪人。“我的一个员工离你不远。今晚下班后，要他带一个我觉得够用的棺材去你那里怎么样？”

“棺材？”我很吃惊。“你要送一个棺材到我家？”

“我觉得我就给你省了到我这儿的好多路呢。”这家殡仪馆大约有30分钟的路程。“除非你觉得有问题，不方便。”

“有问题？”我大笑起来。“不管是谁，车库里有十六具死尸的话，那么在车道里再放个棺材就不该算是问题了。”更不用提灌木丛里的那些动物尸体了。

那天深夜，一辆货卡车停到了外面。车厢上有一个银棺材。街坊四邻看着我爬进卡车的后车厢里，检查棺材的尺寸，这个棺材太小了。

第二天晚上，运来了一个白色的棺材。同样，那个也不够大。

接下来的晚上，是一个褐色的大棺材。还是太小。这整个情形让我想起了拉里·拉普莱斯，就是这个人写的儿歌《变戏法》（*The Hokey Pokey*）。他卒于1996年，在他们试图把他的左脚往棺材里放时，麻烦就来了……

“问题在于那些头颅。”我在电话上解释道：“无法把十六个脑袋和剩下的骨头搁在一起。我不希望把他们压碎，否则，下半辈子，我脑子里就会有十六个鬼魂缠着我不放。”我也不想把那些头颅放在不同的棺材里，因为死去的人的头不应该和身子分离。

他肯定是已经想到我会打这个电话了。“我觉得一个棺材肯定不够用。我一直和我这边的人谈，我们会不惜代价为你制作一个。算我们捐赠的，这是在做好事。”

几天后，我和我的街坊邻居对放在我车道里面的那个巨大的淡蓝色棺材艳羡不已。那个棺材的边侧甚至还有抬棺人手持的把手和铰链盖呢。它是最美丽的棺材了。上面唯一不见的东西就是侧面上的“查无此人”印章。我打开那些啤酒箱，提醒大家走开，一边把那些骸骨安葬在棺材里面，希望这会是他们永远的安息之所。

人们都赶到了墓地，安葬仪式进行得很顺利。

一个棺材：免费。

十六个棺材：上千美元。

开车沿着I－95洲际高速路行驶，车顶行李架上吊着装了十六个人的淡蓝色巨大棺材：价值连城。

在带着死人到处旅游的时候，我学到了很多事情。第一，如果你把装有死人的三个盒子带上华盛顿地铁的时候，你一定要确保你在下地铁的时候这三个盒子一个也没有少。戴维森夫人的双腿多年没锻炼过了，所以，她决定脱离我的监护，在我国的首都转上一遭。那天，她在华盛顿的联合火车站现身。我还学习到，如果你在一片沼泽地刨死人的话，那你要在受到可能的淋浴之前，跳上飞机，否则，你或许会划着船丢掉小命。这有点儿像我和鲍勃在坐飞机回家之前跑进冰岛的温泉时的情形，我们当时没有意识到浑身散发着硫黄的恶臭。我们还纳闷，怎么飞回美国的那趟航班，几乎坐满了人，却没有人在我们旁边坐呢。我有好几个月都不吃水煮蛋。另外，告诉带着一副好奇神情的旁观者，掖在你腋下的盒子里装的是什么，也不是什么好主意，就是说，除非质问你的是机场的保安人员。

我曾经在犹他州与一组自然人类学家做过研究工作，但是家庭的责任又需要我比同事要早几天飞回去。我的上司问我，是否能把两个盒子带回华盛顿特区。这两个盒子里每个都装有三个头盖骨。有些头盖骨裂成了碎片，需要重新复原，而另一些需要进行测量、用X光检查。因为不想这些头盖骨丢失，或是由人工推动，所以，我决定把这些盒子作为我随行的行李带着。

和往常一样，我去得晚了，所以必须快速查看我的包，然后跑向安全终端，我双手抓着那几个盒子的姿势，就像四分卫抓球的样子。我瞥了一眼手表。飞机可能已经开始换登机牌了。我胡乱地把钱包和两个用捆扎带绑在一起的棕色长盒子扔到了传送带上面，传送带要用X光进行扫射，我一边穿过金属检测器，一边看着我的东西消失在安检机器里面。几秒钟过后，我的钱包再现出来，而我们的几个盒子却没有。实际上，整个传送器都停了。

我抬头去看检查X射线监视器的安保人员，他正做着很古怪的表情。他张着嘴，每次眯着眼睛的时候，他的上嘴唇都会蜷起来，露出他那口沾满烟的牙来。那个有着一口褐色牙齿的安保人员，和他的上司悄声地说着什么，然后，两个人都看向检测器，然后看看我，然后又看向检测器。他们又耳语了一番，然后把那个负责安检的人喊了过来。我又看了看手表，想着飞机在起飞前还会有多长时间就停止登机了。我就觉得他们的眼光要在我身上烧个洞一样。

我往安检传送带末端走近了一步，这样我就可以看一眼是什么东西让他们如此感兴趣了。接着，我就看到了六个睁大双眼的头盖骨正回视着他们。该死！我脑袋迅速地转着，一边尝试着放弃，或是尽量给个解释。我又怎么解释我随身的行李中的六个人头呢！

“小姐，”检查员一边将那些盒子传送进安检机里面，一边向我喊道：“这些是你的盒子吗？”

我很想给予否认，然后窜上飞机。“这个，”我看了一会儿那些盒子：“那些——嗯——”如果想要滑头的话，它们就不属于我，但是我必须得诚实。“没错，是我的。”我尽力打着哑谜：“怎么了，有什么问题吗？”

女人把我的盒子拿到了传送机的一端：“我需要你打开这些盒子。”她很不友好，她的裤子实在是太紧了。

“打开？”我看了眼我仔细加上去的捆扎带。“非要打开吗？里面的东西很容易碎的，这也是我为什么把它们用胶带缠成那样的原因。”她没理会我：“如果你不打开，就由我来告诉你里面是什么。”

一位警员来到桌旁，加入了她那边。肯定有人喊他过来的。他看着她解着胶带。我鼓起勇气说了出来：“里面是头盖骨。你还用打开看吗？”那个女人从她的兜里拽出了一卷胶带来，放在了桌子上面。她在用她的方式告诉我，等她做完她的工作，她会把我的盒子重新用胶带封上的。

那个警员身体连动都没动，直接将眼光从盒子上转到了我身上，他扬起眉头：“人的头盖骨吗？”

“对，是人的头盖骨。”他们的表现，就好像这是第一次有人将人的尸首装在随行的行李中一样。我努力开着玩笑道：“我以为携带这些头盖骨没什么问题呢，因为它们没有身体嘛，不会坐着，不会占用座位啊。”他们满不在乎地看了看我。“不用给它们买机票，或是换登机牌，对吧？”

他们没有理我。有些人就是欣赏不了我的幽默呢。

“我保证，它们不会在机舱里吃花生的，也不会喝东西的。”

穿着紧身裤子的女保安最后拿掉了盒盖，慢慢地剥掉乙烷泡沫，将手伸进了泡沫聚苯乙烯包装材料里，扯出了一个头盖骨说：“很好！我现在全都看到了。”她把那个头盖骨放回了盒子中，然后看着那个警员。两人都难以置信地摇着脑袋。

在那个女保安扯出又一个头盖骨和下颌骨的时候，一个身穿蓝色套装的生意人恰好走过。现今，穿蓝色制服配有个人助理的人是不习惯机场桌子上的人头的。那个生意人突然停下了脚步，看着我们。我把头扭向了一边，就好像那个女人正来回地挥动着我脏兮兮的内裤让大家看一样，我感觉很尴尬。

那个警员不想再看了。检查员把那些头盖骨放到一边，开始在上面重新打封条："这样，我需要看些文件，注明你可以带这些东西……这些人，我意思是这些头盖骨的文件。"

我思忖了片刻。我没有任何文件，我像个傻瓜一样，证件都装在了检查过了的包里面了："我什么都没有。"

警员用反对的眼神看了看我，责备道："得，你最好想出个好办法来。"

我举起双臂："如果我身上有东西，我会交给你的。"他瞪着我看。"我的飞机马上就起飞了。"此时，我有些恼火了。"我的那些盒子里，没有任何能够威胁到与我搭乘同一班机乘客的东西。我留电话号码给你，你在我回家的途中进行核实就不行吗?"我在求他了。"如果你发现什么不对的地方，你们在另一端的大门口就能堵到我，进行处理。"

他把我一下子拉到了一边："我怎么知道你没有杀害这些人，或者是盗墓来呢?"他认为有必要重新陈述一遍已经很明了的事情："你不可以把一堆人头放在机场的 X 光透视机里面，还想着没人过问。"他说得没错。

"听着，我是出来工作的，我们借来头盖骨，目的是用于研究。它们是考古学用的头盖骨，不是现代人的头盖骨。"我打断了拿着胶带封胶带的女人，再次打开盒子："你看看嘛!"我用手指着写在那些头盖骨上面的批号。"我向你发誓，它们都是博物馆的收藏品，如果我杀了这些人，我会把它们包在地毯里，放在后车厢里，然后带着去乡下，我是不会把它们带在随身行李里面，然后坐飞机的!"

大约十分钟之后，我终于获胜了，但是却错过了航班。我得知，稍后还会有一个航班，当飞机终于起飞的时候，我的小朋友们的脑袋又要进入云层了。

第九章 美好的终结

在犯罪实验室工作有些像是在脱衣舞夜总会工作，如果你太腼腆，这个工作就不适合你。在开始实习培训最初的几天里，我就放下了一些禁忌，或者说结束了我多年的治疗过程。其中有一个探员——我很快就偷偷学会了他的工作方法，在停尸房里，目睹解剖一个受害人的过程，这个人被假定为自杀。可是，我却忍不住往我身边轮床上躺着的男性死者勃起的地方看去。对于注视着死者两腿间这件事，我感到很惭愧，不知道耶稣是否也认为这是一种罪过，从而在我身上打下黑色印记。我不认为必须坐在忏悔室里，然后说："神啊，请原谅我的过错。但在我忏悔后的几个星期里，我还要盯着男性死者的阴茎看。"直到世界末日前我会一直称颂万福玛丽亚和天父的。

病理学医生看到了我正在偷看，然后他接着向我展示这个男人的阴茎植入物是如何工作的。他让我摸一下被植入到这个男人阴囊里的一个水泵，然后向我展示如何挤压它几次，使一些盐水从水泵的储液槽流入到一个柱状体里，为了使阴茎勃起的这个柱状体是通过外科手术植入到阴茎里的。相反，为了使它松弛，你要压缩水泵的抽气位置，它会把盐水从柱状体里抽回到阴囊的储液槽里。现在，我又得和神父说，我还抚摸了一个死去男人的阴囊。我是有罪的，如果神父透过忏悔室的帘子偷看到这些，我可能会罪加一等。

因此，也就是说，如果你想在犯罪试验室工作下去，你是绝对不能害羞的。而这便引入了另外一种通常不会被谈论的人体功能，而其残留物成了我经常要面对的事物。我不知道人们在谈起它时，为什么会脸红，毕竟，我们每个人都做。安吉丽娜·朱莉、卡梅隆·迪亚兹、乔治·W. 布什，甚至孔庆翔都要做。在你读到这里时，菲尔博士可能正在做呢，而且，我敢说，康多莉扎·赖斯每天至少要做一次。你知道我正在谈论什么：拉大便。

我就曾经看到过我以前的老板上厕所的情形。他是个我非常尊敬的男人，某种程度上我以为他这么高职务的人是不需要使用卫生间的。我至今还记得看到他坐在那里，穿着蓝格子衬衫，和一条脱到他脚踝处的牛仔裤。他两只手里拿着一卷卫生纸，这让我很惊讶，因为我以前以为大多数男人会把卫生纸折叠使用，而大多数女人会把卫生纸弄皱后使用。不管怎样，当我打开门的时候，他正目视前方。他看上去很平静。而我却不知所措，甚至连门都忘了关，我就在那里站着，瞪着眼睛。他不得不伸出手把门关上。在那之后的很多天里，我们都躲避着对方避免见面。

我不知道我们为什么对与厕所相关的事儿如此避讳。和我一起在犯罪实验室工作的一个小姑娘，每个周末都到她男朋友住处，她在他那里时，一直都憋着，不去厕所方便。她应该从来没有想过要在他男朋友的住处大便，虽然他们已经在一起好多年了。当他们去北卡罗莱那的纳格斯海德酒店时，我为她难过了一个星期。要么她有一个钢铁做的屁股，要么她得饿着自己。鲍勃的朋友曾经在他们旅行途经公路旁的一个宾馆租了个房间，只是为了拉大便，否则他就不能“集中精神”完成剩下的旅程。我现在的老板喜欢在马桶里放些卫生纸，为了避免液体飞溅出来；我最要好的朋友会在大便的中途冲厕所，为了避免马桶阻塞和气味；我爸爸过去经常在擦屁股前用卫生纸缠住他的手，他称这是他的“小手套”。我甚至还有个朋友，她从来都不坐在马桶上，即便是她自己专用的马桶也是如此。而我另一个朋友，从来都使用婴儿纸巾，为了避免擦不干净。

当谈到厕所隔间里的秘密时，女人们尤为奇怪。这里有一个全套的厕所规矩，我建议那些在日后想变性成女人的所有男人们应该学习学习这些规矩。女人天生就有些不成文的规矩，知道在浴室里哪些行为是可以做的，哪些是不合适做的，这些规矩就像工作场所的守则一样明确。所有的女人都知道，如果你走进一个厕所里，有人在最后也就是在离门口最远的那个隔间里，那么她就正在拉臭臭；而如果她在第一个也就是离门口最近的隔间里，那她便是在小便，很快就会起身让位。如果厕所其他隔间都空着，你就不应该使用隔壁有人的隔间；如果你这么做，那么隔壁的人首先会看你的鞋，然后用剩下的所有时间去猜测你到底是谁。从那时开始，你会被看作是一个“入侵者”。使用最后一个隔间的女人会很倒霉，也会有人盯着她的鞋子左看右看，一旦被认出来，你就会尽力把你所听到的和闻到的和她那张无辜的脸联想到一起。

我以前工作的地方，每个人上厕所前，都会从墙上的自动售货机买一个纸制的厕所坐垫。我也不例外，我可不想被人看成是“戴娜，就是那个上厕所不用纸制坐垫的女孩”。为免有人看到我的脚，我会面向马桶，在手纸沙沙作响大约五秒钟后，我把它扔到马桶里，然后再蹲下。我知道一片薄薄的小卫生纸片儿不能够保护我的那个部位，阻止下面潜在的什么生物对其造成伤害。

你能通过两腿间的距离远近，分辨一个人是坐着的还是蹲着的。坐着的人会将双腿并拢在马桶前，而蹲着的人会将两条腿分得很开。如果一个厕所没有保护性的马桶坐垫，那么，对于那些坐着如厕的人，就会有人看她们的鞋，然后大家在吃午餐时就会把她们当作谈资来大说特说。

我一直都很同情那些坐着如厕而放屁的人。你知道的，因为他们连试图咳嗽一声或是假装打喷嚏来掩饰的机会都没有，这样就完全变成了一种意外事件。肯定会有人去看她们的脚了。如果你是厕所里除她之外唯一的人，那就很尴尬了。就坐在或蹲在那里，静静地听你隔壁的人排泄是件很难熬的事。我觉得有时需要强迫自己说些话，像"哦，它们是狡猾的小恶魔，是吧!"或者像"你那边还好吗?"

接下来，当然就是洗手了。你一直会透过厕所隔间的门缝偷看谁正在进来、谁正在出去，你也会有点强迫性地看你旁边如厕的人在水槽旁停下来洗手。犯罪实验室里有个女人，她在小便后就从来不洗手，以至于每个人在圣诞节吃百乐午餐的时候，都避开她呈上的食物。在你急着上厕所而又想用最里面的隔间时，洗手或是摆弄假睫毛可以作为察看厕所里是否有人的小技巧。如果已经有人在里边，而你也不是非常急的话，你就可以假装洗手或是往下摘假睫毛，然后做几个虚假的表情，直到那双特别的鞋子通过过道从你身边走开。

要不是那个在如厕时特别在意厕所里的这些规矩的人，就没有什么事比被冤枉在厕所里做了不合规矩的事更糟糕的了——问题是，你没有做。这种事儿让你知道了你的爱犬肯定会有什么感受——每次当你因为闻到了什么味儿，都斥责它时。如果你是穿着制服的人，那么这种事儿变得可就更糟糕了。因为每个人都知道穿制服的人是不会大便，也不放屁的。所以我很确定，我不会为7－11便利店卫生间里大便的事件负责。

那家便利店遭到了抢劫，我刚刚处理完现场，正准备离开。但我想在赶往下一个任务之前，先用一下卫生间，因此我趁着警员和店员交谈的时候溜了进去。他们没有看到我往厕所那边走，因为他们正背对着我，计算着收银处到底丢了多少钱。这家便利店是我定期光顾的场所之一，我是这家便利店的常客，我会在这里喝咖啡，所以我知道这个店员会让我使用卫生间的，就像之前许多次一样。

腰上缠着一堆的设备应付大自然的招呼可不是件令人舒服的事。因为我的无线电固定在我腰带上的一个支架上，我首先要做的就是解开衣领上的麦克风；否则连接麦克风和无线电的线会妨碍我脱裤子。麦克风被放开后，我就可以没有障碍地脱下我的腰带了。但是，根据以往的经验，这一步非常关键。我绝对，一定不能让腰带自由脱落。有那么几次这么做后，我所有的仪器设备都掉到了马桶里。我因为脱裤子已经毁掉了两个寻呼机和一部手机。在我用两只手握住腰带的两端后，接下来我要解腰带、解扣子、拉开裤子的拉链，然后把它们和内裤脱到足够低的位置，以便我能够蹲下来。这几年，我都在设法加快这个过程。我把裤子脱到合适的位置，抓住腰带，直起身体开始小便。正在那时，我低头看到了我下面有一堆卫生纸。

呃！我向前跳着移动了一下，以免看着难受。我很纳闷为什么没早看到。我站在那儿，裤子通过腰带被提到膝盖附近，我看着抽水马桶，在考虑是否需要冲水的同时，用脚按下冲水按钮。

我开始听到了一声汩汩的声音，然后是另一声，再一声。我看了一眼。想都别想！这个抽水马桶试图吞掉便池里的一切，但好像它胃里没有足够的空间。拜托！我想我可以！我想我可以！它没有像我那么自信。拜托！我希望警员和店员没有听到我和这个宝座的对话。它再次汩汩做声，我能听到水在水槽里流淌的声音。我站在那里盯着便池，希望能用我的意念将那些卫生纸冲走。但恰恰相反，我看到水在升高，搅起了一股湍流，各种奇形怪状的粪便从便池底部浮起。不要！不要！我一边求它停下来，一边提起裤子。求你了！水还在升高。不要啊！水开始溢出马桶了，我站在那里，不知道是不是应该先让裤子掉到地上的脏东西上，以便腾出手来关闭流入水槽里的水；还是先提起裤子，系上腰带后再这么做。我向后移动了一下，看到卫生纸和粪便开始流到地板上了。我跳到了一个装牛奶木箱的盖子上。噢，上帝！噢，上帝！噢，不要！我穿上裤子，笨手笨脚地系上腰带，拉上拉链，事情发生得很快，我看着水、粪便和卫生纸开始流到卫生门的下面，然后流进后面的储藏室里。

我一穿好裤子，就在装奶的板条箱上摇晃，试图把箱子移到马桶附近，在那儿我就能伸手够到冲水按钮了。我设法把它关上，但在卫生间被毁掉前并没有成功。卫生间里到处是水，还有大量的碎卫生纸和棕色污浊的大便。我知道其中一些已经被冲到了门下面，现在可能正挨着思乐冰机呢。我祈祷警员和店员还在专心地讨论，我不想让他们知道是我把这儿搞得一团糟。

我整理了一下衬衫，重新系上了我的佩戴式麦克风，把耳朵贴在门上以确信我要逃出去的道路是否畅通。我发现警员和店员还待在原来的位置，像我离开时一样，背对着我。我抓过指纹工具箱，挥手道了声再见，就逃出了门。我觉得自己好像是个犯了重罪的逃逸者。

在那天深夜，我和同一个警员处理了另外一起案件。那个警员和我说，他在离开那家 7－11 便利店前，去了趟卫生间，但发现到处都是大便时，我强忍着不让自己笑出声来。他说他断定那个店员认为是他使马桶堵了、是他把卫生间弄得一团糟。这个警员对那件没做过的事感到羞愧，他和我说，他再也不会出现在那家店里了。我非常同情他。

令人遗憾的是，现在马桶的生产方式和过去的不太一样。如果今天的人们远比三十年前吃的多，我就不明白马桶的含水量和排水口变小的合理性在哪里。在我十岁的时候，我爸爸装了一个新马桶，他骄傲地说那个马桶就像游轮上的一样好用。我和克里斯都太清楚了，所以不会坐着冲水，除非我们想切腹自杀。

事实上，大多数人都饮食过量，到了感恩节的时候更是如此。

不幸的是，所有假日里可口的食物最终都要排泄掉。不过有时排泄这些令人喜欢的食物可能也会致命。一个可怜的人忍不住要释放掉腹内的火鸡肉汁。结果他把车开过了路肩，坠落到了碎石上，心脏病发作而死。我可不想这样被发现死在马路边，裤子脱到了脚踝处，而犯罪实验室的人则为我拍照，我的身旁则是一堆过量的假日美餐。

另外一些人的最后一餐就不会总是那么精心准备了，他们不用精美的瓷器或者是作为他们母亲结婚礼物的银器吃饭、也不用叠成天鹅状的亚麻餐巾纸擦嘴。一些人在生活中喜欢使用一些简单的东西。我曾经处理过一起自杀案件，受害者在厨房的柜子上留下了一个收据，那个收据显示，他大约在 911 接到枪击报案前的一个小时，去了一家杂货店。收据上面列着四样物品：花生酱、葡萄果冻、“奇异”面包和一加仑牛奶。在尸体前面的桌子上是一部分吃过的花生酱和果冻三明治，以及一杯牛奶。

1994 年，乔治亚太平洋公司进行过一项关于人们在卫生间里面的习惯和怪癖的调查，并且出版了一本“北部厕所机密报告”合集。根据这个调查，74%的受访者在上厕所的时候会阅读，47%的人会煲电话，23%的受访者会看电视（到底谁在厕所里安有电视呢），而11%的人会吃零食。还有一个人会在厕所里弹吉他，另外一个则是在里边思考，但没有人承认他或她曾在厕所里犯过罪。

乔治亚太平洋公司应该发一份调查问卷给我附近的一个家伙，他在如厕的时候犯下了盗窃罪。在三个星期里，这个家伙闯入了至少五间房子。我知道这是同一个人做的，不仅是因为这些入室盗窃案发生在同一片区域，而且是在每个案发现场都留有这个人的记号。这是他的名片，应该可以这么说。

MO（Modus Operandi）这个词是拉丁语，意思是“做事的方法”，是指一个罪犯实施犯罪的过程中必然会有的一些动作。例如，入室盗窃的特征，按照 MO 的说法应包括犯罪的性质、地点、时间、闯入的方法、必需的工具、特定的服装和准备盗取的财产，等等。但有时，犯罪嫌疑人会多做一些与犯罪无关的事情。他们的一些行为和达成他们盗窃、抢劫或任何其他犯罪的目的毫不相关。这就叫记号，这是犯罪嫌疑人自我表达的一种途径。

我在三个星期里，在以两个街区为半径的范围里，处理了五起入室抢劫案。我怀疑这些犯罪嫌疑人间是有关系的，他们留下的独特的记号证实了这一点。这个古怪的人把位于比较老的街区里的一个独栋的房子作为了目标，那里离我的住处不远。这个住宅区里所有的房子看起来都是一样的，比如都有一个密闭的前门廊；唯一能区别出来它们的是每个房子外墙的颜色和草坪的装饰。因为是七月，每个人都挂些美国国旗在院子前面随风摆动。这是窃贼喜欢的第一件事。

犯罪嫌疑人手里拿着旗子，爬上门廊的台阶，通过没锁的外门进入。当他（我说“他”是因为认为女人们不会做这样的事）拿出螺丝刀撬开房子的正门时，旗子会被放到一个新的位置；通常会横在门廊的窗子上，或者是盖在几张椅子上。一进入室内，他会直接到主卧室里，打开衣橱，疯狂地寻找一个鞋盒。一旦找到后，他就把它扔到地上，然后通过最短的路径回到门廊，用只够拿走一个抹布或海绵的时间在厨房稍作停留。

如同爱国主义者一样，他蹲到旗子的旁边，像其他优秀的美国盗贼一样：他在鞋盒里大便。抹布或海绵被当作手纸使用后扔进了盒子里，然后盖上盖子。为了让屋子的主人能容易发现，盒子被放到正门旁的门廊上。房子里没有任何东西丢失。

鞋盒马桶好像是他犯罪过程中有计划的一步，而对于另外一些人来说，可能只是刚好大便来得不是时候而已。我处理过一些大便盗贼，在许多卫生间里看过盗贼留下各种形状和尺寸的，或漂浮或沉淀的粪便。对于许多犯罪人，这种事情可能是由于犯罪过程中肾上腺素分泌上升，而引起的一种生理反应。在某个案发现场，我们实际上能跟踪到窃贼行走的路线，因为他留下了一些小块儿的粪便和手纸在受害人的后院里，同样留在了四个其他邻居的院子里。我能想象出他可能尽力一只手拿着电视，另一只手提着裤子上的腰带，在飞快逃离这个住宅区的同时，不断地扔掉一些大便。我以前一直认为只有狗才能一边走路一边大便呢。

有时，盗贼留下一些东西，不是因为不得已这样做，而是想这样做。非法闯入已经是很糟糕的行为了，更加令人气愤的是，盗贼在客厅的地板中间留下了一堆大便。通常，当犯罪嫌疑人认识受害者，但却不喜欢他们时，会发生这样的事。

我第一次看到这样的事，是在我刚结束实习培训后的几个星期里。犯罪现场位于县里治安最差的社区里，一个公寓的二楼。在爬水泥楼梯的时候，我闻到了从附近房间里散发出来的大麻味道。我没有在意，因为这可以掩盖掉楼梯间内的尿臭味。我尽力不去看散落在地上的垃圾和那些死于天伯伦牌和飞人乔丹牌运动鞋下的蟑螂。我先花了几分钟赞叹了一下一些人的艺术天分，他们用喷漆把作品直接涂画在墙壁上，我很想知道阿基拉是谁。她看起来很受男孩子们欢迎。

我来到房子的二楼，很明显这里就是盗贼光顾的地方。门牌为2C的房间的门不见了；实际上，它的门正平躺在客厅的地板上。一个挺着啤酒肚、身上穿了件退了色的黑色林纳德·斯金纳德音乐会T恤衫的男人，在那儿转悠着，他一定是听到我上楼的脚步声了。他用手里的铁管和我打了下招呼。看上去他的情绪不太好。

我站在门口，假装用手在那个不见了的门上轻敲了几下，同时说道："开门，开门。"这个带着啤酒肚，穿着旧衬衫的男人并没有觉得这样有多有趣。

"你他妈的来得太慢了。"他用铁管指着门说，"你要看看那些屎吗？"

我看了看躺在地上的门。门锁周围已经凹陷了，门框上有器具留下的痕迹。任何人都要用个大工具才能把它撞倒，比如一个撬棍。犯罪嫌疑人肯定会弄出许多噪音。我知道周围的邻居肯定会听到一些声音，但在这个区域，人们不会告诉警员听到的或是看到的任何事情。我不得不踩着这个门走到屋子里边。“那么，你知道他们是从哪里进入的吗？”

我的幽默没有得到欣赏。这个男人用一个像一对乳房形状的打火机点燃了一根不带过滤嘴的香烟。火苗从左边的乳头喷出。当他点燃并吸了一大口香烟后，把这对乳房扔到了咖啡桌上。“什么，你在开玩笑？”在他说话的同时，香烟在他嘴上不停地摇晃。“我等了两个小时不是要听你说俏皮话的。”我令他讨厌了。“我要告诉你的一件事就是，当我发现是哪个混蛋做的，就没有什么事情是好笑的了。”他用铁管拍了一下他的手掌。“你就等着看我会怎么修理他们吧。”他又吸了一口香烟，“看接下来谁是笑话。”

我换了一个话题。“他们进来后都做了什么？”

他示意我跟他到卧室。“我给你看看他们都做了什么。”我跟在他后面，与此同时，努力不去想那些有着像这个男人一样音乐爱好，迈着同样步子的女人。

他猛地一下把香烟从嘴里拿了出来，指着地板说：“这就是那群混蛋干的事。”他把铁管扔到了床上。“当我查出这些狗杂种是谁时，我会自己处理的。我不会求助法律的。那是肯定的。”

“好，不管你怎么做，请在凌晨四点前搞定，我可不想留下来加班。”他喜欢这个玩笑话，因为他笑了。

当我看到犯罪嫌疑人在他的地板上做了什么后，我想笑，但是我不想再惹恼他。在地毯铺就的地板中间有两条特别长的大便，呈橙棕色，已经固化了。其中一个原封未动，它的长度大到令人感到不舒服。而另外一个才是真正使我感到难受的。不知道出于什么原因，嫌犯竟然用手弄碎了大便，然后涂抹到了地毯上。我能分清在亮灰色的地毯上，哪些条纹是嫌犯用他肮脏的手指画出来的。

“好，还有呢?”我真的不知道该说些什么。通常，如果一个嫌犯留下了什么证据，多数会是一件夹克或一串钥匙。我们就会问房子的主人，是否他或她见过这些证据。但在这个案件里我认为，如果去问主人是否认识这些大便，就不太合适了。这并不是说大便不能识别。有一个叫大便变形器的东西，它有一个基本的模板，你大便在里面，它能让使用者把他们的大便造型成令人惊叹的设计，比如圣诞树、月亮、三叶草和姜饼人。它甚至可以放入洗碗机里清洗。但是，我面前卧室地板上的大便，就像用各种搅拌机搅拌过一样。“你还要带我看看他们做过别的什么事儿吗?”

“好，我带你去看。”这个男人走到了浴室，指着一瓶放在水槽旁洗手台上的洗发水。整个瓶子上全是大便。“他们在浴盆里用我的洗发水洗他们那该死的手。”他站在那里盯着我看。我感受到了责任，所以假装去检查那瓶子上的指纹。

“他们拿走什么东西了吗?”

他示意我跟他去厨房。“看这里。”他指着咖啡壶。“那些蠢货泡了一壶咖啡，然后把咖啡罐拿走了。那是一个全新的棕色咖啡罐。”

我们回到卧室，并肩站在一起，盯着那些大便。“那”——我尽量保持着很严肃的表情——“他们毁掉了这个门，泡了壶咖啡，在地毯上大便，用他们的手弄碎了大便，用洗发水洗手?”

这个男人只是点了点头。

“肯定是些非常浓烈的咖啡!”

在他杀掉我之前，我必须跑着要离开了。

在不恰当的时间，不得不面对自然的呼唤，不仅仅只是坏人能碰到。我也不例外。有一次，我在一拨儿犯罪实验室工作人员、考古学家和正在享受短暂休息的联邦调查员面前小便，被当场逮到。

我们当时正在调查林区里一些无名的墓穴，我没与其他人在一起，因为我在组内其他人几百步远的地方忙活着。在准备回到他们中间吃午饭的时候，我决定利用几分钟个人时间，解决掉那些嘉得乐，它使我的膀胱感觉像是一个快要爆炸的水球。我解开扣子、蹲了下来，开始小便的时候，我听到了咯咯的笑声。我还是蹲着，回头看了一眼，竟然发现了和我一起工作的人，他们正躺在地上午睡。因为这些灌木的根部没有叶子，于是我就出了名，被看成了统一教信徒。我母亲要是听说我改变了信仰，肯定会非常恼火。

另外一次是我在一辆克罗地亚的巴士上，我的膀胱一秒钟也不能再忍受了；当时，我们的行程计划是车子再开两个多小时才能停下。我在我工作裤正下方的地上发现了一个装花生的袋子，于是就来回地推动这个袋子，我尽量动作不太连贯地推着，但是，这样只会让巴士上其他的人觉得，这个古怪的美国佬，正忙着把她的双手放在裤子下面自娱自乐。我把那个玻璃纸包装袋儿装满，却只发现这时这个袋子卡到了我的裤子下面。我不搅动它的话，就拿不出来了。这很快便不是什么麻烦了，因为我很快便有了新发现，这个袋子上有个洞。接下来的详情细节我就不和你们说了吧。

犯罪实验室的厢式货车后面都没有玻璃，所以，如果我们因为一个要案而忙得不可开交，特别是在一个前不着村后不着店的地方时，许多女伴儿们就会往油漆罐里小便，而这些油漆罐本来是用于在纵火案中取证据使用的。我知道至少有两个男同事也这样干过。在上司对我们为什么这么快就把油漆罐检查完毕感到纳闷的时候，我们就都装聋作哑。

我工作最棘手的地方，或许就是应付最恶心也最难堪的情形了，面对完全陌生的人，板着脸孔做这些事儿。就拿放屁一事儿为例吧。它在许多方面都很像宗教。正如你不该强迫他人和你拥有一个信仰一样，你强迫他人去忍受从你那条小道儿传出来的气味儿，就千不该万不该了。我读高中的时候，我朋友的男朋友路过她家接她去看足球赛。在她男朋友漫不经心地拨弄着保险杠上的什么东西时，她一屁股坐进了车里，然后便放了个屁。也正是这时候，她发现车子后座上还坐着另外一对情侣。我的那个朋友当时觉得很难为情。不过，有些人则对这种事情毫不在乎。

你来说说看，站在某个人的客厅里，要他交代刚刚发生的犯罪细节时，却从他的屁股那边传出湿音的气泡声、嘟嘟声以及吱吱声，这时的问话又如何能够进行呢？这种味道闻起来就像是某个人爬上了这个人的屁股上，然后死在了那里一样。我找了三次借口离开那个房间，这样我就可以在重返房间开始新的一轮问话之前呼吸点儿新鲜空气了。我很努力地保持着严肃的神情，可是，在他弯腰从一个文件柜里往外拿什么东西的时候，一个最大声音的出来了，可以记录为里氏震级的大震动。就是它了！我问他是否需要我叫辆救护车过来。他看了看我问道：“叫救护车干什么？”这时，我傻了，于是我和他说我们得去外面谈，或者我要先出去一下再回来。我认为，我肯定能上《偷拍镜头》或是《吉米·肯尼迪的恶搞实验》了。

如果说一切美好的事物终会结束，那么，也没有必要总是用屁股来表示。我还看到过专属于我的那份呕吐物。有个人在超市买了两个卷心菜回来，接着就呕吐起来，然后死在了停车场。还有一个家伙，警员把他的儿子关了起来，他很伤心，于是就将玉米吐到了我的靴子上。人们会吐在浴缸里、厕所中，我们部门还发了特别的通风设备，以防止在操作心脏复苏术的时候，那些人会吐在我们的嘴里。我讨厌死呕吐物了，我真的是一点儿都不喜欢它。

我只看到过两次我们本部门的人作呕的情形。在一次犯罪现场，有个人被杀死，血流在大街上。消防部门，不管出于什么原因吧，决定往那些血上喷倒双氧水，就在那时，我的同事正准备去搜查那摊血，并从中寻找射弹或是子弹壳。那摊血已经开始凝结成块儿，并且因为加入了过氧化氢，开始起泡。在她在那摊起泡的血块儿里摸来摸去时，我真的不能看下去了。她往灌木里面跑了好几次。我也差不多要像她那样了。

另外一次，一个男人用一把步枪对着他自己的脑袋瓜儿开了一枪。在脑袋瓜儿上猛烈开枪，巨大的气体排放将脑子从头骨里掀出来的情况并不罕见。而且，脑子还会相对很完整地被掀出。在这起案件中，那个人的脑子就放在了自杀遗言上面。一个尚未结束实习培训的警员，被喊来帮我。我给了她任务，要她把那个脑子下面的绝命书拿出来。任务完成得不太顺利，她在俯身于那个台子上面时，非常小心谨慎，就像是喂食孩子的鸟妈妈，拿出后她就冲进了灌木里。

我递给她一根口香糖，还有我剩下的健怡可乐。她收下了口香糖和可乐，然后便在警车里坐了一段时间。那些在工作中感到不舒服的人，通常会觉得很丢脸，不过，在我们犯罪实验室，我们从来都不会取笑那些因为工作而感觉不舒服的人。在某种程度上，这也是一种暗示，它提醒我们，我们都是人，我们不得不去看的、去考虑的、去触摸的，都很真实却又不正确。人们在这般的状态下离开人世是不正确的，此外，不受到它的影响则更不正确。最后，那个警员在大约十五分钟后回来，然后因为感觉不舒服，向我道歉。我永远都不会忘记她的一声“不好意思”带给我的那种感受，特别像我一直都记得的那种感受，看着身穿红色条纹棉布套装的验尸员为脚上穿着白色的鞋子的女孩儿验尸时的感受。人们为什么要为自己正常的情绪反应道歉呢，我们这些人都是有问题的一拨儿人。

不过，既然我有问题，那么我就不妨充分地加以利用。我开始赶往另一个现场，去察看那个在看着“动物星球”频道，同时进行着自慰并吸食毒品“笑气”，然后死翘翘了的家伙。

第十章　笑死人不偿命

在电影《犯罪实验室》里面，没有谈论放臭屁的受害人。里面也没有这样的内容，即一个人与幻想的另一半儿交流，而且，也没有因为圆白菜而一命呜呼的案件。然而，事实就是比虚构来得离奇，正如我的一个朋友所说："你胡编是编不来的。"

犯罪实验室下班的时候，我们就会聚集在午餐餐桌旁，互相交换各自的经历，我们的故事一直都没有间断过！艾普丽尔讲述说，有一次，她在一个死去的家伙脸上找伤口，忽然她听到了这个死人的说话声给吓坏了，死人说："嗨，我是吉姆。我现在接不了电话。"艾普丽尔吓得快崩溃了，她转过身才发现原来是旁边桌子上的留言机。

还有一次，她只身一人和一个死人在一个地下室里。她四处走动的时候，踩到了一个木板上面，那个木板恰好在死者的胳膊下面。她险些也给丧命，因为他的胳膊突然向上抬起，就好像他正使劲儿地要抓她的脚后跟儿一样。

我也碰到过相同的事情。当时我正在给一个死去的女人的脸拍照。为了拍摄一处刮伤的地方，我的相机离她的脸只有几英寸，这时，她突然对我发出嘘声来。我就快尿裤子了，像离弦的箭一样离开了那个屋子。验尸员向我保证，说那只是气儿在下沉的声音，但是我却怎么都不相信，我让一个警员在我身边站着，一直到处理完现场为止。那些警员也时不时地觉得恐怖，我至今无法想象，有什么能比探员发现一具爬满蛆虫的尸体，到头来，那个人还真的是还活着更让人深感恐怖的事情。

黛比谈到了一个女人，她问黛比，在开关电灯时，是否看到了火花儿。黛比还描述了她处理过的一个现场，那个现场在一家当地饭店，一个死去老兄的尸体就在这个现场。很明显，死者当时正努力想从屋顶闯入，却被卡进了旁边的排油烟的通气口里面，在那儿窒息而死了。等他的尸体放松之后，他就像一把烫手的穿透黄油的匕首迅速地掉了进来。戴夫接手过一位兽医，那位兽医在银行的保险柜小室进行安乐死。丹尼斯在车水马龙的大街上，往车里探身够相机的时候，出了车祸。我现在也在想，当时那个汽车司机看什么呢。詹森则遇到过一个要他看她屁股里面的女人，因为她的屁股正在燃烧。凯蒂处理过这样的案子：那个仁兄在坦诚和狗发生性关系时，轻松自在。

一群小伙子正在表演一个同性恋色情片《双捧》（*Double Handful*）时，出了问题，发生了射击；一个小伙子的朋友们往他的内裤里塞满了冰块儿，然后他们把他扔下等死；盗窃受害人不让我在深夜两点靠近他的地方，因为这个时段对于一位正派女子而言，进进出出不太恰当，更别说在他的住所进进出出了。

当警员要我们去检查内裤寻找海员[①]时，我们都被逗得开心不已，我认为我有必要行个军礼，然后哼唱歌曲《海军队伍里的乡村人》。乔斯林的头滴落上过粪便；凯西的嘴里则进过化学药品；凯莉因为辣椒喷雾进过急救室；鲍勃身上招过虱子。某个人的身上还一定生过虫子，因为男卫生间里面漂浮着很多虫子。我们每一个人都出过车祸。

犯罪实验室里的所有平民调查员都有着不同的背景。有些人当过保安人员，一个曾经是国家运输安全委员会列车冲突检验员，一

① 海员：在英语里，海员“seamen”与精液“semen”的发音相同。

个曾经是堪萨斯州的警察，有几个是前十指指纹检查员，一个甚至还经营过附近的一家墨西哥连锁店塔克贝尔。而我们的共同点就是幽默。在这种领域工作，你就得具有幽默细胞。

有一个案件让我们每一个人都哭笑不得。一切都从警察接到一起家庭暴力案开始。事件中的男子因为吸食冰毒而沉沦，在和女友争执时，用力推搡其女友，使得她撞破了墙板，然后回落砸在了客厅的玻璃桌子上，桌子都被砸破了，那个女友倒是没有什么大碍，但那个疯子从天花板上反弹下来，被切成了马里拉奶酪。

那家伙看到警察后，感觉非常不爽，决定出手轮拳揍警察，而警察则毫不犹豫地向他喷洒辣椒喷雾剂。在终于把他制服拘留之后，我必须去医院拍摄他身上的伤口。首先是给部门收拾残局，因为我们对他使用了武力。

我把车停在了急诊室外面的地方，这里是给警察备用的停车处。我刚一撤出车辆，就听到了从治疗区那边传出来的让人毛骨悚然的各种尖叫声。我越走近，那些尖叫声也变得越大起来，我为那些需要缝针的孩子感到担心，还听到站在蓝色双层门外一个大人焦虑的哭号。

我被引到了急救室的一角，我以前从来没有来过这种场合。几个警员和护士和我打招呼。当看着护士们用水管往那个光着身子、铐着镣铐的嫌犯身上浇冷水的时候，我的第一个想法就是，我正在见证一种全新的审讯技术。护士们正在清洗嫌犯身上的辣椒喷雾，以便之后给他疗伤。很快，我就意识到了，当冰冷的水接触到他的皮肤，或是冲洗着他身上那些裂开的伤口时，他没有号叫；而当浸满了辣椒水的冷水冲到他的生殖器官时，他便哇哇尖叫起来。他是在玩火自焚。

不过，尖叫声和哭号声都不及呻吟所带来的恐怖程度深。一天深夜，在犯罪实验室我正往一个橱柜里面放证据时，听到什么东西在发出呻吟声，就好像它正处于极度痛苦之中一样。呃呃呃呃呃呃呃呃。把我吓得屁滚尿流！我转过身来，瞥见一个柜子里面的一个大垃圾袋儿。声音就是从那里传出来的。不过，我当然不会去察看它了。我疯狂地向门口跑去，可是脚底儿上的靴子挂到了地毯上，我直挺挺脸朝下摔倒在地。

其中一个探员正好在附近。他停下来，看向我这边。

“迈克!”我急忙爬起来。“那个袋子里有个人。”我示意他进房间里。“你听。”我们两人都伸着脖子静静地听着，但是没听到呻吟之声。迈克一边抓着胡子一边听着。他长得酷似明星山姆·艾里奥，有着一种出奇而又十分搞笑的幽默感。迈克到过越南，我很喜欢听他讲述越南女人是如何站着小便的故事。他会伸出大拇指和食指来，接着便解说越南女人是如何用大拇指按压住她们的尿道，然后尿液就会从她们的大拇指不停地往下流，流过她们的食指，她们便可以把尿液导流出去了。我对她们疏导尿液的方式有着惊人的精确理解。我很想知道，那些越南女人为什么就不能保持她们的手干爽些，蹲着小便呢。如果说有什么区别的话，我认为，类似她们的那种小便方式就是巧妙的社交游戏。

迈克不再听下去，他放弃了。“你疯了吧，我可是什么都没听到哦。”他朝他的信箱走去，去察看信箱，他的信箱简直就是他所有物品的存放处了，因为他桌子上的东西已经放不下了。我回头去看那个垃圾袋儿，此时那个垃圾袋儿又用呻吟声来对待我了——呃呃呃呃呃呃呃呃。

“迈克，它又开始了，过来啊——赶紧!”我情绪异常激动。他把他的邮件扔回了档案格里，然后摇着头用手捻着他的胡子茬，朝我这边走来。

“没开玩笑，快点啊!”我指向那个柜子。“那个袋子里有个活人或是活的东西。”我知道，这话听着有些荒诞，可是我才不管呢。“听着那里好像有个人快要死了。”

就在迈克靠近的时刻，呻吟声停了。“你究竟在说什么啊?”他又听了听寂静的声音。“我根本就没听到什么声音。”

我们两人都站在那里，望着房间的入口。“去看看袋子上的标签，看看它是哪类案子。”毫无疑问，我是不会过去检查的。迈克走了进去，我则站到门边上等着。

我指着袋子：“就是那个。”

迈克用他的万能钥匙去开那个柜子。“是罗伯今天早些时候经手的他杀死亡案子。”我对这个案子有些模模糊糊的记忆。吃午饭时，听到罗伯谈到过这个案子，他发着牢骚，因为死者死在了一家汽车旅馆。但其身份不明，所以，为了安全起见，罗伯不得不把他的所有物品都收集起来。“我想，罗伯应该知道怎么包装死尸吧。”迈克“砰”地关上了柜子的门，走向我这边，然后关了灯。

我站在了入口处，这样一来迈克就不能离开了。“就在这儿再等一会儿嘛！它还会呻吟的。”一片寂静。“叫啊，该死的，叫啊。”

迈克等了有几秒钟，然后他把我推向了一边，这样他离门口就近了。“我们走吧，你需要休息。”

就在门要关上的时候，我抓住了他：“你听，你听。”

呃呃呃呃呃呃呃呃。迈克扬起了眉毛，然后用手把灯打开，开玩笑似地将手放到了枪上面。

“看吧，我就说嘛。”

他再次打开柜子，把那个袋子递给我，笑了，说：“你如果觉得里面有尸首，你就得打开看看。”

我把袋子拿到处理室，进行尸首收集工作，就在这个时候我发现了里面是什么东西。我感觉到寻呼机在袋子里振动。很明显，寻呼机一直在倒靠着金属架，它每次振动发出警报的时候，都会发出呻吟的声音。我们每个人在好几个星期里都为这件事儿笑个不停。不过，那件事儿恰恰表明，你很熟悉的事物会在你的参考框架被削弱的时候，变得很陌生。

我们犯罪实验室的人员互相开过许许多多的玩笑，其中一个最能恶作剧的人是那个叫史蒂夫的家伙。他会用纸团做成假蜘蛛，附上一根线，然后把它粘到各扇门的上面。最经典的一次，就是他将一个纸蜘蛛藏在了犯罪实验室车库里一辆车的通风口处。当凯茜打开它的时候，那个纸蜘蛛从线上摇摇晃晃地垂了下来，那离她的脸只有几英寸远。凯茜为了躲避这只纸蜘蛛弄掉了她手上戴的所有假指甲。

在探员们被安排到犯罪实验室的时候，玩笑便一发不可收拾，有趣又很疯狂。一位仁兄将其中一辆车子的通风口塞满了辣椒喷雾剂，把吹送器调高，这样一来，在下一个人发动车子的时候，他/她就会被辣椒喷雾猛地喷到。那位中招的探员也进行了回敬，往通风口塞满了黑色的指纹粉；作为回报，有人更是奇招迭出：往通风口里面塞了无数个从打孔器上卸下来的纸圈；一个探员在炎炎夏日之下身处一个广阔的犯罪现场时，另外的一个探员悄悄溜到现场，没有提供帮助，反倒在他垃圾桶的套筒下面藏了一罐开了封的咸鱼。那罐咸鱼一连好几天都藏在套筒下面，直到有人发现了那股气味儿的真正来源。那次事件引发了一连串的攻击——“让我们来藏匿让人作呕的食物”，我甚至也被牵涉其中，我在我的桌子后面发现了一个塞在里面已经发了霉的金枪鱼三明治。

安妮生活在犯罪实验室里面，她常常会被发现藏在桌子下面、从档案柜上往外偷看、在过道的壁橱里打盹，或是在某个地方被绳索悬吊着。安妮是个与实际尺寸相同的人体模型，身上只穿着雨衣和靴子，她被多次谋杀而死。安妮看起来就像是一个头发凌乱，脸上鲜血淋漓的裸露狂，她经受过许多次整形手术，脸上有硅酮疤痕，头上嵌入过短柄斧。安妮深受大家的喜爱，她是犯罪实验室圣诞午宴的常客，在新生儿派对上，也能经常见到她的倩影。一些新员工进行培训的时候，要在树林里模仿谋杀现场，安妮便成为了受害人。可是，就连公众都对安妮的困境深表同情，一些人还拨打了911报警，称有一撮人正揪着一个赤身裸体、浑身带血、头上带着一把短柄斧的女子的头发，把她往树林里拖。

安妮的两只胳膊脱落，不见了。实际上，我就不曾记得安妮是否有过胳膊。她让我想起了县里的警用直升机，警用直升机看上去好像就从来没有门。那些门里面或许有安妮的胳膊，不过，自从我像水手那样咒骂那些不见了踪影的门以来（当时我在直升机里面进行航拍），我比谁都明白，不可以大发牢骚。因为当时我以为我就是在轻声地自言自语，没有人跟我讲过头盔里面装有声控的麦克风。

就是现在，想起来偷偷地往其中的一个调查员车里塞进安妮的时候，我还是会捧腹呢。当我跟在那辆车的后面，沿高速路下行，看着其他的开车人指着赤裸、只穿了件雨衣、没有双臂、身上满是鲜血、脑袋上嵌着一把短柄斧的安妮望向后车窗外时，我便异常地兴奋，开心得不得了。这种开心不已，只有在我们头上戴着发网、眼睛上戴着防护镜，脸上罩着严实的呼吸罩在高速路上开车到处转悠，引来人们注目之时才会达到顶峰。我们这么做就是为了好玩，我知道，这很幼稚，却趣味无穷。

犯罪实验室里面有一个与实际尺寸相同的人体模型，她所带给大家的快乐，不亚于带着身穿燕尾服、手里拿着百事可乐的雷·查尔斯和我们一起到处游走的情形所带给我们的快乐。

其中一个探员，名字也叫雷，他在做兼职的时候，会拎着与真人大小一样的纸板像，无论走到哪儿，都把纸板像带到哪儿。我们会在楼道里、停车场碰上雷·查尔斯和他的百事可乐，甚至有一次，我还看到过雷·查尔斯在女厕所偷窥呢。探员雷还会把雷·查尔斯往犯罪实验室里带，不过，雷·查尔斯被拒之门外了。

然而，有趣的事情还远远不止这些。基思，一个白班人员，被临时调到了夜班的岗位，基思因此闷闷不乐，试图妥善处理糟糕的情况。但我决定费尽心思地为他加入夜班行列而接风洗尘。当时是一个周五的夜晚，看似非常完美的时间，往他犯罪实验室的车子后面挂一块儿大牌子。我们犯罪实验室有成卷的牛皮纸，这些牛皮纸以往用来包装证据、保持工作台清洁。我在基思车子后面用胶带粘了一大块儿的牛皮纸，上面只写了三个字“我很酷”！

第二天一大早，基思一度威胁说要送我去西天，他坐在午餐餐桌旁，和我们说，他是几乎整夜开车走动，而对车子上贴着的那个牌子一无所知：从一起案子现场赶往另一起案子现场，在主街上的各所酒吧开来驶去，在洲际公路穿行，从河的上方驶过，开车穿过树林，但是对周围车辆中的人为什么减缓车速望着身着警服、开着犯罪实验室的车的他而大为不解。基思说，有的人对他按喇叭鸣喇叭，另一些人则对他翘起了大拇指，而有些人则指着他，大笑不已。直到他的班岗快过了一多半的时候，一个警员才不太情愿地和他说了那个牌子的事情。

我的报应十分惨烈，接下来的几个月里，我在我个人的车上发现了各种各样同类让人深感尴尬的标语。一场全面的战争便开始了。第二次机会来了，基思调回了白班的岗。他身上穿着他们部门发的上衣，他的上衣背面用超大的字母写着“犯罪实验室”几个字，我在“犯罪实验室”几个字的下面贴了一个字条，上面写着“不过，你可以喊我犯罪现场调查员先生哦”。那天下午基思重新回到午餐餐桌旁，和我们讲述他是如何地一整天四处走动，对人们都管他叫“犯罪现场调查员先生”而迷惑不解。若非信用社的一位热心人拍拍基思的肩膀，说：“犯罪现场调查员先生，嗯?”基思的后背上或许还粘着那个标语呢。那位热心人把那个标语从基思后背上取了下来，然后递给了基思。

有新人被招募进来的时候，在恶搞方面，我们也不会有一丝迟疑。毕竟，探员们是这样对待我们的。在进行实地训练的时候，我接听到一个电话，电话那头“派遣员”让我去处理一只失而复得的狗。于是，我便以他人之道还治他人之身，装作是受害人，假装操着一副口音，在附近给犯罪实验室打电话，我想知道犯罪实验室将在什么时候出现，来处理我那些袋熊长牙，提取潜指纹，因为那些长牙已经被可能的窃贼处理过了（美国根本就没有袋熊，而且袋熊压根就不长长牙的）。

还有一次，我操着浓浓的英式口音，乞求技术人员来我家，处理一下我的某个部位，提取潜在的证据，以便我能够得知刚刚和我发生性关系男子的名字。在其他的时间里，我还给犯罪实验室打过电话，声称最近被外星人给诱拐了，需要他们对我的身体进行扫描，以便查找异形物质。最最恶搞的电话，就是我打给犯罪实验室要求他们给出如下的详细信息：如何适当地破坏血液证据，如何将尸体分解成灰烬留下了我刚刚杀过人的印象。

我不应该这么疯地愚弄他人，因为许多时候，玩笑都开到了自己的身上。烘干橱柜大概算是犯罪实验室最最恶心的房间了。我们要在烘干室里晾干湿乎乎的证据，存储生了虫子的东西。烘干室里闻起来就像是血液、垃圾和奶酪混合在一起的味道，我特别讨厌进入这个橱柜里面，因为害怕会有什么东西滴落到我的脑袋上，或是流到我的脸上。在刚刚进入部门工作的时候，我们会把所提取到的湿漉漉的证据挂到新的吊架上面，这些吊架附着在晾衣绳上面，而晾衣绳的两端分别系在烘干室的两侧。问题是烘干室太狭小，你总会发现自己就像是走在头顶上面悬着黏稠滑腻东西之下的驼背人，又有谁会希望自己的脑袋瓜儿里有血块儿呢？另一个问题就是，尽管我们小心翼翼，在案件的空当还是有被交叉污染的可能。最终，晾衣绳被让位于独立的烘干小室，这样就可以把证据分开放置了。

有一天，我打开烘干小室的门，然后扫了一眼房间内部，看看有没有什么长翅膀的东西会飞到我的头发里面，对我造成威胁。我就像讨厌呕吐物一样厌恶各种虫子，我第一次遭遇车祸，就是因为一只蝗虫蜷到了头发里面，在车子还在行驶的时候就从上面跳了下去造成的。当我确保毫无危险的时候，硬着头皮跑了进去，把证据挂到上面。就是在这时，我看到了它——是我这辈子见过的最大的虫子，它让我想起了克劳丁·普利斯科地下室锁钉子上面的甲壳虫。克劳丁的父亲是位昆虫学家，身为孩子的我们都很喜欢去她家，看一看橱柜里那些被钉起来的甲壳虫，还有她那流产未能活下来的兄弟姊妹。克劳丁的父母把流产的胎儿保存到了一个玻璃罐头瓶里，四周摆满了鲜花儿。要记住：这种事情编是编不来的。

那只虫子足有大约两英寸半那么长，它的翼展有三英寸之长，周身黑绿相间，长着一双黄色的大眼睛，或许具有透视功能呢。在看到它的时候，我大声尖叫起来，在它往我身上排卵之前，我跑出了房间，随后抓起了陈列在办公室架子上多年的防腐喷雾往上喷，希望把它泡一泡，可是，它连萎缩都没有萎缩一下，我一次又一次往上面喷洒——让它浸入到了一团毒雾之中。但是，当毒雾消散的时候，那只虫子却还吊在那里，正用它那双圆亮的眼睛瞪着我。最后，我拿起了扫帚，狠狠地给了它一下。虫子从通风口处掉了下来，“砰”地一声落在了地上。我对着它就是一顿猛打，接着尽力用一个金属垃圾桶去碾碎它，但是它是个很难对付的家伙，就是碾不碎。最后，我已经疲惫不堪，放弃了，但还是要看一看我对这个东西的毁损程度。也就是在这个时候，我看到了这只虫子肚皮上的几个字——台湾制造。

我一向都喜欢多嘴、说错话，不过，最近脱口而出的话似乎成了午餐餐桌上很好的谈资。我的问题就是，心里想到什么就说什么，即便所说的都总是不太恰当。现在在开口说话之前，我都会尽力先想一想，但是，我的大脑似乎和嘴巴绑在了一起一样，在意识到之前，一些话已经从口中溜了出去。我曾经有一位叫曼迪的学生。在上课点名的时候，我叫了她，然后便不经大脑地说道，实际上我有一只狗也叫曼迪，然后便意识到了什么。我当时没有管住自己的嘴，接下来，我的那节课都花在了在曼迪三十四个同学面前向她说对不起上面，尽管那次真的没有冒犯的意思。

然后就是，有一个脸上有很多可怕擦伤的人，我当时毫不犹豫地就和他说，他的脸看着如何难看，然后发现，他脸上的只是胎记而已，于是，他便把他前臂上的挫伤展示给我看。还有世界上写字最烂的受害者。我跟他讲，他的书写明显不是强项，这时候，他让我去看右手上的一根半手指。他在越南的时候，失去了其他的手指。千万要小心啊。至今，我还记得那个屁股被枪打中的家伙，子弹留宿在了他的阴茎之中。他失去了知觉，等着进手术室。当外伤住院医师将绷带拉到一侧，露出他皮下明显的肿块儿时，我便责备他说把那种东西去掉，否则对他的女性朋友而言就是犯罪。然后就有人因为我说的这番话，用金属笔记板照着我的脑袋重重地给了我一下。

接着是汤姆·马特，我从来没听说过他，因为我不喜欢橄榄球。事实上，就没有几项我喜欢的运动，花样游泳和花样滑冰，这些算是运动吗？我连如何打橄榄球都一窍不通，也不想去学。我的时间还有更好的事情去做呢，比如，在院子里埋葬那些死去的动物尸体。过后，鲍勃就会给我讲，马特是巴尔的摩小马队著名的中卫，在1961年到1972年期间，创下了57个触地得分的成绩，这在美国国家橄榄球联盟空前冲刺触地得分列表上位列第63，与纳特龙·米恩斯、威尔伯特·蒙哥马利、吉姆·南斯、肯·威拉德并列。管他呢，他还是好样的嘛。或许，如果我知道中卫究竟是什么概念、冲刺又有什么意味的话，我就会更加热情。我以为，冲刺就是女孩子们努力地进行联谊会的时刻。

当一个警员在无线电上呼叫我的时候，我发现自己陷入了橄榄球窘境。那位警员问我是否去处理一家车库被盗的现场。他说，他知道这不是犯罪实验室日常要处理的事情，但是希望我能够出手相助。我答应了，之后不久便赶到了一个大屋子里，见到了那个警员和房屋的主人。我得知，在犯罪嫌疑人进入车库之后，受害人的运动型多功能车闯入并遭到了搜索。在搜寻翻找车内物品以进行指纹提取的时候，我发现了一个巴尔的摩乌鸦队赛季停车证，那对夫妇看到那份停车证没有被偷走，兴奋不已。也就是这个时候，我又口无遮拦了。在我意识到之前，话已经从我的嘴巴溜了出来：“是我的话，我也不会偷这个玩意儿的。”

在我跪在那个高大男人的车库的地上采集指纹时，那个男人对我进行威胁，他想要我给他个说法：“你不拿走我们这个停车证，你是什么意思啊？”他满脸笑容，所以，我知道他在戏弄我。“你知道那个东西价值几何吗?”我试图打住他，但是他却很执著。“怎么?难道你不是橄榄球球迷?”他拍了拍我的肩膀:“你不支持你们的队吗?”

我对警员示意我闭嘴的手势视而不见。他知道我会如实讲述的。我转过身，面对那个大块儿头，在大脑甚至还没有参与之前，嘴巴就已经开始动了:“我就是搞不明白，人们为什么喜欢看一群高大、肥胖而又傻了吧唧的家伙互相往身上扑呢。”那个警员用双手把脸蒙了起来。完了。我称汤姆·马特是高大、肥胖、傻乎乎的家伙，喜欢往其他人身上扑。那个周末，鲍勃打开电视，你猜是谁在播报橄榄球赛?不是别人正是我的新朋友汤姆。

许多运动明星的房子被盗贼闯入的时候，我到过他们家里，在他们的内衣抽屉里搜查拨弄过。如果这些人中，我哪怕认识一半的人，或许都会因为察看过他们的汗衫和内裤而感到自豪呢。据我所知，我曾经到过至少五个足球运动员、两个棒球运动员、一个职业赛马骑师和一个马背射击运动员的家里。我还到访过两个演员和其中一个当地新闻频道气象员的住处。我没有看到那个气象员的内衣，虽然，我还是很想瞻仰一番的。

隆冬之时，我奉命在另一位足球运动员家里执行搜查令，这时，我母亲在看到新闻中的我之后，给我的留言机上留了言:“戴娜，你当时看起来不太开心，没事儿吧?”

当看到《六点新闻》中我脸部的特写时，我便明白母亲当时在说什么了。很明显，我当时正在数落着什么。

我给母亲回了电话，对她解释道:“当时我正沿着人行道而下，穿过两英尺半深的积雪，对着那些探员大喊着说，这位仁兄两个星期的收入比我他妈一年的收入都多，他却连花钱雇人铲铲路上该死的雪都不肯。”

我也许比这个家伙贫寒，但我家旁的路面没有积雪，因为我在上面撒了食盐。我可能不会在我家客厅的桌子上造一个海水水族馆但是，至少，我家附近路面的积雪已经铲净了。

第十一章　童言无忌

在一般情况下，犯罪实验室是不会接到很温情的案子的。事实上，我也没有接手过什么温情的案件。到这个部门工作的短短的几个星期里，有些事情逐渐清楚明了起来了：将小猫从树上救下、把丢失的孩子送回到他们欣喜万分的父母身边，这些都是专属于警察的乐趣。我们不会帮助年迈的女士更换漏气轮胎。相反，在一位年老的女士没能及时刹住车，撞到了一个十八轮大货车上时，我们就会被通知到现场。犯罪实验室的墙壁上永远都不会像那些警察分局的墙壁，满是受害人或是被救助市民写就的致谢函和感谢信。我们不是任何人的英雄。我们就是一群长着钢肠铁胃的人，当那些肮脏令人反胃的工作需要完成时，我们就会现身；我们是冷酷的死神，只有在什么死了或者快要死了，血淋淋，让人作呕，或者从某人的眼睛、耳朵、鼻子、口腔、屁股或胯下流出液体的事件发生时，我们才会出现。我打算在外套背后的“犯罪实验室”几个字下面加上一个标语：如果你干掉他们，我们就会现身。我们做的事情没有人愿意做：收集避孕套、提取呕吐物的样本、采集阴毛、擦拭精液、翻动垃圾铁桶。我们的工作就是处理生命中大煞风景的事儿。我们会面带笑容、毫不犹豫地去执行难以想象的任务，此外，你甚至连“谢谢”都不用说。

真是讽刺，电视中你见到的犯罪实验室与现实生活中的迥然不同。当人们发现了我的工作地点时，甚至都不知道这个县还有个犯罪实验室，以前每当遇到这种情景时我都觉得十分滑稽。我会解释说，到目前为止，除了内华达，其他地方都有犯罪实验室，而且已经有好多年了。事实上，不同于警察的工作，犯罪实验室处理的所有事情都是不公开的。或许，这便是像电视剧《犯罪现场调查》等节目吸引人的部分原因吧。让一些人满足了他们偷窥的心理，透过犯罪实验室的锁眼看向里面，就像我通过浴室隔间的门观察里面的人是否在洗手一样。因为犯罪实验室真的像共济会那种秘密社会团体，公众自然无法了解潜指纹和血清学部门积压的案件了。公众也就不知道，加里一年要处理超过一千起案件的证据，同时要维护 SI-CAR（鞋的识别比较与恢复）数据库，完成鞋子和轮胎的检测，为实验室提供足够的支持，还要挤出空闲来为储物柜里的新鞋鞋底拍照。公众不知道他们在十一点的新闻里看到的通缉海报和加强监视录影带是卡丽和格雷汉姆制作而成的；公众不清楚，用于抓获街边持斧凶手的那些指纹是金姆加了七个小时的班而提取回来的；公众也不知道，黛比——本来应该在一个小时前去保姆那里接她的孩子，但她被迫留下熬夜，用数字提高金姆采集的指纹的清晰度；公众不知道，潜指纹检测员——乔伊斯，她通常在周六是不当班的，但也被喊来加入到这个任务里；公众不知道，他们缴纳的税金用于我们几个人去全国各地开会，进行鞋类鉴定、轮胎检测、电脑取证，以及奔赴那些痕迹检测院校等，这些例子举不胜举。标着“犯罪实验室”几个大字的黑色大门之内，还有许许多多的工作在进行。

对于我来说，工作中最不爽的一个地方就是，在出色地完成一项任务后，得不到足够的认同。我们犯罪实验室的人没有谁会企求什么答谢，但是偶尔的赞扬也很让我们高兴，不管这份赞扬是来自受害人、上司、警员还是探员。这会让那些加班、掉在我嘴里的死人手指、沾在我鞋上的人肉渣都变得很值。偶尔，会有一个副的州检察官写来信件，表扬我的辛苦工作，尽管，信件的内容也无非是“不错，很棒”等词语而已。如果我们从犯罪现场收集重要的证据，或是设法成功地提取了指纹、毛发，或是一起案件中起着关键作用的血液，那么犯罪实验室和犯罪现场调查员可就是出类拔萃之辈了。但对于那些证据全无的谋杀、强奸、抢劫案子，犯罪实验室就会一下子黯然失色，处理这些案子的犯罪现场调查员也一样跟着失色了。某一天我们很了不起，很伟大，而第二天我们可能就变成一群懒惰的笨蛋了。

在感恩节和圣诞节周而复始地临近之时，我们不会抱有太大希望，想着当地的商户会送熟食或甜点给我们。这又是另外一个提醒，我们不是警察。当夜幕降临的时候，饥饿感直刺肠胃，我们发现自己在辖区的登记室里吞咽着残羹冷炙。我们的工作是不受人感激的，我们的部门是不为人所注意的。

我曾试着想象过也用感谢信来装饰一下我们的墙壁，如果人们意识到我们的存在的话。他们可能会这样写：

亲爱的女士：

上星期我作为一个性侵害案件的嫌疑犯被收押，您赶到案发现场采集了我的一些阴毛。我正写信对您出色的拔毛工作给予表扬。痛苦是小事，而您的话语却让人感觉很甜心。您把一个本应令人很尴尬的局面变成了一个让人喜悦的场景。

在墙壁上或许也应该有像下面的这样一封信：

亲爱的柯曼女士：

上星期我成了一起案件的受害人。当时我从购物中心出来，走近车子时，竟然发现驾驶一侧的门上满是像精液的东西。您幽默地把这起案件叫作“驾车射击事件”。然后，您还充满自信地采集了一滴尺寸合适的液体带回了您的犯罪实验室。您的父母一定会为您的工作而感到骄傲。

在这个领域十年的工作已经永久性地改变了我。最初为犯罪实验室工作的时候，我除了害羞还很愚蠢，而且也不果断，缺乏自信心，这是因为我没有任何经验。但日复一日地和生活的黑暗面打交道让我彻底变成了另外一个人，一个我也不能确定的人。我很喜欢我所习得的自信，我的调查员工作做得很好，我不会不好意思承认这一点的。但在其中我不喜欢的是先入为主的意识，我会把我从未见过的人进行公式化的分类。我会毫不犹豫地认为一个半夜走在马路中间的女人，肯定是一个正在寻找性交易的妓女。站在街道拐角处的小孩正准备抢夺你裂缝口袋里的零钱。我想知道一个被用管子殴打过的受害者，背后有着怎样的真实故事；我也想知道一个凶杀案的受害人到底做过什么事情，使自己陷入了如此绝望的境地。我会假定所有带着侏罗纪耳、面部特征的瘦弱女人都是吸食海洛因的瘾君子，只有罪犯和考古学家才穿着天伯伦的鞋子。在某种程度上，我已经开始和我工作之外的朋友，甚至我的家人疏远了。但是，最令我不安的是，我已经开始失去同情心，甚至是同理心。我认为生活在一个泯灭了人类最基本情感的世界上不太健康。

而在一个晚上遇到了一个叫阿历克斯的小男孩时，当时的事实便说明这个世界上的确有无辜的好人存在。那是一个圣诞前的夜晚，阿历克斯去接他的祖父母，回到家时，他意外发现，在他和他的家人外出的时候，圣诞怪杰来他们家进行了小小的拜访。像库里欧所说的，这些圣诞怪杰是“师从于不学无术的人”，他们行事严谨，不顾一切地破坏人们的圣诞节。他们是不会浪费时间从烟囱（否则，在这种情况下，便会穿破滑动的玻璃门）钻进去的，而是穿破滑动的玻璃门，然后拿走了圣诞树下所有的好东西。

时间大概是在午夜，尽管有着这些扫兴的家伙，但是，从外边看来这个家也还是生机一片，充满节庆的气氛：圣诞老人和他的驯鹿正站在屋顶，一个充气的大雪人正在风中摇曳，他们的到来肯定也已经加入到了这家人假日的气氛之中。房子在红色和绿色的灯光里显得尤为突出，圣诞气球悬挂在人行道旁的樱桃树上。两个大型的玩具士兵站立在正门两边。我刚把车开进车道时，就有一张脸孔从楼上的落地窗向外窥视。几秒钟过后，正门打开了，一个三十五六岁的男人出来到我的车前接应我。“我能帮你拿点东西吗?”他喘着粗气，听起来很是急切，急着要把我带到房间里。

人们会有错误的印象，认为我提取完指纹后，就会匆忙地赶回实验室进行检测，通知指纹处的人员随后在一个小时内进行逮捕行动。而事实则是，我会先提取指纹（假设有的话），在快下班的时候，把它们丢进一个保管箱里。星期一早上，潜指纹检测员会把它们从箱子里取出来。但是，暴力犯罪的处理过程会优先于财产犯罪的处理过程，总会有一些案件被积压。非常希望，从盗窃案现场提取的指纹可以在一两个星期内归置到这个制度中去。如果那是个引起轰动的案件，我们就会通知负责盗窃的探员。接下来，他们就会展开调查，如果有需要的话，会发布逮捕令。如果过了夜，这些程序能否进行就不好说了，受害者找回他们丢失的财产的机会便会很渺茫。我把笔记板递给了那个男人，然后我便装作很忙碌的样子。

我走进客厅，发现阿历克斯和他的妈妈、奶奶、爷爷并排坐在沙发上，安静地注视着散落在圣诞树下的一堆碎纸、丝带和空盒子。阿历克斯穿着他那件恐龙睡衣从沙发上跳起来跑向我，第一个和我打招呼。他大概四五岁的样子。“爸爸说你们会抓住那个偷了我们礼物的人。”

他是一个聪明可爱的小男孩，长着一双蓝色的大眼睛和一头金色的头发。我拍了拍他的头。“我一定会尽力的。”阿历克斯注视着我腰带上的配件，要我说说每一样东西。我没有告诉他，这些东西，每一件都不知道掉进厕所里多少次了。我从腰后的固定器上拔出手电筒来，递给了他。“你能帮忙，帮我拿着它吗？”阿历克斯显得很吃惊，并疑惑地看了看他母亲。他母亲冲他微笑着轻轻地点了点头。“它很沉的，所以，你要用两只手拿着。”我对这个小男孩感到有些愧疚。圣诞节本应该是一个迷人的时刻，而不该是一个被忘记购买毒品的瘾君子破坏的时刻。

“这样，阿历克斯，”我和他说话的同时看了一眼他父亲，以确定他是否正在听我的问题。“你能带我看看坏蛋是从哪里进来的吗？”虽然已经是半夜了，但阿历克斯仍然显得很有精神，蹦蹦跳跳地来到那扇滑动的玻璃门处，用手电筒照着散落在地板上的玻璃碎片。这些玻璃说明了阿历克斯为什么穿着网球鞋和恐龙睡衣。“就是这儿，他从这儿扔进了块儿石头进来的。”阿历克斯的父亲仔细听着没说话，但由着阿历克斯诉说一切。阿历克斯才是这个家里的主人。

在阿历克斯推断着说石头扔进来的角度和速度的同时，我对这位父亲笑了笑。当他说完后，我让他带着我去看另外一个被坏人闯入的房间。我很开心地得知，犯罪现场只局限于客厅——就如阿历克斯所认为的一样。这位父亲后来告诉我，阿历克斯的圣诞礼物本来放在主卧室的壁橱顶部。现在也不见了。

我摸向我的指纹工具箱，阿历克斯则在我肩后使劲儿举着手电筒帮着照亮面前的每个地方。“帮我把这些东西放到那边去吧。”我一边把一些指纹卡片、信封、剪刀和胶带递给阿历克斯，一边朝着圣诞树的方向点了点头。阿历克斯跟着快速地跑了过去，把这些东西堆在了树下，而我则拿着我的粉末和刷子。

我看着眼前乱七八糟的东西，不知道该从哪里开始。多数的处理过程要用到指纹包装纸和百货商店里的箱子。我决定使用三种不同的技术来试着提取指纹。那些衣服箱的盖子和多数的包装纸都很光滑，这样可以保证油脂不会被吸到表面。我会用标准的黑色粉末来进行提取处理。这些箱子的底部是标准的无光饰面，这样的材质容易吸收指纹上的油脂。像这些表面疏松的粉末叫作磁性粉末。最后，我会收集一点礼物包装纸的碎屑作为证据，带回实验室，在那儿会作一个叫作茚三酮的化学处理，它会和指纹中的氨基酸起化学反应，将潜指纹变成亮紫色。然后就是拍照过程了。

我从其中的一个衣服箱子的盖子下手。阿历克斯看到我戴上自助餐厅女用塑料手套时，眼睛都快瞪出来了。我只需要一个白色的护套、一个发网和一个小的管道工来完成这剩下的部分。如果不是一个会造成生物危害的现场，我们在提取指纹的时候，通常不会戴乳胶手套，原因是价格昂贵，而且，乳胶会留下潜指纹（嘘，千万别告诉那些坏蛋啊)。然而，我们最不想面对的事就是，在犯罪现场展示我们提取到的指纹。

在打开盖子前，我会先摇匀这些粉末，听到罐里的便士撞击金属瓶盖发出的叮当声音。这样做是为了防止这些粉末凝结成块儿。由于处理过太多的快餐厅案件，我的刷子已经显得很旧了，并且粘满了油脂，我一直都打算换个新的。我拿刷子在盖子里旋转了一下，使粉末可以少量附着到刷子的棕毛上，然后，让阿历克斯拿着手电筒站过来一些。我转动着刷子，让它顺着箱子表面划过，几秒钟内指纹开始显现。有人对我讲，我使用指纹刷子的技术是通过电视节目《凶杀：街头人生》中一名犯罪现场调查员身上学来的。

阿历克斯在一旁看到指纹显示出后，很惊喜地跳了起来。“妈妈、爸爸、奶奶!”他跑到他们正坐的沙发旁喊道：“看!”他指着我，“你们看她要抓到那个人了!”阿历克斯又跑回我这边看了一下。“是个黑人，对不对?”我只是看着他。“今天一个黑人闯进我们家了，是吗?”

阿历克斯说的话让我感到很吃惊。“我不知道今天谁闯进了你们家里，但我会尽力查出来。”我来回移动着那个箱子，尽力找到一个角度以便能更好地看一看冲印出来的指纹。

“是一个黑人。我就知道是个黑人。”我没有理会阿历克斯，等着看他的父母如何反应。我感到很惊骇，并且不再喜欢这家人了。究竟为什么一个五岁大的小男孩会把犯罪和肤色联系在一起呢？我很想知道，他父母都在教他什么，或是他听到过什么样的谈话。阿历克斯，尽管他很聪明可爱，但是到头来他可能会变成这个县的另一个败笔呢。

阿历克斯没有停下这个话题。他要确保每个人都知道了他的发现。他抱住他祖母的膝盖，说：“奶奶，一个黑人闯进了我们家里，他偷走了所有的礼物。”他跑到他母亲那儿，蹲在她前边嚷道：“妈妈，这个坏蛋是个黑人。”

最后，他父亲插话了。用严肃的声音说：“阿历克斯，够了！冷静，安静点。”

父亲的呵责对阿历克斯起了作用：“但，但是，爸爸，就是黑人嘛。”

“阿历克斯！”他父亲指着沙发说道：“挨着你妈妈坐下，不许再说一句话！”

阿历克斯的嘴唇在微微颤抖，他母亲一边抚摸着他的头发，一边和他解释说，闯进来的可能是一个黑人，也可能是一个白人或是一个紫色皮肤的人。他母亲因为发生的事情情绪激动，开始哭了起来。

我从硬纸板箱里拿起指纹，把它们转换到了白色卡片上，然后开始收集另一个。阿历克斯注视着我的一举一动，并且试图用手电筒从他所在沙发的位置上帮我照亮。“爸爸，”阿历克斯用轻柔和恳求的语气说：“我能去那边帮这位女士的忙吗？”

父亲缓和了一下语气。“好，但是我不想听到你嘴里再蹦出任何一句话。”

阿历克斯飞速离开了沙发，回到了我的身边。他为我正在涂抹指纹粉的箱子照亮，并且看着我的每一个动作。更多的指纹被冲印出来，阿历克斯也都看到了。

“爸爸，爸爸，”他尖叫道，“我就说嘛！今天有黑人闯进了我们家！黑人偷了的东西！”阿历克斯挥舞着手电筒，就像星球大战里的光刀砍过，在他打倒他自己或他祖父之前，我把手电筒从他手里夺了过来。我不能确定他祖父是否还清醒，因为自从我来到这以后他就没有动过。

我等待着他父亲的介入，这没用多少时间。“阿历克斯，够了！”阿历克斯马上停了下来，低下了头。他知道他有麻烦了。他跑回沙发上，开始哭起来。

“阿历克斯，看着我，”他母亲为他擦去了眼泪，并把他的脸转向了自己。“我不想听到任何你对这件事的想法，好吗？”他点了点头。“你明白吗？”阿历克斯用他那睡衣的袖子揉了揉眼睛，擦了擦鼻子，又点了点头。

他坐在他母亲的膝盖上，两个人都看着我，此时歪打正着地我有了新发现。这个指纹看起来很清晰，我确定这是嫌犯的指纹。几分钟过后，阿历克斯轻声地对他母亲说：“妈妈，”他又哽咽起来。“可，可，可是我知道这个坏蛋是个黑人。”

母亲把阿历克斯从膝盖上放了下来，把他的手从他的脸上移开。“阿历克斯！”阿历克斯反抗着把头埋到了她膝盖间。他现在显得有点狂乱。“阿历克斯！看着我！”母亲大声说道。“阿历克斯，好了。去睡觉吧！我已经听够了。我们已经告诉你多少次了不要那么说？如果我再听到一次，明天我会惩罚你一整天。你明白我的话没有？”我有一种感觉，阿历克斯在第二天醒来，发现身边没有礼物的时候，就会觉得受了惩罚呢。

阿历克斯扭动着离开了她，站到了屋子的中间，看着我。“可是——可是……”他父亲又介入了，抓住了阿历克斯的胳膊，开始把他往他的卧室拖。“阿历克斯，”他警告道：“别再说了！不要再说了！”

最后，到这时一直没有说话的奶奶——不过，至少她之前挪动过身体——插话了。“阿历克斯，”她用颤抖的老妇人的声音说道：“你为什么认为是黑人干的呢？”之前没有人愿意去问这个问题，大家只是认为他的态度有些不敬罢了。

阿历克斯跑到他奶奶身边，抓着她的手，然后指着我处理的那个箱子，再次哽咽起来：“看，快看，奶奶。”在继续说话之前，阿历克斯看了看他父亲和母亲，然后用颤抖的声音说：“看啊，那些箱子的指纹是黑色的。”

尾声

我不会后悔我在那儿的每一天；也不会后悔离开那里后所度过的每一天。在我开始在犯罪实验室工作的时候，那些探员们就给了我一个外号“任期快到的人”。我之所以得到这个称呼，是因为我要回到研究院，去攻读我的人类学博士学位了。被派往各地做些法医或考古调查的辅助性工作；希望在严冬的凌晨三点冒着倾盆大雨，到发生了入室抢劫案的治安很差的街区负责往被盗窃的棚屋上喷撒魔力粉末的工作，而又有着博士学位的人，这样的人会是什么样的人呢？那些探员承认他们错了，因为，差不多十年后，我已经是这个实验室里最资深的平民调查员了（工作便是喷撒那些魔力粉末），仅次于迈克。迈克长着八字胡，是这方面的老前辈。我很喜欢犯罪试验室，在那儿我结识了很多亲密的朋友，度过了我最好的时光，我在犯罪实验室的确发现自己处于最不寻常的状态之中。

我决定离开那里，当时很纠结，苦乐参半的感觉。纠结的心情持续了大约一年之久。不是我选择了辞职的时间，是时间选择了我。我差不多已经完成了毕业论文课程所需的材料，并且开始考虑寻找实验室以外待遇更好的、弹性更大的、更容易适应的、在学术和专业上更具挑战性的工作。我本来也可能留在犯罪实验室，如果那里有明确的提升机会的话，但是对于平民而言，这些机会很有限。我开始觉得这个职务已经不适合自己了，感觉我的技能在我所处理过的大多数案件里不能得到充分的发挥。我有时候觉得自己就是个被美化了的垃圾收集者。我想承担更多的责任，在某种程度上，我的满足感在于我做完鞋子和轮胎的检测培训以及带领新雇员的工作，可是，远远不止这些。我厌倦了那些不得不去处理的莫名奇妙的案件，但我们部门是不敢对纳税人说不的。我对半夜当班也愈发感到厌烦，我的经历让我烦躁。实验室的管理者不想那多数的“无人监督”的班岗由新人担任，他们对于批准我关于在可预见的将来值白班的请求非常不情愿。我不会因为他们的决定而怪罪，因为虽然我不喜欢但是可以理解。还有因为很多新人辞职，轮流值班和轮流休息制度引发了争议，这影响了我靠资历申请“好的”休假日。另外，变来变去的工作时间表也影响了我选修和教授的大学课程。我就是不能再开心起来了，离开实验室的可能性也开始变大，尤其是当我最好的朋友艾普丽尔，进入联邦调查局研究院，我另外一个密友凯特琳，在国土安全部谋得了一份文档检测员的职务时。而我呢，我却坐在一个陌生人的洗衣机上，双眼盯着那只珍珠白的澳洲野狗——它觉得除了牛皮我就是最美味的东西了。是往前迈步的时间了，我只是需要一点儿动力。

这个动力就是伊莱亚斯①到来的时刻。我们准备领养这个孩子，在十五个月后，接到通知去危地马拉接回他。我继续休产假，但是我知道我不会再回来了。我甚至把要带的东西都打包了。产假还有两个星期结束的时候，我终于辞职了。

当知道我所从事的工作后，一直都问我为什么要辞职，问我是怎么处理所见到的东西的，还问我最有趣的案件是哪个。有关“辞职”的问题是容易回答的，我就告诉他们，如果这个工作真的和电

① 伊莱亚斯：作者的孩子。

视剧《犯罪现场调查》所展示的一样的话，我就不会辞职了。有关“处理”的问题是比较难回答的。我真的想告诉他们犯罪现场就像灌肠剂：如果你处理得多了，也就习以为常了。但是我还是会克制自己，通常就说我工作的时候，我要努力地关注好的方面，努力去想我正在做的事情的重要意义，努力去思索怎么开展工作，才会有助于长久性地将罪犯消灭。我对所有的入室盗窃案只字未提。我解释说，死者已经离开人世了，因此我会尽力去考虑活着的人。对于一个永远失去了儿子的母亲，我为她做的事和为她儿子所做的一样多。我希望所有罪犯都会被绳之以法。至于人们问及的“最有趣的案件”这个问题——现在我只能给他们一本名为《千万别吸死人的手》的书，而我则会一意孤行、坚持到底。

尽管我不会想念实验室那些无休止的“本日特别规则”、加班、值班，以及让我的屁股显得很大的制服裤子，可是，我却很想念我的朋友，以及那些疯狂离奇的案件，还有那些鞋子、轮胎检测等工作。

在我离开犯罪实验室后的一小段时间里，我很忙。我最终获得了我的博士学位，这是一个巨大的成就，一件如果我没有辞去实验室的工作，我几乎不可能做到的事情，真的没有时间。在我写学位论文的同时，我也在写这本书。虽然，写作是一个令人愉快的经历，但我真的不推荐写书和写学位论文同时进行。不管怎样，我算是幸运儿吧。我还一直在进行考古学和体质人类学的工作，不仅在本地，也要去国外。最近，我成为了一个玛雅遗址研究小组中的一员，这个小组在危地马拉的佩滕地区工作。我也做过一些县级考古认证的复查工作，还为我所在的州做过地理咨询系统的工作。我一直在本地的一所大学教授本科生和研究生的法医学课程，并希望这能成为他们选修课程的一部分。

还有一个重大新闻是，最近我和鲍勃回到危地马拉，抱回了第二个男婴。而目前，我正在休息，享受居家的时光，尽力使我的孩子们尽可能正常地成长。最终，我母亲已经许诺不再给他们介绍“家庭生活之道”，尽管她的一些怪癖已经感染了他们：他们将在每个月月初，揪拔“好运”头发、用脚踩踏掉在地上的梳子，此外，他们知道应该用外溢的盐做点什么，他们年龄尚小，还不确定这到底是什么。他们好奇的天性让我和鲍勃忙得四脚朝天。我听着鲍勃温柔地给他们编着故事：都是关于为什么我们的灌木丛会发出恶臭，为什么妈妈总是把她的卡车停在路边，为什么把“东西”放到垃圾袋里。尽管我们尽了最大的努力，但我的秘密还是暴露了。这个星期刚开始的时候，我偷听到了一段对话——我三岁的儿子发现我们的爱犬正在咀嚼我从宠物商店买回来的骨头后，他便和我们的爱犬聊开了。

“弗罗多!”伊莱亚斯喊道：“弗罗多，放下它!”

弗罗多胆怯地丢下了骨头。

“弗罗多，你这个坏家伙。妈妈会发狂的。”爱犬弗罗多则面无表情。

伊莱亚斯抓起了骨头，蹑手蹑脚地往正门走去。“这是妈妈的骨头，弗罗多。”

我从角落里看着伊莱亚斯走出房门，到门廊前时，他把骨头扔进了篱笆里。弗罗多疑惑地跟在伊莱亚斯的身后。接着，伊莱亚斯走到了遮蔽在黄杨木下插着小旗子的地方，他把一个藏匿物连带着桃红色的旗子一起，扔到了灌木丛挨着那根骨头的地方。

“时间到，弗罗多。你不许碰妈妈的骨头了。”

致 谢

我知道，这听起来可能有点陈词滥调，但是如果没有这么多人的帮助、支持和指导，这本书是不可能问世的。为了避免有人被遗漏，我想对许许多多人做一个总体的感谢，不论他们曾以何种方式帮助过我。当然，也包括我所有在“水晶宫”的朋友们。在那儿，我度过了我生命中三分之一的时光，还结识了我的那些同事们——他们中的许多人已经成了我最亲密的朋友，无论何时想起他们来，我都会很开心。邦妮、凯茜、帕杜拉、加里、哈道克、凯蒂·迈克尔、鲍勃·翰澈尔（Huncher）、格雷汉姆、基思、丹尼斯、黛比以及帕特·汉伯格——感谢你们在过去的十年里所做的一切，包括那些有趣的事。

我也要感谢那些在我写就本书过程中所遇到的许多新朋友。回顾科琳·博茨《对无法解释的死亡之概括研究》一书各个章节的早期版本之后，我有了写作灵感。科琳，感谢你激发了我的潜能。接下来要感谢鲍勃·梅克伊（Mecoy）。我是个不知名的作者，除了一个好的想法，没有任何东西，但是鲍勃给了我机会。鲍勃是我所认识的最好的文稿代理人——认识他之后我就不想再与其他代理人结识了。我也一定要感谢肯辛顿出版公司的朋友。米凯拉·汉密尔顿，虽然我从未与她谋面，但感觉好像已经很了解她了，她是一个值得赞扬的人，特别是在我因需要大量图片而快要崩溃时，遇到太多打印错误问题而有麻烦时，面临还有五天的期限而哭泣时，她所展现出来的耐心。米凯拉在这个漫长工作的每一步都展现了极大的热情，并在我准备放弃的时候给了我激励。我也要感谢许多其他在肯辛顿为我这本书作出各种贡献的编辑和艺术设计人员。我甚至都不知道这些人的名字，但他们的工作是不会被我忽视的。

我也必须感谢我家乡的朋友和家人，他们在我写书和学位论文的两年里忍受了很多东西。我的母亲、克里斯、维姬、卡西迪、克里斯蒂娜和林德塞，谢谢你们坚持不懈地与我坚守。鲍勃，谢谢你的支持，我承诺我永远不会再让你吃意大利面条和罐装调味汁了，就像我对儿子伊莱亚斯和米格尔的承诺，他们再也、绝对不会再被要求去看《朵拉》或是《极地快车》这些教学片了。妈妈回来了！还有我可怜的艾丽西亚——现在，你查找打印错误的工作终于结束了。

我由衷地感谢你们所有人。